数字媒体
非线性编辑技术

王维泉　著

吉林大学出版社

内　容　简　介

　　《数字媒体非线性编辑技术》是制作各类广播电视节目和教育、教学等视频演示教程及各类数字媒体作品后期制作的重要环节。本书从实用角度出发,由浅入深地介绍了数字媒体非线性编辑技术的核心内容以及系统的操作、技巧、应用等。主要内容包括:Edit Max、Edit Max 7、E-Net 系列非线性编辑系统的各种设置、功能与属性及操作使用方法。全书共分 3 篇,每篇均从不同角度较为详细地介绍了数字媒体非线性编辑的基础知识和操作及制作流程,并配以大量关键步骤的插图和最终效果图。力争在书中全面介绍数字媒体非线性编辑中的各种功能、工具、命令、属性及其设置与应用。

　　本书内容新颖,概念清晰,实用性强,适用面广,可借鉴性大,方便性好,理论与实际紧密结合,适用于广播电视、信息技术、教育技术、播音主持等相关(相近)专业研究生及本、专科学生,也可作为广播电视工程技术人员及专业影视制作培训的教材。

前　　　言

  Edit Max 系列非线性编辑系统是索贝公司开发的用于广播电视节目后期编辑制作的专业非线性编辑系统,它一直以专业非编著称,具有易学易用、无需编程、功能强大、符合中国人使用习惯且人性化极强等特点。目前,中央电视台,各省、市电视台及各级高等(中等)院校广泛使用。

  《数字媒体非线性编辑技术》是为制作各类广播电视节目和教育、教学等视频演示教程及各类多媒体作品而编写的应用书籍。本书从实用角度出发,由浅入深地介绍了 Edit Max、Edit Max 7、E-Net 非线性编辑系列的各种设置、功能与属性及操作使用方法,给出了使用该非线性编辑系列的各种效果以及某些场合中的应用。按照本书中介绍的操作步骤可以一步一步地制作出自己需要且喜欢的各种影视及多媒体等作品。

  本书共分 3 篇,每篇从不同角度较为详细地介绍了广播电视的专业非线性编辑。每篇均一步一步详细介绍操作过程,并配以大量关键步骤的插图和最终效果图。力争在书中全面介绍电视非线性编辑的各种工具、命令、属性、方法的功能及其设置与应用。各篇均从入门起步学习开始,一步步操作,在有一定基础之后,结合具体操作进一步学习提高。并在若干实际操作中介绍更多的方法与技巧。

  本书具有以下特点:

  1. 实用性强。本书作者采用任务驱动方式分门别类的按其顺序,Edit Max、Edit Max 7、E-Net 系列由浅入深循序渐进。内容系统详细,从引进素材对象到基本的制作过程乃至完成特定任务,逐步深化。通过阅读本书并进行一步一步的实践操作,读者会轻松地学会数字媒体非线性编辑的制作方法,同时掌握利用该非线性编辑技术制作出自己的各种影视作品等。

  2. 适用面广。本书由多年从事教育技术、信息技术教学工作的教师编写完成,立足数字媒体非线性编辑的特点,同时密切结合教育、教学实际。无论是初学者还是电视非线性编辑的老用户,都会从中有所收获。

  3. 可借鉴性大。配套光盘录制了数字媒体非线性编辑时使用的各类标清动态影视素材实例,为学习者提供了极大制作空间。用户可以把实例中的动态影视素材拿来直接使用,就可以完成自己的影视作品及教育、教学课件等视频演示教程等各类多媒体作品。

  4. 方便性好。本书在编写过程中得到了"索贝公司长春办事处"的大力支持,配套光盘中的所有素材均为不限次使用,读者可以方便地长期利用光盘中的素材进行学习和演练。

  限于作者的水平,书中不当之处恳请专家、读者批评指正。

  我们相信本书对广播电视、信息技术、教育技术、播音主持等领域中的广大非线性编辑专家及爱好者会有所帮助。

编　　者

2009 年 11 月 8 日

目　　录

第一篇　Edit Max 系列非线性编辑系统

第二篇 Edit Max7 非线性编辑系统

第三篇　E-Net 系列非线性编辑系统

第一篇

Edit Max 系列

非线性编辑系统

第一章 Edit Max 系统非线性编辑软件介绍

1.1 概述

Edit Max1、Edit Max5、Edit Max1000 相似,均为纯软件的非线性编辑系统,使用统一的编辑界面,在此我们首先以 E1000 系统(以下简称为 E1000)为例,以两套软件为基础统一讲解,在后面的章节中将适当插入介绍 Edit Max5 系统的应用操作。

1.1.1 设备准备

1.Edit Max1 的设备准备

系统启动后进入 Windows XP 操作系统。

a)外围摄录设备的准备

E1 非线性编辑系统开机且状态良好, 使用 DV 接口的设备 图 1-1 数字视频设备
(DVCAM DSR PD150P、190P 等)与 E1 主机通过 1394 电缆连接,开机之后 Windows XP 系统检测到名为 SONY DV Camcorder 的图像处理设备,并如图 1-1 所示,表示 DV/DVCAM 设备与系统主机的连接正常,此时鼠标点击"取消"按钮,不进行任何操作,设备准备工作完成。

E1 系统如果需要与 422 接口的录像机相连,那么,利用 422 遥控线与主机串口相连,利用随机配置的 MG1000 的线缆通过响应的视音频线与相应的外围设备相连。如图 1-1 所示:

b)进入 Edit Max1 非线性编辑软件

在 E1 系统桌面上双击 Edit Max1 图标,进入 Edit Max1 非线性编辑软件,新添节目或打开已存在的节目名称,进入非线性编辑软件主界面开始工作。如图 1-2 所示:

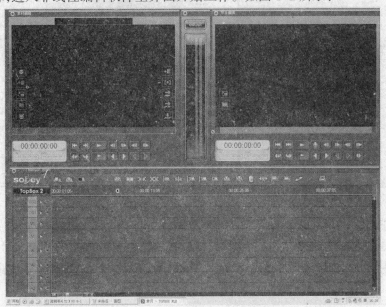

图 1-2 非线性编辑软件主界面

2.Edit Max1000 的设备准备

首先需要确认工作类型(专业光盘系统的现场编辑,或是基于 DV 格式的新闻编辑),按照工作类型检查设备是否连接完成。

a)专业光盘现场编辑系统

E1000 笔记本非线性编辑系统开机且状态良好,专业光盘设备开机后设置为"network"模式,确认光盘已插入光盘槽,可正常播放。专业光盘设备(PDW-V1/1500)与 E1000 非编主机通过以太

网络相连。在 E1000 系统和专业光盘设备均开机，并确认网络连接正确后，E1000 系统中显示如图
1–3（A）所示，在素材库窗口中可正常的调用光盘，则说明连接正确，否则，请检查电缆或系统网络
连接设置是否正确。

b)DV 格式的新闻编辑

E1000 笔记本非线性编辑系统开机且状态良好，使用 DV 接
口的设备（使用 DV 1394 接口的专业光盘设备或 DVCAM DSR
PD150P、190P）与 E 1000 主机通过 DV 1394 电缆连接，开机之后
E1000 的 XP 系统检测到名为 SONY DV Camcorder 的图像处理设备，并显示如图 1–3（B）表示
DVCAM 设备与系统主机的连接正常，此时
鼠标点击"取消"按钮，设备准备工作完成。

图 1–3 (A)本地连接窗口

c)进入 E 1000 非线性编辑软件

在 E1000 系统桌面上双击 E1000
(E1000pro)图标（如图 1–4 所示），进入 E
1000(E1000pro)软件，输入正确的用户名和
密码，开始工作。

图 1–4 图标

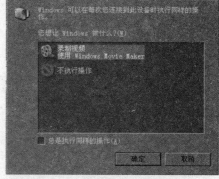

图 1–3 (B)设备连接提示

1.1.2 系统设置

1.E1 的系统设置

在系统主菜单中选择"系统设置"——"系统管理"，输入密码（默认密码为 1234）后进入系统
设置窗口。如图 1–5、1–6 所示：

图 1–5 系统管理窗口

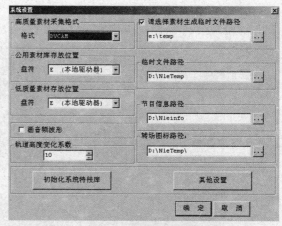

图 1–6 系统设置窗口

在该窗口中可以设置和修改各类文件的存放路径，选择 ☑画音频波形 设置在素材上时间
线时是否显示音频素材的波形等等。点击"其他设置"按钮，打开如左图所示窗口，可进行 PAL 和
NTSC 制式的切换（由于制式切换，在点击"应用"按钮确定后 Edit Max1 软件将自动重新启动）。

2.E1000 的系统设置

a)制式选择

在"系统设置"菜单中打开"系统管理"窗口，选择"其他设置"，选择正确的制式（NTSC、NTSC
30 或 PAL），E1000 软件默认的初始设置为 PAL 制式。

[注意] 素材库中的素材显示为对应已选中的制式的素材，如选择为 PAL 制式，则其他制式
（NTSC 或 NTSC 30）的素材在素材库中均不能显示。

b)编辑格式

E1000 系统中有三种编辑格式，即 PROXY、DVCAM、IMX，当前时间线的编辑格式显示在

E1000 系统界面的系统菜单上方：

栏目:Default Column, 用户:Admin, 节目:anhuiTV040819, 素材盘:E,主媒体格式:PROXY [PAL]

在专业光盘系统的现场编辑流程中，应选择 PROXY 格式，为 MPEG4 低码流素材编辑；上载高质量的 IMX 素材之后，可以调整为 IMX 编辑格式。

在 DV 数据流的新闻编辑流程中，应选择 DVCAM 格式。

[注 1]E1000 软件的默认初始设置为 DVCAM 格式。

[注 2]选择 DV 编辑格式后，才可以进行 DV 1394 的视音频上载和下载。

[注 3]E 1000 系统中可进行多种格式的混编。

c)光盘信息管理

专业光盘设备的网络设置应与 E 1000 系统的区段相同，例如 V1 设备的地址为 200.200.200.82，则 E 1000 笔记本非编系统的地址应为 200.200.200.59，否则无法正确连接到专业光盘设备以进行基于以太网的上载下载工作。

★光盘设备管理

打开素材库窗口（快捷键 F2），在光盘库项上点击右键，选择"设备管理"，如图 1-7 所示。

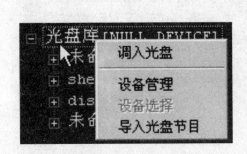

图1-7 素材库窗口

★光盘设备选择

E1000 系统支持多个专业光盘设备的连接记录，在素材库窗口中的光盘库项上点击右键，在设备选择项中选择准备连接的专业光盘设备（如图 1-8 所示），系统按照选择搜索光盘设备。如搜索正确，则可以正常显示该光盘设备的网络地址；如搜索不正确（地址错误或设备未正确连接），则弹出连接失败的提示对话框。

图 1-8 设备选择窗口   图 1-9 输入参数调节窗口

d)采集设置（DVCAM 采集）

在基于 DV 数据格式的新闻编辑流程（使用 DV 接口的专业光盘设备或 DVCAM 系列设备）中，需按如下方式调整或确认当前采集格式为 DVCAM 格式：

★确认编辑格式为 DVCAM 后，在"编辑工具"菜单中选择"素材采集"命令，打开素材采集窗口；

★在素材采集窗口中点击 **I** 按钮，输入正确的系统管理密码后进入"输入参数调节"对话框（如图 1-9 所示）；

★在视频连接选择中选中（或确认已选中）"1394 接口"项，关闭该对话框。

e)高低码流编辑之间的切换

E1000 系统支持多格式混编，并可支持高低码流编辑之间的切换。在高码流编辑状态下，在系统设置菜单中选择"切换至低码率编辑"可将系统切换至 PROXY 编辑状态。

在 PROXY 编辑状态下，相应的菜单项变为"切换至高码率编辑"。

素材的高、低码率不同时，时间线窗口中显示的素材颜色不同，请操作人员注意不同的颜色质量。如图 1-10 所示：

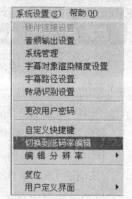

图 1-10 系统设置窗口

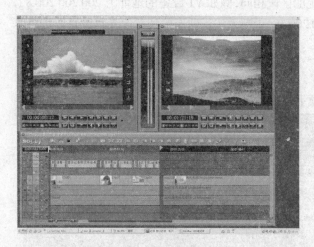

图 1-11 主要功能模块窗口

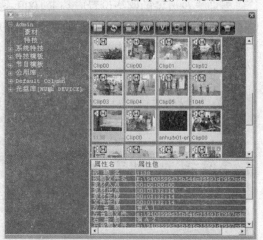

图 1-12 素材库窗口

1.1.3 主要功能模块介绍（如图 1-11 所示）

图 1-11 是 E 1000 系统编辑时的主界面，包含素材编辑窗口、节目回放窗口、时间线编辑窗口等常用窗口。此外，系统还包括素材库窗口、素材采集窗口、时间线信息窗口、特技编辑窗口、配音窗口等等，下面分别做简要介绍。

1.素材库窗口（如图 1-12 所示）

操作人员可按照不同的节目名称查询每个节目中包含的各类素材，如下表：

图　示	功　能　说　明	备　　注
	刷新素材库中显示的素材信息	将素材加入素材库中后按该按钮刷新素材库的显示
	引入在硬盘其他位置的素材文件	弹出引入素材对话框
AV	切换素材上线方式	可选择视频上线、音频上线和视音频同时上线
V	切换素材显示种类	可选择只显示视频、音频、字幕素材或显示全部素材
	切换素材显示方式	可选择显示图标（图标画面可手动选择素材中的任何一帧）或列表
	锁定素材／解除素材锁定	
	删除素材	弹出对话框，选择素材删除方式（包括只删除素材信息或删除媒体文件）

在素材库窗口中的素材图标上标记了该素材的高(或低)质量特性,以及是否带音频、是否为专业光盘素材等基本特征,具体说明如下:

带音频的高低质量光盘素材同时在素材盘上	带音频的低质量的光盘素材在素材盘上	带音频的高质量的非光盘素材在素材盘上	光盘素材信息记录在系统中,无素材在素材盘上

2.素材采集窗口(如图 1-13 所示)

图 1-13 素材采集窗口

图 1-14 素材编辑窗口

在素材采集窗口中,操作人员将视频源(摄录设备)设置入出点后采集,还可以直接采集或批采集。

除常规操作(播放、采集、快进快退、逐帧搜索、素材名称设置等)之外,素材采集窗口中的其他按钮功能如下表所示:

图 示	功 能 说 明	备 注
V A1 A2	控制采集的视音频通道	
	设置是否采集上线	
	设置采集上线时是否直接生成淡入淡出交叠特技	"采集上线"未选中时本按钮为不可操作状态
I	打开采集参数设置窗口	需输入正确的系统管理密码
	将入出点信息加入批采集表	批采集表中新增一条待采集的素材记录
	弹出批采集表	显示批采集信息
	三点编辑方式采集	设置时间线入出点＋磁带入点,或磁带入出点＋时间线入点,直接采集上线
	取消采集	已采集的内容将放弃存储和显示

3.素材编辑窗口(如图 1-14 所示)

在素材编辑窗口中的常规操作是设置素材的入出点、转场识别(生成素材的分镜头列表如图

1-15 所示）、素材入库、素材上时间线等，主要按钮的功能如下表所示。

图　示	功　能　说　明	备　　注
	启动转场识别（启动前注意应将时间游标置于素材起点）	如对该素材已做过转场识别，则弹出"上次记录的关键帧将丢失，是否继续"对话框，点击"确定"重新进行识别
	显示转场识别信息窗口	该窗口如左图所示，可在关键帧图标上点击右键选择设定入出点，也可以将图标表示的镜头直接拖拽到节目时间线上
	素材入库	调整入出点之后入库，重新生成素材信息，记录新的入出点信息
	覆盖到时间线入出点并加过渡特技	过渡特技默认为淡入淡出交叠特技，可在特技编辑窗口中加入划像特技并编辑
	替换时间线上选中的素材	
	将素材编辑窗口中正编辑素材的入出点间内容覆盖到时间线上当前轨入出点间	
	将素材编辑窗口中正编辑素材的入出点间内容插入到时间线上游标处	素材首帧与时间线游标当前位置对齐，时间线游标之后的内容平移到插入素材尾帧之后
	将素材编辑窗口中正编辑素材的入出点间内容覆盖到时间线上游标处	
	播放素材编辑窗口中素材入出点之间的内容	

4.时间线编辑窗口/节目回放窗口（如图 1-16(A)(B)所示）

图 1-15 转场信息显示窗口

图 1-16(A) 时间线编辑窗口/节目回放窗口

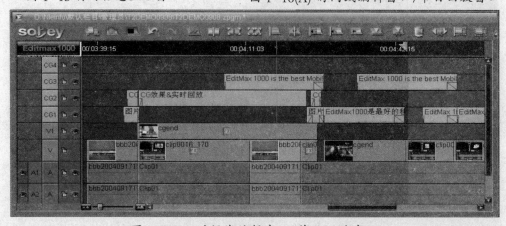

图 1-16(B) 时间线编辑窗口/节目回放窗口

本节介绍的两个窗口是 E1000 非线性编辑系统的核心部分,并且是相互配合使用的,在时间线编辑窗口中对节目的 PGM 文件进行的所有调整都会在节目编辑回放窗口中体现。实际应用中,时间线编辑窗口的主要操作如下所示:

a)添加视频 / 音频 / 字幕轨道(鼠标右键功能)。

b)时间线上设置入出点、调整入出点、依照素材首尾帧打入出点等。

c)时间线快速搜索定位(鼠标右键、滑块功能)。

d)切换素材直接上线的插入 / 覆盖状态(按钮)。

e)设置素材上线轨道(视频 / 音频)。

f)撤销操作 / 重复操作(undo/redo 功能)。

g)素材编组 / 解组(按钮)。

h)时间线上素材首帧 / 素材关键帧(标记点)移动到游标当前位置。

i)改变素材入出点到当前游标位置 / 使素材变速符合当前游标位置。

j)打开特技编辑窗口对当前选中素材进行特技的添加或调整。

k)时间线上的素材生成(生成后可实时回放)。

l)生成节目文件(DVCAM、IMX、TGA 图串等多种格式)。

m)与专业光盘设备配合的相关功能。

5.特技编辑窗口 (如图 1-17 所示)

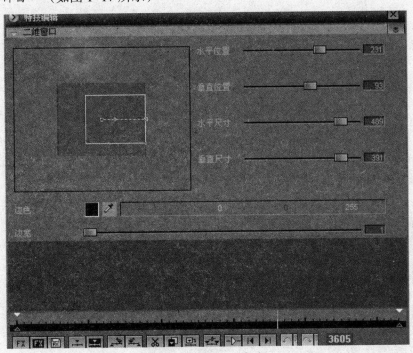

图 1-17 特技编辑窗口

特技编辑窗口中,可以新增特技(素材内部特技或过渡特技),依据每个特技不同的调整点进行基于关键帧的特技调整。

E1000 系统中包含的特技种类如下:

a)过渡特技。

b)运动特技。

c)变形特技。

d)风格化特技。

e)卷页。

f)边框。

g)粒子系统。

h)模糊。

i)三维窗口。

j)凹凸贴图。

k)模板划像。

点击 FX 新增一个特技类型,在窗口中进行调整,点 ⊢ 新增关键帧,点 🔲 🔲 进行针对某一关键帧位置特技各项参数的拷贝和粘贴。对于每一个特技的调整结果,可以按 🔀 "存储特技"按钮进行保存,以便日后再次使用。

6.字幕制作窗口（如图 1-18 所示）

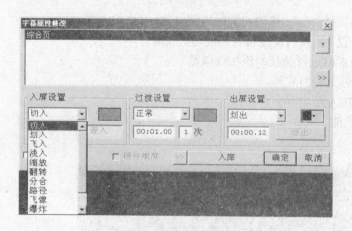

图 1-18 字幕属性修改窗口

在图 1-18 中,可以调整字幕的入出屏方式,过渡属性及基本文字,并确认是否加入到素材库中,点击 >> 按钮进入字幕对象调整窗口（如图 1-19 所示）。在字幕对象调整窗口中,可对文字、字体、颜色、模板、位置等进行调整,每屏字幕支持多个字幕元素的同时工作。

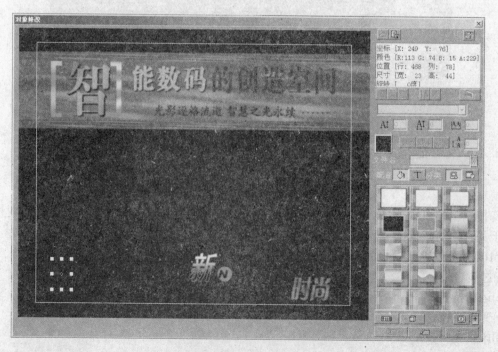

图 1-19 字幕对象调整窗口

7.时间线信息窗口（如图1-20、1-21所示）

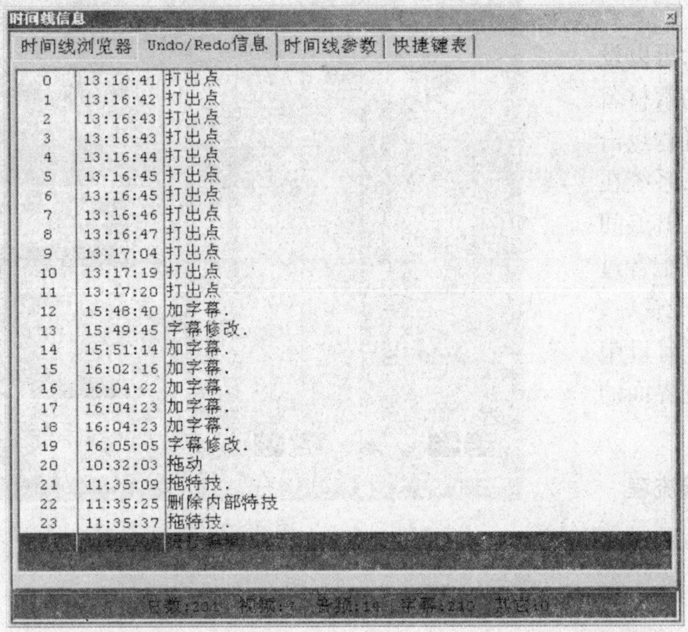

图 1-20 Undo 信息列表窗口

图 1-21 时间线信息窗口

在 E1000 系统主界面中按 F1 键,可打开时间线信息窗口。时间线信息窗口包括时间线的四部分信息,具体如下:

a)微缩时间线:如上图所示,微缩时间线列出了当前时间线上节目文件的全部轨道,以及时间线包含的各种素材数量,并可以进行拉伸以检查任意位置的时间线排布情况。

b)Undo/redo 信息:如上图所示,依据时间线参数窗口中设定的 Undo 次数(默认 20 次),列出前 20 次(或自定义次数)的时间线操作过程,双击某一条操作可以回到该项操作时的时间线状态。

c)时间线参数:列出了时间线的基本参数,包括 Undo 次数的调整设置。

d)快捷键表:列出了系统全部快捷键设置。

8. 配音窗口

（如图 1-22 所示）

在配音窗口中,可以设置预卷时间、生成的素材名称及输入输出电平值。点击配音按钮 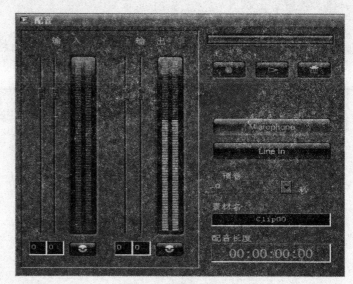 时,系统在时间线窗口中的入出点间开始配音。为了保证配音过程的安全性,开始配音后,鼠标将只能在配音窗口中活动,而无法移动到界面的其他位置。

图 1-22 配音窗口

1.1.4 基本编辑流程

1.E1 的基本编辑流程

a)素材采集

请按照编辑格式设置和素材采集窗口进行操作。

b)素材编辑（预剪）

★在素材库中搜索素材,找到准备预剪的素材,双击该素材图标,在素材编辑窗口中打开该素材。

★在素材编辑窗口中对素材进行"素材转场"操作,生成分镜头列表。

★察看素材的转场信息（分镜头列表）,设置入出点。

★设置入出点后素材入库。

★调整素材静帧或变速。

★在时间线窗口中设置目标轨道,在素材编辑窗口中按不同的素材上线方式将素材入出点间的内容放置到时间线上。

◇覆盖到时间线入出点（时间线上需设置入出点）。

◇插入到时间线当前游标处（素材入点与时间线游标对齐）。

◇覆盖到时间线当前游标处（素材入点与时间线游标对齐）。

◇替换时间线窗口中当前选中的素材。

◇覆盖到时间线当前入出点之间并加过渡特技（淡入淡出）。

c)时间线编辑

★增加／删除轨道（右键菜单功能如图 1-23 所示）。

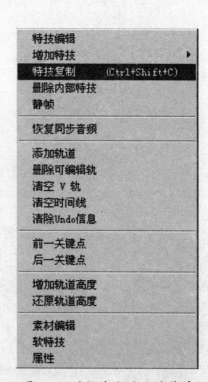

图 1-23 时间线上的右键菜单

★ 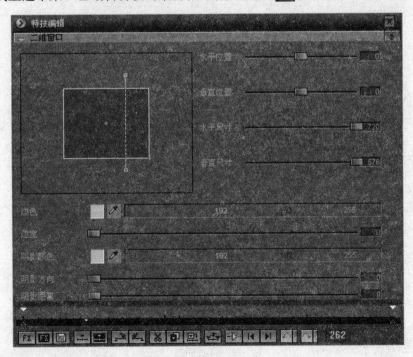 、 设置轨道的可预览(视频 / 字幕轨 / 音频轨)或不可预览。

★ 设置时间线上的入出点。

★ 调整素材上线目标轨道。

★ 切割素材,及调整素材位置、素材入出点、特技起始 / 结束位置。

★ 音视频同时上线的素材解组及编组,调整素材所在的轨道。

★ 设置 / 删除时间线上的标记点(关键点)。

◇标记在时间线上。

◇标记在选中的素材上。

★ 素材对齐(首帧或标记点对齐到游标)。

★ 将编辑完成的轨道锁定 。

★ 删除时间线上素材(删除选中素材或删除入出点间全部素材)。

★ 在时间线上直接调整音频电平(按住 Alt 键用鼠标直接打点调整)。

★ 在较长的时间线上设置显示区域(当前入出点之间的部分)。

★ Undo/redo(恢复 / 重做)。

★ 选中时间线上某一素材,在右键菜单中添加特技或进入特技编辑。

★ 检查时间线上不能实时回放的区域,设置入出点进行素材生成。

★ 时间线上游标的当前位置之后所有素材全部选中。

★ 框选按钮,按下该按钮后在时间线上可用鼠标拉框选择素材,框中的区域中所有素材全部选中。

d)特技编辑

★进入特技编辑窗口:

在时间线上选中某一素材,右键菜单"增加特技",选中特技类型加入特技。

在时间线上选中某一已编辑特技的素材,双击素材上的 图标,如图 1-24 所示:

图 1-24 特技编辑窗口

★ 选中 / 增加 / 删除 关键帧(未选中的关键帧为白色,选中后变为桔黄色)。

★在选中的关键帧位置进行特技调整(特技编辑窗口操作,见图 1-17)。

★ 复制某一关键帧位置的特技属性。

★ 将复制的关键帧位置特技属性粘贴到另一关键帧上。

★ 吸色工具,点击吸色按钮,在窗口中适当颜色的位置按鼠标左键。

★ 新增另一类特技, 删除选中特技。

★ 将调整后的特技存储为新的特技模板(弹出特技模板名称输入对话框)。

★在时间线窗口中查看特技编辑是否影响到时间线的实时回放(不能实时回放的部分在时间轴上有红色标识 00:00 23.07),如需实时回放则按"素材生成"按钮 进行时间线生成。

e)字幕制作（如图 1-25 所示）

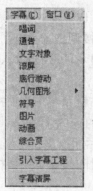

图 1-25 系统菜单——字幕

★在"字幕"系统菜单中选择要加入的字幕元素(以"文字对象"为例),打开字幕元素属性编辑窗口,如图 1-26 所示:

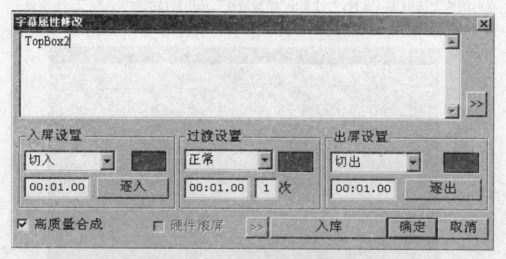

图 1-26 字幕元素属性编辑窗口

★在该窗口中输入字幕的文字,确认后按 >> 按钮进入字幕效果编辑窗口。

★调整文字字体 宋体 、大小 、间距 、排布方式 。

★用鼠标调整位置,(请随时注意安全框的位置)。

★调整字型及配色方案。

★点击确定按钮 生成字幕元件,返回字幕元素属性编辑窗口。

★设置字幕元件入屏方式、过渡方式和出屏方式(可选整体入出或逐字入出)。

★字幕元素制作完成。

★点击"入库"按钮,将编辑完成的字幕元素写入素材库,日后查找使用,如图1-27所示:

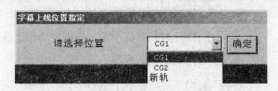

★点击"确定"按钮,弹出上轨对话框。

★选择字幕上线的轨道后点击确定上线。

★字幕元件上线后在时间线上用鼠标拖动

图 1-27 入库窗口

调整入出范围和长度,将鼠标移动到字幕素材段的相应位置(首端、末端、左下、右下)时鼠标变为不同类型,可分别进行调整字幕起始/结束位置和调整字幕元素进入/移出时间等不同的操作。

f)节目生成/输出

节目编辑制作完成之后,可以多种方式进行成片的输出。

★节目导出

◇在系统"文件"菜单中选择"节目导出"命令项,弹出导出窗口。如图1-28所示:

◇选择导出的格式(PGM或EDL,EDL用于E1与其他厂家非编系统的传输)。

◇选择导出的目的路径(文件夹)、节目包的名称,及是否包含高/低质量素材。

◇选择完全导出或剪切导出。

★完全导出:系统将导出节目PGM文件中包含的所有素材的全部内容(虽内容多文件夹容量大但有利于日后再修改编辑)。

★剪切导出:系统将只导出节目PGM文件中包含所有素材在节目中用到的入出点之间的内容(文件夹精简)。

◇点击"确定"按钮开始导出。

◇节目导入:在系统"文件"菜单中选择"节目导入"命令项,弹出导入窗口,选择文件夹确认是否复制文件到E1素材文件夹后可导入节目。

◇生成DVCAM格式的音视频文件。

◇在系统"时间线"菜单中选择"生成AVI"命令项,打开文件生成对话框。

◇选择"DV"选项,并确定保存的文件夹(路径)和文件名,并选择生成部分是否含视频/音频/字幕,及是否入E1素材库(当前编辑格式为DVCAM)。如图1-29所示:

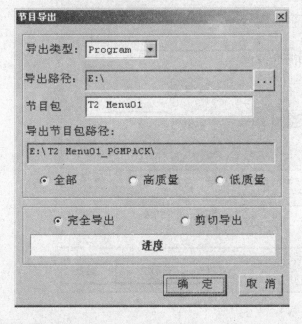

图 1-28 节目导出窗口

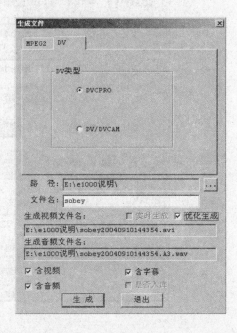

图 1-29 生成文件窗口

◇点击"生成"按钮开始生成。

★通过 DV 1394 接口下载到 DVCAM 设备。

★节目时间线直接下载。

◇在"编辑工具"菜单中选择"节目下载"项。

◇在时间线上选中欲下载的起始点和结束点,分别设置入、出点。

◇在节目下载窗口中调整磁带至适当位置(录制的起始点)。

◇点击 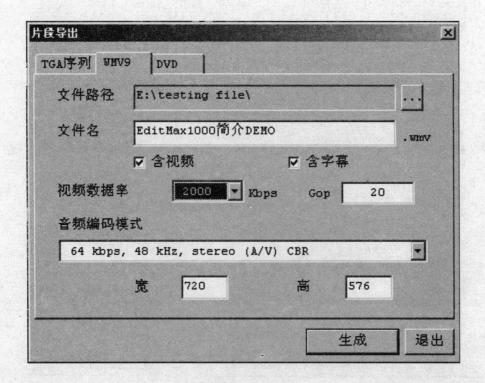 按钮,开始下载(如时间线上需要进行素材生成,则系统会自动弹出进度条,在生成结束后自动开始下载)。

★文件下载:DVCAM 格式的文件生成完毕之后,在"编辑工具"菜单中选择"文件下载",打开文件下载对话框,选中待下载到 DVCAM 设备中的素材(AVI+WAV),直接下载到 DVCAM 设备里的磁带上。

★生成 MPEG2 I 帧或 IMX 格式文件(供 Sobey NET 网络系统其他站点使用)。

选择"MPEG2"选项,选择 I 帧或 IMX 并设置码率和设置存储路径(文件夹)和文件名,直接生成。

★生成 MPEG2 IBP 帧格式文件(用于远程传输或为播出服务器提供备播条目)。

选择"MPEG2"选项,选择 IBP 项,设置媒体文件格式(4:2:2P@ML 或 MP@ML)、码率(4:2:2P@ML 码率为 5Mbps~50Mbps 可调,MP@ML 码率为 1Mbps~15Mbps 可调)、存储路径(文件夹)和文件名,直接生成。

★生成 WMV9 等流媒体格式(供互联网应用)。

◇在系统"时间线"菜单中选择"片段导出"命令项,弹出片段导出对话框。

◇选择"WMV9"项,设置存储的路径和文件名,点击"生成"按钮开始生成。

◇在下图中进行参数设置,如图 1-30 所示:

图 1-30 片段导出窗口

◇在参数设置中,请根据实际需要和网络状况设置视频数据率,可从 100kbps 至 2Mbps,推荐 500kbps、800kbps、1500kbps 和 2000kbps 几种典型码率。

◇点击"生成"按钮开始将时间线上入出点之间的内容生成为 WMV9 文件。

★生成 TGA 序列图串(供其他编辑软件使用)。

◇在系统"时间线"菜单中选择"片段导出"命令项,弹出片段导出对话框。如图 1–31 所示:

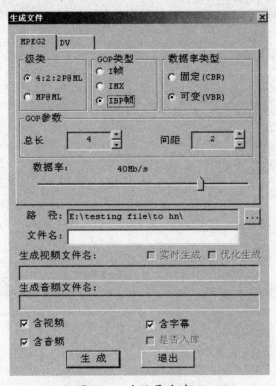

图 1–31 片段导出窗口

选择"TGA 序列"项,设置存储的路径和文件名,点击"生成"按钮开始生成,生成的 TGA 序列每个文件名以设置的文件名 +0000(总帧数)为实际文件名,储存在设置的文件夹中。

2. E1000 的基本编辑流程

本书中,我们将使用 E1000 笔记本非线性编辑系统的操作流程,分为两个部分,即:

★与专业光盘系统配合的现场编辑。

★与 DVCAM 系列摄录设备配合的新闻编辑和传输。

"基本编辑"作为节目制作的核心部分,在这两种应用流程中都具有至关重要的地位。由于在两种不同的应用流程中基本编辑的操作流程大体相同,因此我们在这里统一做一个说明,在后面的流程描述中不再赘述。

首先我们需明确"基本编辑"的涵盖范围,即不负责输入输出,素材已全部上载到系统中,在素材库窗口中可显示出来,制作完成的节目在时间线窗口中可正常回放。"基本编辑"与两种应用流程的关系如图 1–32 所示:

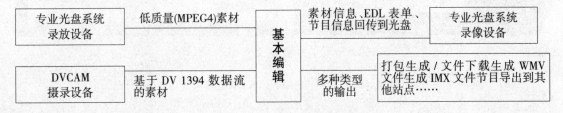

图 1–32 基本编辑与两种应用流程

1.2 专业光盘系统现场编辑操作流程(E1000)

1.2.1 连接专业光盘设备

1.参看相关章节,完成光盘设备管理工作,光盘素材基本信息如图1-33所示。

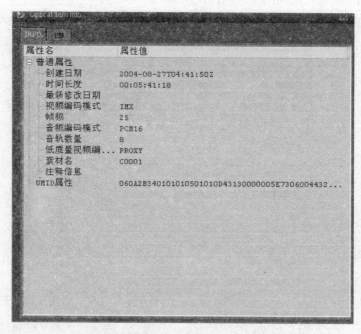

图 1-33 光盘素材基本信息窗口

2.在素材库窗口中用鼠标右键点"光盘库"项,在右键菜单中选择待上载的光盘设备,如图 1-34 所示:

图 1-34 光盘设备窗口

1.2.2、调入低质量 MPEG4(PROXY)素材

1.右键菜单中选"调入光盘"项,弹出"上载光盘文件"进度条,如图1-35 所示:

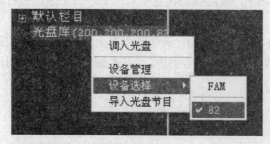

图 1-35 上载光盘文件窗口

2.此时上载的全部文件为 PROXY(低质量 MPEG4)素材。

3.上载完成后可在素材库中搜索、查找光盘素材(PROXY低质量)、EDL 表单,还可以直接调入存储在光盘中的节目文件(PGM)继续编辑。

1.2.3 查看素材信息

1. 在素材编辑窗口中点击  按钮(右下角)查看素材信息(或在素材库窗口中选中素材右键点击"信息"项打开素材信息窗口)。

2. 点击素材信息窗口中 **EM** 按钮查看素材关键帧信息(转场识别后生成的分镜头列表),如图 1-36 所示:

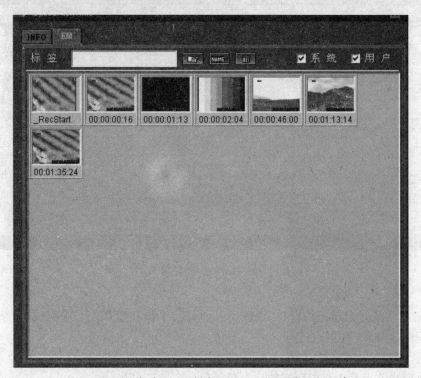

图 1-36 光盘素材信息窗口——关键帧信息列表

3.关键帧(分镜头信息)重命名,如图 1-37 所示:

图 1-37 素材关键帧(标记点)重命名

a)选中某一关键帧(标记点)图标,系统显示标签名称(初始默认为所在素材的时间点)。

b)在标签的文本框中输入新的名称,确认后按 **NAME!** 重命名。

c)重命名完成后可按素材编辑窗口中的 按钮,将完成转场识别、关键帧(标记点)重命名的素材信息写回光盘,以方便日后继续使用。

4.点击素材信息窗口中的 按钮,删除当前选中的关键帧(标记点)。

1.2.4 基本编辑流程

参见 1.1.4 节全部内容。

1.2.5 上载高质量(IMX 素材)

1.打开上载中心(用如下方式中的任意一种)

a)在"编辑工具"系统菜单中选择"上载中心"项。

　　b)在素材库中选中素材图标,右键菜单中选择"上载素材"项

　　c)在时间线窗口中选中素材,右键菜单中选择"上载选中素材"或"整理并上载选中素材"项,如图 1-38 所示:

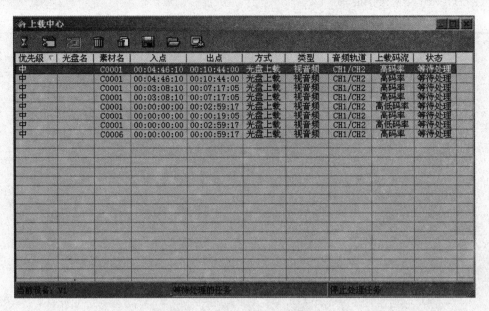

图 1-38 上载选中素材窗口

　　2.选中素材后从光盘设备的素材上载(高、低码流)工作在上载中心中完成,上载过程可在后台进行,并不影响其他工作同时进行。

　　a) 执行当前选中(激活)的待上载条目。

　　b) 执行当前上载中心中所有的待上载条目。

　　c) 停止当前正在进行的上载工作。

　　d) 删除当前选中的上载条目。

　　e) 清空当前上载中心所有条目。

　　f) 将当前上载中心的所有条目信息保存为.uc 文件待日后打开再上载。

　　g) 弹出对话框,打开先前保存的.uc 文件。

　　h) 打开设置对话框,设置光盘设备的连接。

1.2.6 素材信息/节目信息/EDL 码单写回光盘

　　1.完成素材的入出点调整后,可将素材信息写回光盘,点击素材编辑窗口中的 按钮,将完成转场识别、关键帧(标记点)重命名的素材信息写回光盘,以方便日后继续使用。

　　2.保存 EDL 表单到光盘,如图 1-39 所示:

图 1-39 保存 EDL 表单窗口

a)简单的节目编辑完成后,在系统的"文件"菜单中选择"保存为 EDL"项,弹出 EDL 表单窗口。

b)按"新建"按钮在盘中新建 EDL 表单文件。

c)选中某一已存在的 EDL 文件,按"覆盖"按钮覆盖保存。

3. 保存 PGM 节目信息到光盘,如图 1-40 所示:

a)节目编辑完成后,在系统的"文件"菜单中选择"保存光盘节目"→"到光盘"命令项,弹出保存 PGM 窗口,如图 1-40 所示。

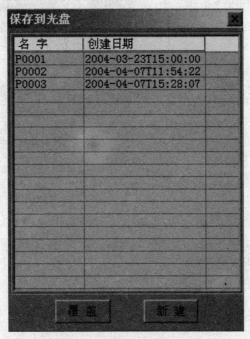

图 1-40 保存 PGM 到光盘窗口

b)按"新建"按钮在光盘中新建 PGM 节目文件。

c)选中某一已存在的 PGM 节目文件,按"覆盖"按钮覆盖保存。

1.3 基于 DV1394 数据流的新闻编辑操作流程

1.3.1 素材采集

请按相关章节的编辑格式设置和素材采集窗口进行操作。

1.3.2 基本编辑流程

参见 1.1.4 全部内容。

1.3.3 节目生成/输出

请参见 1.1.4 节中内容。

第 二 章　素 材 采 集

在素材采集窗口中,操作人员将视频源(摄录设备)设置入出点后采集,可以直接采集、三点编辑采集和批采集。

2.1 素材采集窗口简介（如图 2-1 所示）

素材采集窗口中的按钮功能(高亮的颜色表示被选中，灰色表示未被选中)，如下表所示:

图 2-1 素材采集窗口

图　　示	功　能　说　明	备　　　注
	设置采集上线时是否直接生成淡入淡出交叠特技	"采集上线"未选中时本按钮为不可操作状态
	设置是否采集上线	
	打开采集参数设置窗口	需输入正确的系统管理密码
V A1 A2	控制采集的视音频通道	
	退 / 进一帧	
	倒 / 进录像带	
	播放	
	打入 / 出点	
	到入 / 出点	
	清入 / 出点	
	开始采集	
	取消采集	已采集的内容将放弃存储和显示
	三点编辑方式采集	设置时间线入出点 + 磁带入点，或磁带入出点 + 时间线入点，直接采集上线
	将入出点信息加入批采集表	批采集表中新增一条待采集的素材记录
	弹出批采集表	显示批采集信息
00:00:01:18	游标位置	
00:00:00:00 00:00:02:14	入点位置;入出点间时码长度	
||||||||	搜索轮	

2.2 采集参数设置

系统菜单"系统设置"下选择"硬件连接设置",打开窗口如图2-2所示:

图 2-2 硬件连接设置窗口   图 2-3 采集参数窗口

通过设置可以对采集的视频质量和采集的帧精度进行调整。帧精度建议采用系统缺省值。

采集前可以对采集参数进行调节,点击窗口中的 **I** 按钮,弹出如图2-3所示窗口:

可以在"Template Name"栏中选择正在使用的 DV/DVCAM 设备名称(如 DSR PD190P 等),也通过设置可以对采集的视频质量和采集的帧精度进行调整,系统预装的各类 DV/DVCAM 设备建议采用上下载标定的建议值。

2.3 采集方式

2.3.1 手动直接采集

操作人员将视频源(摄录设备)与系统连接正常后,采集监视窗口会自动显示视频源中素材的图像内容,操作人员根据当前采集监视窗口,通过播放、快进快退、逐帧搜索按钮找出需要采集的画面,单击 � 即可进行采集。

采集下来的素材将自动添加到素材库中当前用户所在的目录。

2.3.2 三点编辑采集

三点编辑采集从操作方式上划分可分为两种。一种是在录像带上设置入出点,时间线上设置入点进行采集。另一种是在录像带上设置入点,时间线上设置入出点。两种方式只是操作步骤略有不同。

下面介绍三点采集的详细步骤:

1.确认录像机和非编工作站已经正确连接,并且进入遥控状态。

2.输入采集的素材段名称。

3.调整 ▮▮▮▮▮▮▮▮▮▮▮▮▮▮▮ 钮快速浏览录像带上的内容,当采集监视窗口出现需要采集的画面时,单击 ◀ 入点。当需要对画面进行精确到帧的调整时,可以按住 Ctrl 键同时调整搜索轮搜索,或者通过 ◀▮ 、▮▶ (单帧)进行微调后,再打上入点。

4.通过上步所述步骤,至需要结束的画面上单击设置出点 ▶ 钮。

5.在时间线上设置入点。

6.单击 ◉ 进行采集。

这样,系统就会按照录像带上所设的入出点间的内容采集成素材,素材保存到素材库中当前用户所在的目录下,并且把素材添加到时间线上设置的入点位置。

用户如果需要从某个画面开始采集一个固定长度的素材片段,可以选择另一种三点采集的方式:即在时间线上设置入出点,录像带上设置入点。

这种方式的采集步骤和上面介绍三点采集基本相同。搜索画面至需要采集的画面时单击 ▣ 按钮设置入点;然后在时间线上设置入出点决定采集的长度,最后单击 ▣ 完成操作。采集完成后,系统同样会自动把采集的内容添加到素材库中当前用户所在的目录下,并直接添加到时间线上我们所打的入出点之间。

2.3.3 批采集

素材批采集功能可以从录像带上精确采集多个不同位置的素材片段,方便进行多个素材的精确遥控采集。

批采集就是在录像带上选定多段素材片段,分别设置各段素材的入出点并将它们加入批采集表,再用批采集功能一次采集完成。具体采集方法如下:

1.确认录像机和非编工作站已经正确连接,并且进入遥控状态。

2.输入采集的素材名字。

3.在录像带上快速预览,在需要采集的素材片段两端设置入出点。然后单击 ▤ 按钮,将该段素材加入批采集表。

4.重复上步的操作,将所有需要采集的素材片段都加入批采表。单击 ▤ 进入批采集菜单。

5.批采集菜单的操作后,开始采集。如图 2-4 所示:

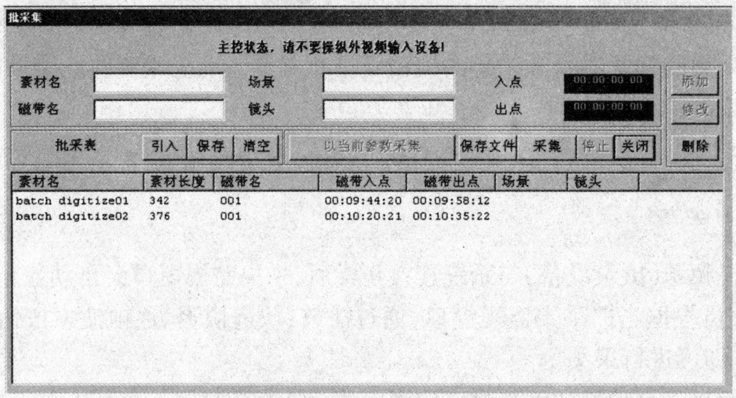

图 2-4 批采集窗口

下面,介绍批采集菜单中一些操作:

每条素材都可以进行素材名,场景,磁带号,镜头的设置和注释。可以通过添加按钮,直接输入素材的入出点,添加一条素材片断的采集信息。

批采集列表进行可以保存,以便日后调出使用。

在批采集窗口中点击"保存文件"后弹出点击采集按钮后,开始进行批采集。采集结束后,点击关闭按钮后退出批采集菜单。

2.4 被控采集(Edit Max 5)

被控采集就是外接编辑控制器,用编辑控制器控制系统进行素材采集。与传统非编挂接的编辑控制器相比较,Edit Max 5 在使用编辑控制器时,赋予了它更多的功能。

Edit Max 5 外接编辑控制器除了具有传统编辑控制器的搜索、打点、采集等基本功能外,配合编辑控制器使用三点编辑方式进行素材的采集,并直将采集的素材添加到时间线上。其具体操作如下:(以下是 4500 型编辑控制器应用案例)

1.连接好编辑控制器,将视频上轨指示键指向要添加采集素材的轨道。

2.单击 ▼ 按钮,将其状态设为采集直接上线。

3.在对话框中输入所采集的素材名。

4.单击 按钮,将系统状态切换为被控状态。

5.将编辑控制器的控制状态设为控制时间线,转动编辑控制器上的搜索轮将时间线上的游标调整到采集的素材想要添加的位置打上入点。

6.将编辑控制器的控制状态设为控制录像机,将搜索轮的状态定为 Shuttle 状态,转动搜索轮快速浏览录像带上的内容,快到所需采集的素材片段时按下搜索轮将其状态切换为 Jog 状态;转动搜索轮将录像带画面定为需采集的当前帧打上入点。再搜索到需采素材的末帧,打上出点。

7.按下编辑控制器上的上载键,那么刚才打点的素材就自动采集到素材库中,并且自动添加到时间线上我们确定的上线轨入点所在的位置。

第三章　素材管理

Edit Max 系列非编系统提供了强大的素材管理功能。操作人员可按照不同的节目名称查询每个节目中包含的各类素材。提供了"素材添加""素材删除""素材查找"以及"素材分类排列"等多种功能。按下 F2 键后，弹出下面的素材库窗口，如图 3-1 所示：

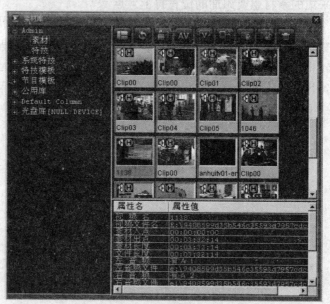

图 3-1 素材库窗口

3.1 素材库窗口简介

素材库窗口中的按钮功能如下表所示：

图　示	功　能　说　明	备　　　注
	切换素材库窗口的显示外形	可选择是否显示素材详细信息
	刷新素材库中显示的素材信息	将素材加入素材库中后按该按钮刷新素材库的显示
	引入在硬盘其他位置的素材文件	弹出引入素材对话框
	切换素材上线方式	可选择视频上线、音频上线和视音频同时上线
	切换素材显示种类	可选择只显示视频、音频、字幕素材或显示全部素材
	切换素材显示方式	可选择显示图标（图标画面可手动选择素材中的任何一帧）或列表
	锁定素材 / 解除素材锁定	
	删除素材	弹出对话框，选择素材删除方式（包括只删除素材信息或删除媒体文件）

在素材库窗口中的素材图标上标记了该素材的特性，以及是否带音频、是否为字幕素材等基本特征，具体说明如下表所示：

包含视频、音频的素材	视频素材（不包含音频）	音频素材	字幕元素的素材

窗口左边的树型结构显示的是当前用户栏、公有素材库、特技库、栏目以及栏目下的节目项目,需要显示什么栏目中的素材只需将素材选中;那么窗口右边上半部分显示的是当前栏目中的素材。用鼠标选中一个素材,选中素材的外观会变为桔黄色;那么上图素材库窗口右边下半部分显示的是当前选中素材的属性列表。

3.2 引入素材

单击素材库窗口中的按钮 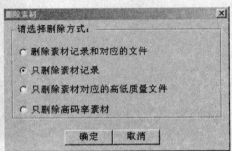 ,弹出如图 3-2 所示的对话框:

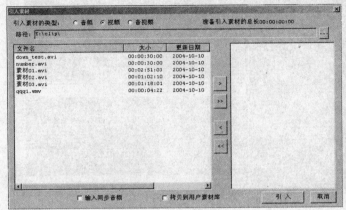

图 3-2 素材库窗口　　　　　　图 3-3 删除素材窗口

各部分说明如下表所示:

相 关 部 分	功 能 说 明	备 注
···	选择素材路径	
>	增添选中的素材	选择时可以按住 Ctrl 键进行多选
>>	增添路径下有效的所有的素材	
<	清除选中的素材	选择时可以按住 Ctrl 键进行多选
<<	清除准备引入的所有的素材	
引入素材的类型	指定引入素材的类型	类型分为:视频、音频、音视频
输入同步音频	引入视频时连同同步音频一起引入	
拷贝到用户素材库	引入的同时把素材拷贝到用户素材库中	不选择此项只是引入一个素材所在位置的索引

单击引入按钮后,系统会显示素材引入以及拷贝的进程。目前可以引入到 Edit Max1 素材库中的媒体文件类型包括 DV/DVCAM、MPEG2IBP 帧、Windows Media(WMV)、Wav 等格式的视音频媒体文件。

3.3 删除素材

删除素材库中的素材时,选中需要删除的素材,再单击 Delete 键,将弹出如图 3-3 所示的对话框:用户根据提示进行操作,选择相关的删除方式。

3.4 查看素材信息

在素材库窗口中单击鼠标左键在窗口中选中一段素材。当素材库窗口中的外形切换按钮状态为 时,窗口右下方就会显示素材的相关信息,如图 3-4、3-5 所示:

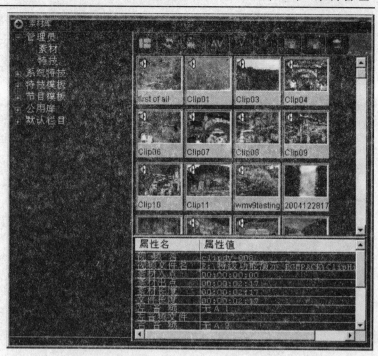

图 3-4 素材库右键操作   图 3-5 素材库窗口

3.5 素材库窗口中的右键操作

在素材库中选择一个素材单击鼠标右键即弹出一个菜单,如图 3-6 所示。

菜单中的刷新、删除、素材加锁、素材解锁功能与素材库上的按钮功能等同。

排列:分为按名称排列、按类型排列、按时间排列。

重命名:对素材名称进行改名。

图标设置:可以通过滑动条选择素材播放中的任意一帧作为图标显示,如图 3-7 所示。

图 3-6 素材库窗口中的右键操作   图 3-7 图标设置窗口

第四章 素材编辑

4.1 素材编辑窗口简介（如图4-1所示）

在素材编辑窗口中的常规操作是设置素材的入出点、智能化转场识别（生成素材的分镜头列表）、素材入库、素材上时间线等，主要按钮的功能如下表所示：

图4-1 素材编辑窗口

图 示	功 能 说 明	备 注
	复位	清空正在素材编辑窗口中编辑的素材（只在窗口中清除，非删除）
	素材入库	调整入出点之后入库，重新生成素材信息，记录新的入出点信息
	切换显示模式	半屏显示或全屏显示
	启动转场识别（启动前注意应将时间游标置于素材起点）	如对该素材已做过转场识别，则弹出"上次记录的关键帧将丢失，是否继续"对话框，点击"确定"重新进行识别
	显示转场识别信息窗口	该窗口如左图所示，可在关键帧图标上点击右键选择设定入出点，也可以将图标表示的镜头直接拖拽到节目时间线上
	覆盖到时间线入出点并加过渡特技	过渡特技默认为淡入淡出交叠特技，可在特技编辑窗口中加入划像特技并编辑
	将正在编辑素材的入出点间内容覆盖到时间线当前轨入出点间	
	将正在编辑素材的入出点间内容覆盖到时间线上游标处	
	将正在编辑素材的入出点间内容插入到时间线上游标处	素材首帧与时间线游标当前位置对齐，时间线游标之后的内容平移到插入素材尾帧之后
	替换时间线上选中的素材	
	到素材头 / 尾	
	播放	
	播放素材编辑窗口中素材入出点之间的内容	
	退 / 进一帧	
	退 / 进五帧	
	到入 / 出点	

图 示	功 能 说 明	备 注
◀ ▶	打入 / 出点	
◁ ▷	清入 / 出点	
00:00:06:21	游标位置	当前游标位置
00:00:00:00	素材入点位置	
00:00:15:15	入出点间时码长度	

4.2 定义素材入出点

在素材编辑窗口中通过拖动时间线游标搜索素材，将时间线游标定位于需要设置入点处，单击 ◀ ,设置入点。然后将时间线游标定位于需要设置出点处单击 ▶ ,设置出点。

4.3 素材转场

单击 ▦ 按钮可以对素材启动转场识别(启动前注意应将时间游标置于素材起点),单击 ▭ 按钮可以弹出转场识别信息窗口,在窗口中同步显示转场信息。在转场识别信息窗口可在关键帧图标上点击右键选择设定入出点,也可以将图标表示的镜头直接拖拽到节目时间线上。

素材转场列表搜索完毕后,可在转场窗口中针对某一图标设定素材入点或出点,并可以进行素材入库等操作。

图 4-2 转场信息显示窗口

4.4 素材上线

将设定好入出点的素材添加到时间线上时有"覆盖到入出点加特技""覆盖到入出点""覆盖到游标""插入到游标""替换选中素材"五种方式,下面我们分别作介绍。

4.4.1 覆盖到入出点加特技

这种上线方式是将素材添加到时间线的上线轨的入出点处,覆盖原有素材,与原素材交接部分添加过渡特技。操作如下:

1.将素材调入素材编辑窗口(可以设定好素材的入出点),在时间线上打一个入点,或者在时间线上打入出点(注意:时间线上的入出点间的长度不能超过素材的长度)。

2.在时间线上确定上线轨道。

3.单击"素材编辑窗口"中的 ▦ ,素材就上到时间线上指定的位置,如果时间线上有原来的素材,原位置的素材与上线素材重叠的部份将被上线素材覆盖掉,交接部分添加过渡特技。

4.4.2 覆盖到入出点

这种上线方式与覆盖到入出点加特技方式一致,只是交接部分不添加特技。

4.4.3 覆盖到游标

这种上线方式将素材添加到时间线的上线轨的当前游标处,覆盖原有素材。操作如下:

1.在"素材编辑窗口"进行素材编辑。

2.确定时间线上的上线轨。

3.将时间线游标定位于上线轨需要覆盖素材的位置,再单击 ⮕ 。

此时编辑好的素材就插入到上线轨的游标所在的位置。如果上线轨的游标处原来有素材,原位置的素材与上线素材重叠的部份将被上线素材覆盖。

4.4.4 插入到游标

这种上线方式是将素材添加到时间线的上线轨的当前游标处,插入编辑好的素材。操作如下:

1.在"素材编辑窗口"进行素材编辑。

2.确定时间线上的上线轨。

3.将时间线游标定位于上线轨需要插入素材的位置,单击 ⮕ 。

此时编辑好的素材就插入到上线轨的游标所在的位置。如果上线轨的游标处原来有素材,那么原素材将自动由插入点切开,移到插入素材的后面。

4.4.5 替换选中素材

这种上线方式是将素材替换时间线上的选中的素材。比如对时间线上某个素材不满意,想将其修改后再上到时间线上或是用别的素材来替换它。操作如下:

1.在"素材编辑窗口"中调入用于替换的素材,进行素材编辑。

2.在时间线上确定上线轨道。

3.然后在时间线上单击需要被替换掉的素材(高光为选中),单击 ⬍ ,这样时间线上的选中素材已经被编辑的素材替换了。

第五章 编辑时间线

图 5-1 节目编辑窗口

5.1 时间线编辑窗口/节目编辑窗口简介(如图 5-1、5-2 所示)

节目编辑窗口中的按钮功能如下表所示:

图　　　　示	功　能　说　明	备　　　注
	到前一 / 后一个关键点	
	播放	
	入出点间播放预览	播放素材编辑窗口中素材入出点之间的内容
	退 / 进一帧	
	退 / 进五帧	
	到入 / 出点	
	打入 / 出点	
	清入 / 出点	
	在选中的素材打入 / 出点	
	时间线同期录音	打开时间线同期录音窗口
00:00:06:21	游标位置	时间线上游标当前位置的时间点
IN 00:00:00:00	入点位置	时间线上的入点位置
DUR 00:00:15:15	入出点间时码长度	
	入出点间编辑特技	在特技章节详细有说明
	切换显示模式	全屏显示和半屏显示(全屏显示可以观察画面细节)

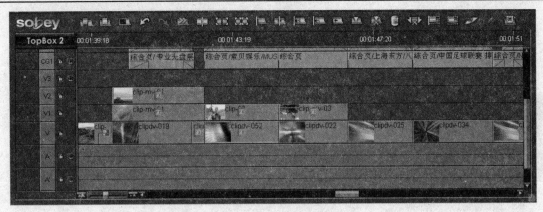

图 5-2 时间线编辑窗口

时间线编辑窗口中的按钮功能如下表所示：

图　　示	功 能 说 明	备　　注
	插入模式	素材上线后与时间线上素材重叠，原素材将自动由插入点切开，移到插入素材的后面
	覆盖模式	素材上线后与时间线上素材重叠的部份将被上线素材覆盖掉
	显示图标	时间线上素材开头是否显示提示图标
	恢复 / 重做	
	素材生成	
	素材切割	将时间线上当前选中的素材在时间线游标处切割开（媒体文件无变化）
	素材成组 / 解组	
	将选中的素材左边移动到游标位置	
	素材关键点移动到游标	与加关键点功能配合使用
	改变素材的入出点	改变入点和改变出点
	改变入出点(变速)	改变入点和改变出点,改变素材的速度
	两视频间增加过渡特技	加前过渡和后过渡
	加关键点	分为标记到时间线和标记到视频项
	清除关键点	清除时间线当前关键点,清除时间线所有关键点,清除视频项当前关键点,清除视频项所有关键点
	删除选中项	
	删除入出点间素材	
	游标之后全选	
	框选素材	
	显示区域	与显示区域按钮组合可以设置显示的区域
	设置显示区域	选定入出点后点击该按钮设置显示区域

图　　示	功　能　说　明	备　　　　注
	实时预览(后有专节介绍)	时间线上的编辑的视频文件可以在 DV 机进行实时预览
	视／音频上线目标轨道	素材编辑窗口素材上线以此为依据
CG1　V1	轨道号(字幕轨／视频轨／音频轨)	
	轨道的可预览／不可预览	图标在视频轨表示从第几视频轨以下可以预览
	轨道锁定／解锁	
	时间线缩放	

5.2 节目编辑窗口的操作

5.2.1 切换显示模式

当"系统设置"中的"编辑分辨率"设置为全屏显示时，点击该按钮可以使节目回放窗口进行全屏(720*576)或半屏(320*240)的显示。

5.2.2 时间线同期录音

1. 点击按钮,弹出时间线同期录音窗口,如图 5-3 所示:

2. 在时间线同期录音(配音)窗口中,可以设置预卷时间、生成的素材名称及输入输出电平值。具体操作如下:

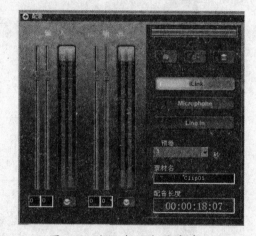

图 5-3 时间线同期录音窗口

a)在时间线窗口中编辑需要进行同期录音的段落,设定入出点。

b)在时间线上确定上线音频轨道。

c)选择声音的输入模式(Microphone/Line In/ILink),单击　　　　按钮,系统在时间线窗口中的入出点间开始配音(建议选用 ILink 接口以获得较好的音频质量)。

为了保证同期录音过程的安全性,开始录音后,鼠标将只能在同期录音窗口中活动,而无法移动到界面的其他位置。

5.3 时间线素材的操作

5.3.1 素材选取

素材的选取分为多选、框选和时间线游标后选择,下面我们分别对这三种选择方法作介绍。

1. 多选

按住 Ctrl 键,然后用鼠标单击要选择的素材,被选中的素材以高亮色表示。如果要选择同一轨道上的多段连续素材,同样按住 Ctrl 键不放,用鼠标在要选的第一段素材上单击一次,再用鼠标在要选的最后一段素材上单击一次,那么两段素材间的所有素材都会被选中。

2. 框选

在时间线工具栏中单击　　　(或按快捷键 Tab),在时间线上拖动鼠标,拉出一矩形框,矩形框中的所有素材将被选中,选中素材以高亮色表示。

3. 时间线游标后选择

将时间线光标定位到您需要选中的一系列素材的最前面一素材,然后单击 ,在时间线光标以后的所有素材将被选中。

5.3.2 素材拖动

素材的拖动有以下四种情况:从素材库拖动到时间线、从素材编辑窗口拖动到时间线,时间线上的素材拖动,从时间线拖动到素材编辑窗口。下面以第一种情况为例介绍素材的拖动方法。用鼠标点中素材库中素材的图标,不松开鼠标将被选中的素材图标拖动到时间线上的任意位置,拖动时时间线窗口的左上角会显示相关信息。其他拖动方法与第一种情况比较相似,此处不多作介绍。

5.3.3 素材删除

选中素材,然后按键盘上的 Delete 键或者单击时间线上的 按钮,可将当前选中素材从时间线上删除。

注意:在时间线上对素材进行拖动、删除和复制时必需先将时间线上方的插入模式按钮 、覆盖模式按钮 选中其一,否则不能执行以上的操作。

5.3.4 素材成组解组

选择 图标将选中的多个素材(包括视频、音频、字幕、背景)建成一个组,在之后的操作中,将整体对一个组进行移动,删除等操作。

选择 图标可将一个成组素材拆散成若干独立的素材,常用于将素材的同期声进行拆分。

5.3.5 素材复制

按住 Ctrl 键,先选中要复制的素材,然后按住 Ctrl 键和鼠标左键拖动选中素材,将鼠标移动到素材要复制的位置后松开鼠标,那么选中的素材就被复制了。

5.3.6 素材对齐操作

1. 拖动素材与前一个素材尾对齐

选中时间线上素材,用鼠标拖动素材,当显示如图所示状态时 表明与前一素材尾对齐(吸附功能)。

2. 选中的素材左边与游标位置对齐

选择时间线上的素材(可以是一个或是多个),选择 按钮,可以将所有被选中素材对齐时间线游标。

3. 选中素材关键点与游标位置对齐

选择时间线上的素材(可以是一个或是多个),当所选中素材上关键点时,选择 按钮,可以将所有被选中素材上的关键点与游标对齐。

4. 改变素材长度与游标对齐

选择时间线上的素材,选择 按钮,可以将被选中的素材头或尾以改变播放速度的方式与游标对齐。

5.3.7 素材剪切

在时间线上选择一个或多个素材(可包括视频、音频、字幕及背景)然后选择 素材剪切按钮,此时素材在时间线游标处被剪断。

5.4 时间线窗口的操作

5.4.1 时间线的移动

选中时间线,可以像拖动 Windows 窗口一样将其拖放到您所需要的位置。

5.4.2 时间线的缩放

系统不但保留了传统非线性编辑系统对时间线进行缩放和移动时所使用的功能按钮,而且还采用了最为流行的无极缩放方式,使操作更简单,更得心应手。具体方法是:在时间线操作区按住鼠标右键上下移动就可对时间线进行放大或缩小;按住鼠标右键进行左右拖动就能使时间线上的轨道进行相应的左右移动。

5.4.3 轨道的可预览性操作

1.时间线轨道左侧的眼睛图标的状态表示该轨道素材的可预览或不可预览。单击眼睛图标即可变换开关状态。

2.通过 ![] 和 ![] 按钮可以设置时间线上的显示区域,组合使用按钮可以使节目编辑窗口只能预览时间线上入出点之间的视频文件。

5.4.4 轨道锁定操作

时间线轨道左侧的锁为打开状态表示该轨有效,单击锁图标变为关闭状态,即将该轨改为无法改动状态,不能对该轨道上的素材进行任何操作。该功能的好处是当我们完成一个轨道上素材的编辑后不再需要修改了,就可以将该轨设为关闭状态,以防不小心对该轨进行了误操作。

5.4.5 改变上线目标轨道的操作

系统可以改变当前视音频的上线目标轨道,操作基本一致,以视频轨为例,操作如下:如图表示当前的上线目标视频轨 ![],用鼠标点击左侧 V 字框图标,不松开鼠标,这时鼠标会变成一个黑色的箭头,将箭头拖动到要更改的视频轨道上去。过程如图所示 。

5.4.6 定义关键点

点击 ![] 按钮可以选择定义关键点。可以定义两种关键点,为在时间线上标记关键点和标记到视频素材上。

关键点至时间线上,在时间线标示为一条桔黄色线,通过时间线上的关键点快速找到需要修改的地方;关键点至素材上,在视频素材上标示为一条蓝线。使用关键点可以方便地用于素材对齐等操作。清除关键点点击 ![] 按钮。

5.5 时间线上右键的操作（如图 5-4 所示）

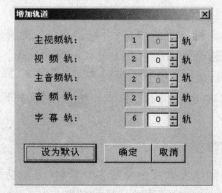

图 5-4 时间线上的右键菜单   图 5-5 添加轨道窗口

★添加轨道:在数字输入框中可以手动输入参数,也可用鼠标点小窗口右边的上下箭头来输入参数,单击确定按钮,则在时间线窗口添加了指定数目的轨道。如图 5-5 所示:

★删除可编辑轨道:可以对音频 / 视频 / 字幕轨道进行删除,只保留锁定的轨道和上线当前主轨道。

★清空 V 轨:清除上线当前主视频轨道上的素材。

★清空时间线:清空时间线上的所有素材。

★素材编辑:调出素材编辑窗口。

★属性:调出素材信息。入出点,长度等。(特技编辑、增加特技、静帧、软特技在下一章进行详述)

5.6 时间线实时预监输出

确认 DV1394 设备连接正确,且 DV1394 设备处于开机 / 回放状态后,点击时间线上预见输出按钮,在弹出式菜单中选择系统状态,以进行编辑节目的常规操作,通过实时的预监输出检查画面、音频质量等等。如图 5-6、5-7 所示:

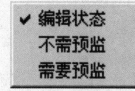

图 5-6 时间线实时预监输出按钮   图 5-7 点击预监输出按钮后的弹出式菜单

5.6.1 编辑状态

节目编辑的常规操作时,请选用"编辑状态"项。此时系统无预监输出。

5.6.2 不需预监

该状态应用于较复杂的时间线实时预监输出。

在字幕元素多、视音频素材较多、时间线较为复杂的情况下,选择"不需预监"选项后,系统打开 DV1394 接口的预监通道,同时在回放时关闭软件界面中"节目编辑"回放窗中的显示。

此时在时间线上拖动游标进行搜索时,在"节目编辑"回放窗和监视器中都会显示游标当前位置的画面,而点击 play 键开始播放后,只有在监视器中显示播放的画面,而"节目编辑"回放窗中显示为黑场。

5.6.3 需要预监

该状态应用与相对简单的时间线实时预监输出。

在字幕元素、视音频素材不多,时间线相对简单的情况下,选择"需要预监"选项后,系统打开 DV1394 接口的预监通道,在回放时间线时"节目编辑"回放窗和监视器中同时显示播放的画面。

第六章　特技编辑操作

6.1 特技编辑窗口（如图 6-1 所示）

节目回放窗口中的按钮功能如下表所示：

图　示	功 能 说 明	备　　注
FX　FX	添加 / 删除特技	
保存特技图标	保存特技	
关键帧图标	在当前位置添加 / 删除关键帧	
对齐图标	与前 / 后一个关键帧对齐	
✂	剪切当前关键帧	
拷贝图标	拷贝当前关键帧	
粘贴图标	粘贴关键帧到当前位置	
反转图标	反转关键帧	将关键帧进行对调，使关键帧的进行顺序反转
▷	预览	
◀　▶	到首 / 尾帧	
恢复图标	恢复 / 重做	
复位图标	复位缺省值	调用特技的缺省参数

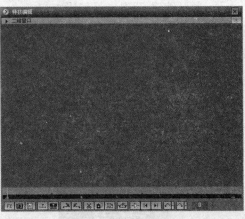

图 6-1 特技编辑窗口

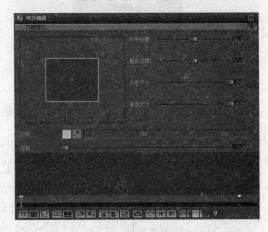

图 6-2 特技参数调节窗口

6.2 在特技编辑窗口制作特技

6.2.1 添加特技

选中要编辑的素材，按热键 F3 可以调出特技编辑窗口。下面，我们以添加二维窗口特技为例对编辑特技作详细介绍。

在弹出的特技编辑窗口，选择点击添加特技按钮 FX，在弹出的菜单中用鼠标点击选择需要添加的特技。该特技的横条自动添加到特技窗口中，用鼠标双击特技横条，就会弹出特技参数调节窗口，在该窗口中可以对各个特技参数进行调整。如图 6-2 所示：

用鼠标拖动窗口上的滑块，可以调节二维窗口的各种位置，同样也可用鼠标将滑快横条旁的数字用鼠标击活，使其变为蓝色，就可以手动输入数字，也可以在左边示意窗口中用鼠标直接拖动。如果要添加关键帧，将窗口下方棕黄色特技时间线上的游标移动到合适的位置，再单击下方的 关键帧 按钮，就添加了关键帧。关键帧在时码轨道上有倒三角标示。

要调节特技参数时，先用鼠标选中关键帧，选中的关键帧将变为桔黄色的；再调节特技的参数调节时可在右边的节目编辑窗口看到实时调节的效果。

删除关键帧时，先选中要删除的关键帧，然后再单击 关键帧 按钮，就能将选中的关键帧删除。如果还想添加别的特技，鼠标单击下方的 FX 按钮，在弹出的菜单中再选择需要添加的特技，在新的特技参数窗口中调节特技参数。参数调节的方法与二维窗口特技参数调节相似。特技添加完成后，关闭特技窗口。

6.2.2 删除特技

在特技编辑窗口中用鼠标点选想要删除的特技,点击 **FX** 按钮,即可删除选中特技。

6.3 使用特技库添加特技

在素材库中提供了一个系统特技库,在系统特技库中提供了在平常做节目时常用的特技效果。在打开系统特技库时,按热键 F2,然后在弹出的素材库窗口中用鼠标单击"系统特技库"就能看到系统特技库中封装的常用特技,如图 6-3 所示:

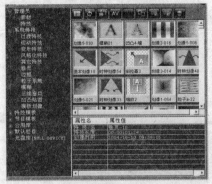

图 6-3 特技库窗口

图 6-4 V 轨过渡特技窗口

在使用"系统特技库"中的特技时,只需要拖动特技模板里的特技图标至选定素材即可。

6.4 入出点间添加特技

传统非编如果想对素材中的一段进行特技的添加只能先对素材进行剪切,然后再对剪切后的素材进行特技的添加。同样,如果想对时间线上的几段素材添加特技也需要选中每一段素材分别进行添加。

系统提供了独特的入出点间素材添加特技的功能,使特技的应用更加灵活。多段素材的特技的添加操作如下:

先在时间线同一视频轨道上放入几段素材,再对需加特技多段素材打入出点,然后单击节目编辑窗口中的 **▭** 按钮;然后按热键 F3 弹出特技窗口,然后按上边编辑特技的方法添加特技。特技添加完成后,关闭特技窗口。

6.5 V 轨过渡特技

系统中能对在 V 轨上的视频素材添加过渡特技,方法如下:在时间线上的视频轨上放入两段素材。按住 Shift 键,用鼠标拖动一段素材使之与另一段素材重叠,再松开鼠标,两素材重叠部分已自动加上了过渡特技。如图 6-4 所示:

6.6 自定义特技库

系统特技除了提供内容完善的系统特技库外,还提供了用户自定义特技库,对于用户经常使用的特技,用户可以制作一次后将该特技添存入自定意特技库中,在下次使用时就不再进行制作了。只要从自定义特技库中将制作好的特技拖动到要应用的素材上就行了。

下面作具体介绍如何自定义特技库。

★在时间线上选中一段需要编辑特技的视频素材,设置好入出点。

★双击素材上的特技图标,进入到特技编辑窗口,按您的需要调节好各关键帧的参数,结果如图 6-5 所示:

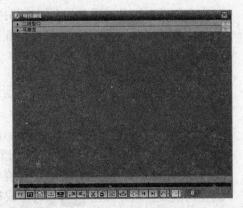

图 6-5 特技编辑窗口

★单击 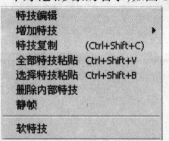 按钮,在弹出的窗口中为您的特技。

取一个好记、形象的名字,如图6-6所示:

图6-6 特技名窗口

图6-7 时间线右键菜单上的特技

图6-8 特技粘贴窗口

图6-9 软特技窗口

★单击换图片,为特技选择一个新图标(图片必须是BMP格式)。

★保存。

★在素材库的特技栏中就可以看到自制的特技了。

6.7 时间线上右键中的特技操作(如图6-7所示)

★特技编辑:增加特技与上述的操作一致。

★特技复制:在时间线上点选带特技的素材,用此功能可以复制该素材所带的全部特技(包括调整好的特技参数)。

★选择特技粘贴/全部特技粘贴:可以把刚刚复制下来的特技添加到其他素材上。当特技复制包括多个特技时,选择特技粘贴可以有选择性的进行粘贴。如图6-8所示:

全部粘贴则是把所有包含特技都拷贝下来。

★静帧:静帧内容根据游标停留在素材上的位置确定。添加静帧后素材头有 F 标示。

6.8 软特技

提供的一些特技插件,如图6-9所示,操作与特技编辑相似,添加软特技后素材需要在时间线上生成,素材上部有蓝虚线标示。

在"特技插件"窗口中选择已安装在系统中的特技效果插件,双击某一插件项即在特技编辑栏中打开。在特技编辑栏中调整特技细节的同时,可以在预监窗口中浏览特技的调整效果。

调整结束后,点击"保存"按钮保存特技效果的调整结果,系统自动退出软特技操作窗口,此时需在时间线窗口中点击 素材生成按钮,对调整过的软特技进行时间线上的生成(生成速度取决于软特技本身),生成完毕后即可在Edit Max时间线上回放和继续编辑。

点击特技编辑栏中某一特技选项条中的 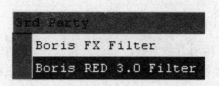 按钮,即可删除该特技插件,回放窗中的显示恢复到加入该特技之前。Edit Max 系统支持针对一条素材一次添加多个软特技,并支持每个特技进行独立的操作和删除。

如在 Edit Max 系统中选装 Boris FX 或 Boris Red 等特技效果软件,则可以在特技插件窗口中选择 "3rd Party"–Boris FX 或 Boris Red 等软件。以 Boris Red 为例说明如下:

图 6-10 Boris Red

★ 在 特 技 插 件 窗 口 中 选 择 3rd Party–Boris Red 3.0 Filter,如图 6-10 所示,双击后打开 Boris Red 软件,软件界面如图 6-11 所示:

图 6-11 Boris Red 软件界面

★在特技软件中进行特技 / 效果的编辑处理(具体操作方式请参阅各自软件的说明书或帮助文档)。

★如取消编辑(不保存特技效果),可点击该界面右下方的 **Cancel** 按钮。

★如编辑完成,请点击主界面右下角的 **Apply** 按钮,系统自动退出当前的编辑窗口,回到 Edit Max 软件的软特技编辑窗口,如左图所示。

★在软特技窗口中,按住鼠标左键在时间条中拖动可以预览特技编辑的效果。

★如需重新进入 Boris Red 特技效果软件编辑,点击 Boris Red 3.0Filter 选项条上的 **设置** ,重新进入特技效果软件。

★点击选项条上的 按钮,即可删除该软特技。

★如需使用其它软特技,可在特技插件窗口中选择其他特技效果插件,在软特技窗口中继续编辑。

★点击 **保存** 按钮,退出软特技编辑窗口,在时间线窗口中生成特技结果。

★如按 **取消** 按钮,则系统不保存特技效果。

第七章　音频操作

7.1 设置音频过渡方式

系统对音频素材添加过渡特技,添加的方法与视频素材过渡特技的添加相同。在时间线上的音频轨上放入两段素材。按住 Shift 键,用鼠标拖动一段素材使之与另一段素材重叠,再松开鼠标,两素材重叠部分已自动加上了过渡特技。如图 7-1 所示:

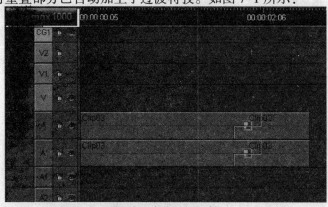

图 7-1 音频过渡窗口

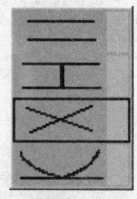

图 7-2 特技调整窗口

如果想对特技进行调整,双击上图中的图标,将弹出选择菜单如图 7-2 所示:

系统提供了四种音频过渡特技供用户选择。在上边的菜单中选择一种,这种特技自动添加到了音频素材上。下面我们介绍一下四种音频过渡特技的具体功能:

★ 在两段音频过渡的一段进行混音,两段音频的音量大小不作变化。

★ 在两段音频过渡部份的中点对两段音频进行切换,即做一个硬切操作。

★ 在过渡时,前一段音频的音量做线性减小,后一段音频的音量做线性增大。

★ 在过渡时,前一段音频的音量逐渐减小,到过渡部份的中点时减小为 0;后一段音频的音量在过渡部份的中点从 0 开始逐渐增大。

7.2 音量调节

系统能在时间线上同时添加 8 条音频轨道。并提供有多种音频调节手段及音频输出方式。可以"对某一点音量进行调节",也可以"对入出点间音频调节",甚至还可以"通过调音台在播出时实时调音"。

下面我们将对以上三种调音方式作详细介绍。

★ 对某一点音量的调节

将音频素材放到时间线上线上的音频轨。素材中有一条细线代表音量的大小,我们可以用鼠标调节这段音量指示线来调节音频素材。先按住 Alt 键,在音量指示线上任一点上用鼠标上下拖动来改变音量的大小。

★ 入出点间音量的调节

调节整段音频时先对音频素材中需要调节的部份两端打上入出点,然后按住 Ctrl+ Alt 键,用鼠标上下拖动音量指示线就能调节整段的音频了。

7.3 调音台

音量调节用调音台在节目播出时进行实时调音。调音台有主控和被控两种调音方式,主控就是用计算机来控制。被控就是用编辑控制器来控制。主控方式时,点击编辑工具下拉菜单,选择调音台,将弹出。如图 7-3 所示:

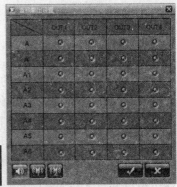

图 7-3 调音台窗口　　　　图 7-4 时间线窗口　　　图 7-5 音频输出设置窗口

上图中的 A、A'、A1-A4 与时间线上的音频轨相对应，A、A'代表主音轨。调节时，选中需要调节的音频轨，在需要调节的音频素材两端打上入出点，选中 ![按钮] 按钮，按下 ![按钮] 按钮，然后播放。在音频素材播放的同时，用鼠标拖动调音台中的对应轨道下的音量调节滑块，向上则音量增大，反之则减小；同时系统将调整结果自动记录于素材上。并能在音量指示线上表现出来。调节后时间线的音频素材如图 7-4 所示：

7.4 音频输出设置

系统具有四路音频输

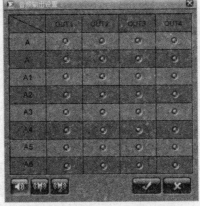

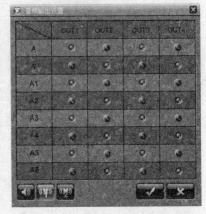

图 7-6 单声输出窗口　　　　图 7-7 音频输出设置窗口

出；同时提供了"单声""立体声 1""立体声 2"三种音频输出方式，其方式为固定的。

进入系统后在工具菜单下的系统设置中选中"音频输出设置"选项，就会弹出如图 7-5 所示。

图 7-5 中的 OUT1、OUE1、OUT3、OUT4 代表四个输出通道。下面我们分别对三种音频映射式作详细介绍。

7.4.1 单声

在需要单声输出时，选择图 7-5 菜单中的单声 ![图标]。如图 7-6 所示：

选择"单声"输出表示 OUT1、OUE1、OUT3、OUT4 四路输出都是相同的，既时间线上各轨的音频进行混合后在四个输出通道的输出都是一样的。

7.4.2 立体声 1

选择立体声1 ![图标] "音频输出设置"窗口如图 7-7 所示：

在立体声 1 时是将输出通道 OUT1 中的 A1/A3 相关联，OUE1 中的 A2、A4 相关联。这样 OUT1、OUT3 的输出相同，OUE1、OUT4 的输出相同。

7.4.3 立体声 2

选择立体声2 ![图标]，"音频输出设置"窗口如图 7-8 所示：

在图 7-8 中，我们将输出通道的 OUT1 设为 A1、A3 关联，OUE1 设为 A2、A4 关联，OUT3、OUT4 输出相同。

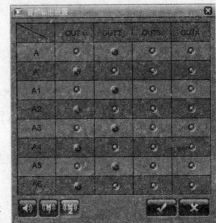

图 7-8 音频输出设置窗口

第八章　字幕制作

　　系统中集成了索贝数码的新时尚字幕系统的字幕功能,可以在不打开字幕软件的情况下在系统中直接制作唱词、通告、滚屏、底行游动、图片和动画等多种字幕。并且,在制作字幕时对制作好的字幕能够选择是直接添加到时间线播出还是将它保存为一个字幕工程在以后调用;也能将制作好的字幕添加到系统素材库中,在需要使用时直接从素材库中调用。

　　用过《新时尚》的用户对字幕制作过程一定比较熟悉,对于在新时尚字幕机中制作好的字幕工程也可以通过 Edit Max1 软件中提供的“引入字幕工程”选项引入到系统中进行播出。

　　单击窗口上方菜单上的“字幕”选项,将弹出字幕下拉菜单,内容如图 8-1 所示:

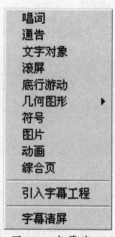

图 8-1 字幕窗口

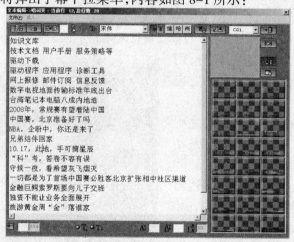

图 8-2 唱词制作窗口

8.1 唱词制作

　　选择“字幕”菜单下“唱词”,弹出图 8-2 所示的唱词制作窗口。

　　此窗口涉及到了“模板调用”“文本编辑区”和“入库操作”三大主要部分。下面我们分别介绍。

8.1.1 文本编辑区的使用

　　窗口中间最大的区域为文本编辑区,在文本编辑区中可以手动输入中英文的文字,也可以调用存在的文本文件(后缀名为.txt)作为唱词的文字。

　　1.调入文本

　　调入文本方式包括“打开”和“插入”两种方式,在“文件”菜单中有相对应的选项。

　　选择“打开”选项时在文本编辑区域中直接打开一个文本文件,原来的文本编辑区域中的内容将被清除。

　　选择“插入”选项时可以在文本编辑区域中游标所在的位置插入所选择的文本文件。

　　2.分页

　　在文本编辑区中输入文字完毕后,需要将文字进行分页,以控制唱词在播出时每个唱词页的行数。在窗口上方的“自动分页”按钮 ![按钮] 旁的数字输入框中输入每一唱词页的行数,再单击“自动分页”按钮。

　　通过“插页”“删页”命令可以对选中行进行插页 / 删页的处理,也可以在文本编辑区中拖动分页线直接进行分页处理。

　　3.设置播出字体属性

　　我们可以直接设置播出字体的属性,对于字的中、英文字体我们可以在上方的字体复选框中进行选择。字高、宽高比、行间距、对齐方式、显示位置等属性都在窗口的下方的对话框中可以直接调节。支持维、哈、柯文的编辑方式。

8.1.2 模板调用

唱词页窗口右边是唱词模板区，最右上方的方框显示的是当前选中的模板；下边一列方框为模板选择区，表示可以选择使用的模板。按住鼠标右键在模板区上下拖动鼠标可以查看系统提供的模板。在需要使用的模板上双击鼠标左键就可将其应用到字幕上。

模板有"系统"和"自建"两种方式，在窗口右上方用两个按钮进行切换。自建模板需在"新时尚"中先制作好然后才能在 E-Net 编辑系统中调用，详细的操作过程请察看新时尚字幕系统操作手册。

8.1.3 唱词字幕的使用

当我们调节好了参数之后，如何将字幕应用到节目中呢？

为了方便使用者了解字幕是否合适，系统提供了"预览"功能。

窗口下方的"入库"按钮，表示将当前制作的字幕放入系统素材库中。加入素材库的字幕能像素材一样直接调到时间线上进行播出。

当然，在制作唱词字幕时大家都想对唱词的入出屏时间、过渡方式、过渡时间等参数作一些调整。单击"串播"按钮 就会弹出字幕播控窗口，如图 8-3 所示：

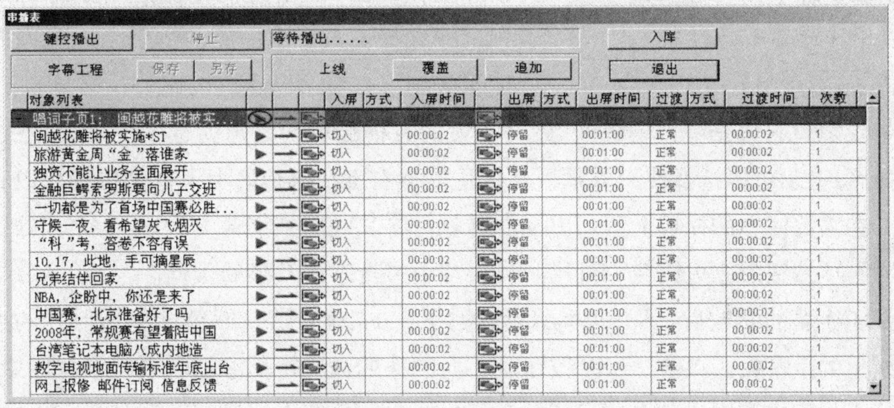

图 8-3 字幕播控窗口

在上边的唱词播控窗口中可以对字幕的一些播出方式参数做调整。如字幕的入出屏时间、入出屏方式、过渡时间以及过渡方式等。过渡方式中有正常、扫光、闪烁三种选择。

在调整好参数后，如果你要将字幕直接添加到时间线上，单击上图窗口上方的"覆盖"或"添加"按钮就能将字幕添加到时间线上。不同之处在于选择"覆盖"方式时，如果时间线上字幕轨当前游标处有别的字幕时，新添加的字幕将覆盖掉原有的字幕。选择"添加"方式时原有的字幕将自动往后移。

将字幕添加到时间线上时，系统默认的上线轨道为 CG1 轨，而且轨道数越小其优先级越高。如果想将字幕添加到优先级较低的字幕轨上，就要先把优先级更高的字幕轨禁用。例如想将唱词直接添加到 CG2 轨上，就先要把时间线上的 CG1 轨禁用。

单击窗口上方的"入库"按钮可以将字幕保存入系统素材库中。

单击单击窗口上方的"另存为"按钮可以将制作好的字幕保存为一个字幕工程，当需要再次使用该工程时，可以通过系统提供的"引入字幕工程"功能在节目中引用。

如果想采用手动敲键方式来控制唱词的播出。单击窗口上方的"播放"按钮，此时可以在系统的节目编辑窗口中看到时间线上素材的播出情况；根据时间线上节目的播出进度用手敲击键盘的空格键可以控制唱词字幕的播出速度，从而使唱词字幕的播出速度和播出的节目达到完美的配合。

在手动播完后，用上边介绍的"覆盖"或"追加"方式可以将手动播出后的唱词字幕添加到时间线上或加入到系统素材库中。

单击播控窗口上方的"退出"按钮退出唱词播控窗口。

上轨的字幕文件可以通过双击图标的方式设置字幕属性,详细的操作察看上轨字幕属性的调节章节。

8.2 通告制作

选择"字幕"菜单下的"通告",弹出通告字幕制作窗口,如图 8-4 所示:

通告字幕相当于一个单屏字幕。

通告页窗口中间最大的区域为文本编辑区,在文本编辑区中可以手动输入中英文的文字,也可以调用存在的文本文件(后缀名为 txt)。通过文件菜单中的"打开""插入"选项引入文本文件。

通过"分页""插页""删页"命令按钮可以将文本按所需行数分页上线播出。

在文本编辑区中输入文字完毕后,我们可以选择字体模板;也可以在文本编辑区上方的"字体"复选框中进行选择。对于字的高、宽高比、对象间距都在文本编辑区的下方对话框中可以调节。

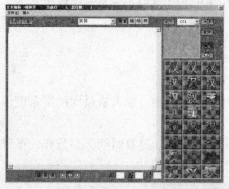

图 8-4 字幕制作窗口

在通告页窗口右边是唱词模板区,最右上方的方框显示的是当前选中的模板;下边一列方框为模板选择区,表示可以选择使用的模板。按住鼠标右键在模板区上下拖动鼠标可以查看系统提供的模板。在需要使用的模板上双击鼠标左键就可将其应用到字幕上。

通过"预览"按钮命令可以在"节目编辑窗口"中进行字幕效果的预览。

在设好了字幕的参数后,单击文本编辑区的下方的"确定"按钮,就能将所制作的通告字幕添加到时间线上的字幕轨。单击"入库"按钮就将所制作的通告字幕添加到系统素材库中,在需要使用时直接从素材库中调用。单击"取消"按钮退出通告字幕制作窗口。

上轨的字幕文件可以通过双击图标的方式设置字幕属性,详细的操作察看上轨字幕属性调节章节。

8.3 文字对象

选择"字幕"菜单下的"文字对象",弹出"字幕属性修改窗口",如图 8-5 所示:

在文本编辑区输入文字,可以调节"入屏设置""过渡设置""出屏设置"等相应的参数。在窗口中点击"编辑"按钮 >> ,可以弹出"对象修改"窗口,如图 8-6 所示:

图 8-5 字幕属性修改窗口

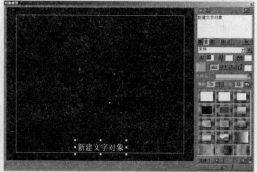

图 8-6 文本编辑窗口

通过"调色板"和"面边体影"按钮可以调节物件的属性,也可以直接在预制列表中直接调用属性使用,详细的操作方式请察看新时尚字幕操作手册。

8.4 滚屏字幕制作

选择"字幕"菜单下的"滚屏",弹出滚屏字幕制作窗口,如图8-7所示:

8.4.1 滚屏字幕的制作

从图8-7可以看出滚屏字幕制作窗口与通告字幕的制作窗口相似,窗口中可选择字体、字体模板、字的高宽、字间距等参数,并可插入各种图形、图片等元素。

滚屏方式有左飞、上滚及右飞三种方式。

滚屏页窗口下方的"左""中""右"按钮用于设定文字在播出时滚动的位置。

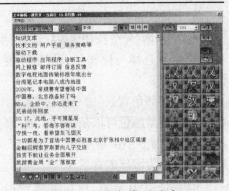

图 8-7 滚屏字幕制作窗口

"插页""删页"命令按钮用于滚屏的最后一屏的停留内容的分割位置,每个滚屏文件只有一条分页线。

设定完字幕参数后,同样可以选择将滚屏字幕是直接添加到时间线上还是添加到系统素材库中。具体方法与通告字幕相同。

8.4.2 滚屏文件的修改

1.滚屏停留的设置

CG 轨上的字幕分为三个区域分别为"入屏""停留""出屏",如图 8-8 所示:

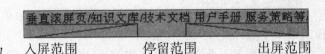

图 8-8 CG 轨上的字幕

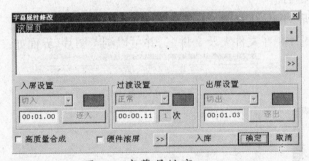

图 8-9 字幕属性窗口

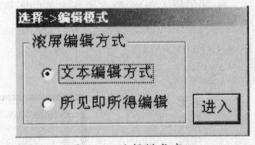

图 8-10 编辑模式窗口

通过拖拽入/出屏范围的蓝色区域,调节滚屏的入/出速度。中间所剩的停留范围区域是指滚屏停留的长度。

2.滚屏背景色的设置

双击 CG 轨上的滚屏文件弹出"字幕属性窗口",在窗口中可以精确的调节入屏/出屏速度。根据不同需求可以选择"高质量合成"或"硬件滚屏"滚屏方式,系统预制了一些滚屏的速度方式在"〉〉"列表中。如图8-9所示:

a)单击文本框右侧的"〉〉"按钮弹出"选择→编辑模式"窗口。如图8-10所示:

b)选择"所见即所得"选项单击"进入"按钮弹出"对象修改窗口"。

c)按下"播出背景"按钮 ![按钮],使其有效。如图8-11所示:

d)单击"调色板"按钮 ![按钮],弹出"调色

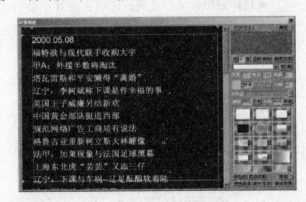

图 8-11 播出背景窗口

板"窗口,如图 8-12 所示:

图 8-12 调色板窗口

　　e)单击"面"命令按钮 [A],选择"单色"按钮 ,在色谱区域选择一种颜色,设"透明度"数值调节颜色的透明度。

　　f)单击"颜色背景"命令按钮 ,赋予滚屏背景颜色。滚屏背景颜色可以是"单色"或"渐变色"。

　　g)滚屏背景不单单是可以设置为"颜色",而且还可以用图片作为滚屏的背景。

　　h)单击"图片背景"按钮 弹出"打开"窗口,在窗口中打开一幅图片直接作滚屏的背景,图片支持 *.jpg/*.tga/*.bmp 等格式。

　　i)调节滚屏范围。通过拖动"对象修改"窗口编辑区域"右侧"和"顶端"的四个三角形按钮可以调节出滚屏的范围。

　　j)当调节完成滚屏背景和滚屏范围后,选择"预览"按钮 ,可以在节目编辑窗口中预览滚屏单帧效果,确认后单击"确定"按钮退出编辑状态。

　　k)在滚屏字幕中加入图片或图形的操作过程:

　　★制作滚屏字幕的过程中在滚屏文字编辑窗口的菜单中点击"插入"项,如图 8-13 所示,在下拉式菜单中选择要插入的对象。

　　★系统插入一个代表该图形或图片的符号。

　　★结束文字编辑并将滚屏字幕上时间线后,进入"所见即所得"编辑方式,修改滚屏字幕的字型字效,并可修改相应图形的形状、位置、颜色和材质。

　　★如需插入图片,则在滚屏字幕的所见即所得窗口中选中该图形的符号(如图 8-14 所示),在右侧选项栏中的 文件名 中选择图片所在文件夹及文件名,并可以浏览图片(界面如图 8-15 所示)

图 8-13 插入窗口

图 8-14 图片窗口

图 8-15 预览窗口

　　★选择好图片文件之后,即可在滚屏字幕所见即所得编辑窗口中调整图片位置、大小及显示精细度等。

8.5 底行游动字幕制作

　　选择"字幕"菜单下的"底行游动",弹出"对象修改"窗口,如图 8-16 所示:

　　在"对象修改"窗口中,右上方白色的文本输入窗口用来输入文字;同样也可以单击文本输入窗口上方的"打开"按钮在文本输入窗口中打开一个存在的文本文件。

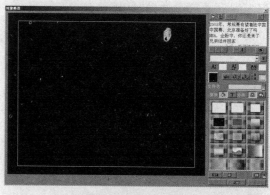

图 8-16 对象修改窗口

输入完毕后单击"生成"按钮 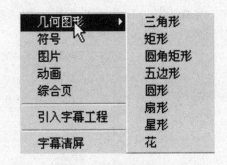，文本输入窗口中的文字就会出现在左边的编辑窗口中。之后对字幕文字的参数进行调整。如选择字体、模板、字的摆放方式、字的高宽比等。其中关于文字的摆放方式有 3 种：普通、魔变、摆放。

其它的上线、入库等操作与前面唱词和滚屏类似。

8.6 几何图形制作

系统为了方便添加常用的字幕底版在下拉菜单中直接提供了添加"矩形"和"圆形"等几何图形的选项。如图 8-17 所示：

图 8-17 几何图形窗口

选择相应的符号图形，在弹出的"字幕属性修改"和"对象修改"窗口进行相应设置，操作与编辑"文字对象"一致。

8.7 符号图形制作

选择"字幕"菜单下的"符号"，弹出"符号类型"窗口，如图 8-18 所示：

选择相应的符号图形，在弹出的"字幕属性修改"窗口和"对象修改"窗口进行相应设置，操作与编辑"文字对象"一致。

图 8-18 符号类型窗口

8.8 引入图片

系统能够在字幕制作中加入图片，选择"字幕"菜单下的"图片"，弹出如下文件选择窗口，如图 8-19 所示：

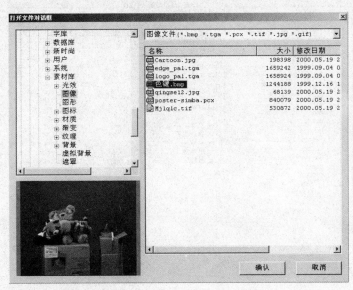

图 8-19 文件选择窗口

在"图像窗口"中，进行图形文件选择加入。系统支持使用的文件格式为 *.bmp、*.tga、*.tif、*.jpg 和 *.pcx 等。在此"打开"窗口中，选择合适的目录，找到所需的位图文件，鼠标单击其选中，在选中图片后可以在上图右边的窗口中看到当前选中图片的效果；单击"打开"按钮即可将此图片文件加入到字幕轨上。选中一个图片双击它，也可以将其加入到字幕轨上。

8.9 引入动画

系统能够在字幕制作中加入动画,选择字幕菜单下的动画选项,弹出如下的打开动画文件的对话窗口,如图 8-20 所示:

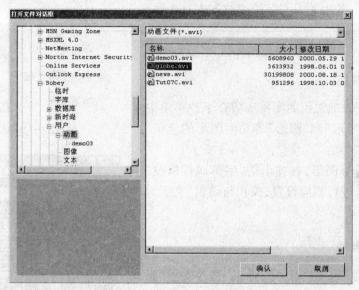

图 8-20 打开动画文件窗口

在上图中的"动画文件打开窗口"中选中需要打开的动画文件,单击"打开",或双击该动画文件就可以将动画添加到字幕轨上。

8.10 引入字幕工程

系统能够引入字幕工程,因此对于在"新时尚"选择"字幕"菜单下的"引入字幕工程",如图 8-21 所示:

图 8-21 引入字幕工程窗口

在窗口中选择已经做好并已保存了的字幕工程文件(后缀为 PJT),单击"打开"即可进入字幕控播窗口。调入工程后对字幕的参数调节您可以参看本章的相关介绍。

8.11 字幕清屏

字幕清屏选项可以直接将显示在屏幕的字幕全部清除干净。

第九章 节目生成

系统提供了快速生成的功能。系统会自动判断所选中节目片段中哪些地方需要生成,哪些地方不用生成。需要生成的部分系统在时间线窗口有桔黄色实线给予标示,不实时的素材系统在素材上方提供蓝色虚线标示,如图9-1所示。系统只对需要生成的部分进行生成。这样就能节省生成时间,同时又不会加大编辑人员的工作量。

图 9-1 节目生成窗口

图 9-2 生成进度指示条窗口

9.1 时间线快速生成

在生成时,首先确定需要生成的节目片段的长度。在时间线上在需生成的节目片段的两端分别打上入点和出点,然后再单击时间线上素材生成按钮 ![按钮] 进行生成。生成时将弹出生成进度指示条(如图9-2所示)。在生成过程中如果想中止生成单击"停止"键,就能中止。

生成完成以后,时间线窗口上的桔黄色实线消失,层叠部分素材中的虚线消失,播放时就可以看到实时的效果。

9.2 生成多种格式的 AVI 文件

在时间线上需要生成 AVI 的的素材的两端打上入出点,单击窗口上方菜单栏中的"时间线",在弹出的下拉菜单中选择"生成AVI",弹出如图9-3所示的生成窗口:

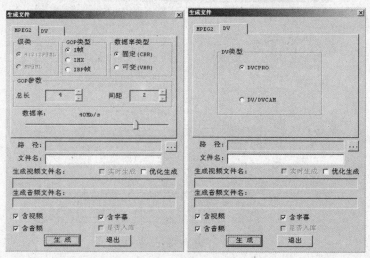

图 9-3 生成多种格式的 AVI 文件窗口

在上图的生成窗口中,可以设定生成的新的 AVI 的格式是 MPEG2 的 I 帧或 IBP 帧;同样,我们也可以将生成的新的 AVI 设为 DV 格式。同时可以调整生成视频文件的各种参数。

在上图的"路径"栏中我们可以手动输入生成的 AVI 在硬盘中的保存位置,也可以通过单击路径选择按钮来选定 AVI 的保存位置。

在"文件名"对话框中,可以重新命名新生成文件,方便以后的查找和调用。

输入路径及文件名后,单击"生成"按钮,就会弹出生成进度指示条。如果单击"退出"将退出生成窗口。如果在上图的生成窗口中的"是否入库"复选框前打勾,那么生成后的 AVI 素材将自动添加到素材库中当前用户所在的位置。

9.3 片段导出

在时间线上需要生成 AVI 的素材的两端打上入出点,单击窗口上方菜单栏中的"时间线",在弹出的下拉菜单中选择"片段导出",可以将视频文件生成 TGA 序列串、WMV9 和 DVD/VCD 格式的文件。如图 9-4 所示:

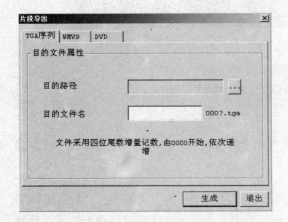
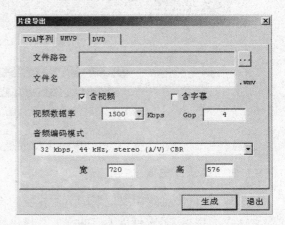

图 9-4 片段导出窗口   图 9-5 片段导出窗口

TGA 序列:可以把视频文件导出为 TGA 序列串。选择相应的路径和名称后点击生成按钮。在弹出一个生成进度指示窗口可以显示生成进度和终止生成。如图 9-5 所示:

WMV9:可以把视频文件导出为 WMV 格式的视频文件。在窗口中可以设置生成的视音频文件的模式,选择相应的路径和名称后点击生成按钮。在弹出一个生成进度指示窗口可以显示生成进度和终止生成。如图 9-6 所示:

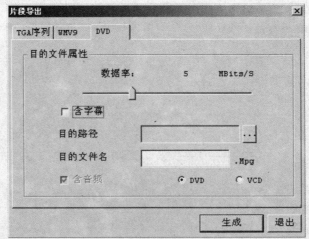

图 9-6 片段导出窗口

DVD 和 VCD:可以把视频文件生成 DVD 或 VCD 格式的视频文件。在窗口中可以设置生成的视频文件的码率,选择相应的路径和名称后点击生成按钮。在弹出一个生成进度指示窗口可以显示生成进度和终止生成。

第十章 节目下载

Edit Max 系列非线性编辑系统可以将制作好的节目通过 DV 1394 接口下载到 DV 录像带上。在下载时首先确认与 DV 设备的连接状态是否正常。如图 10-1 所示：

图 10-1 节目下载窗口

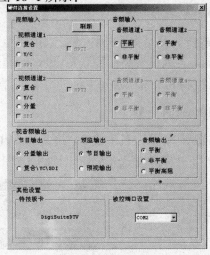

图 10-2 硬件连接设置窗口

10.1 参数设置

系统菜单"系统设置"下选择"硬件连接设置"，打开窗口如图 10-2 所示：

在窗口中根据硬件连接情况，设置相应的视音频的输入输出通道及控制端口。

下载前对下载参数进行调节，点击素材下载窗口中的 **I** 按钮，弹出如图 10-3 所示的窗口

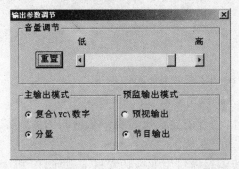

图 10-3 参数调节窗口

图 10-4 录制前导设置窗口

录制前导设置，点击素材下载窗口中的 按钮，弹出如图 10-4 所示的窗口：

10.2 视音频下载

10.2.1 主控下载

1.手动下载

确认录像机和非编工作站已经正确连接。操作人员通过选择视音频通道按钮来选择视音频的下载，调整时间线游标至需下载节目起点，或使用鼠标调整播放、快进快退、逐帧搜索等按钮可以快速浏览录像带上的内容，至合适的位置时，单击 钮即开始录制。如想停止录制，单击 按钮，那么节目就下载到了录像带上。

2.三点编辑

下载前先在录像带上设置好入出点，系统时间线上设置入点或者在录像带上设置入点，时间线上设置入出点，均可进行下载。

　　在时间线设置入出点，使用鼠标调整 ▓▓▓▓▓▓▓▓▓▓ 旋钮可以快速浏览录像带上的内容；至合适的位置时，设置入点，单击 ▨ 按钮。系统会自动把时间线上入出点间的内容下载到录像带上。

　　另一种方法是在录像带上设置入出点，在时间线设置入点。单击 ▨ 按钮，系统会自动把时间线上入点后的内容下载到录像带上，下载的长度为录像带上入出点间的长度。

10.2.2 被控下载

　　被控下载是指由外挂的录像机或编辑控制台控制 Edit Max 系列主机来进行节目下载。将 Edit Max 系列设置为被控状态，设定时间线上的入出点，使用外部的录像机搜索录像带内容并打点，再控制 Edit Max 系列主机进行输出，直接将时间线上入出点之间的内容下载到录像带中。

10.3 文件下载

　　将制作好的节目生成 DV 格式的 AVI 文件。

　　在下拉菜单中选择编辑工具的文件下载，弹出窗口中选中生成好的文件。如图 10-5 所示：

图 10-5 文件打开窗口

点击"打开"即可把节目下载到 DV 录像机。

10.4 节目下载

系统可以把时间线编辑窗口中的素材直接下载到摄像机中，操作如下：

　　1.在时间线编辑窗口选择需要下载的编辑完成的视频素材，并设置好入出点。

　　2.DV 摄像机与系统连接正常后，节目下载窗口会自动显示摄像机中素材的图像内容，通过操作播放、快进快退、逐帧搜索按钮找出需要下载的节目时码。

　　3.单击 ▨ 按钮，把设置好入出点的时间线编辑窗口中的视频素材下载到 DV 机中。

第二篇

Edit Max7

非线性编辑系统

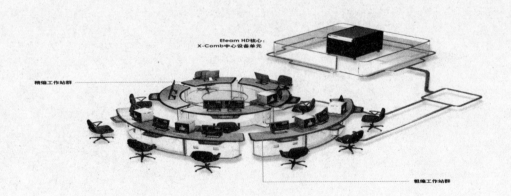

第一章 Edit Max7 的项目和节目

1.1 项目介绍

Sobey Edit Max7 中项目是最主要,也是最基本的操作单元,项目中包含了节目、素材、模板、预制等编辑所必需的各种元素。下面,就对项目的建立和管理做具体介绍。

1.1.1 建立一个新项目

鼠标左键双击操作系统桌面上的 Edit Max7 图标 ,弹出"打开项目"窗口。项目窗口上方显示了项目的基本信息,包括项目的名称,项目创建时间及项目修改时间。如图 1-1 所示:

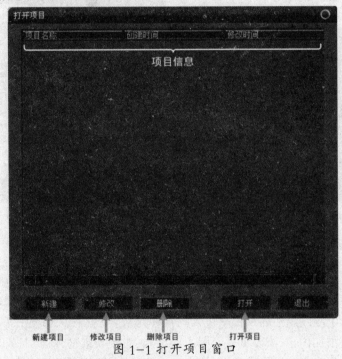

图 1-1 打开项目窗口

点击"新建"按钮,进入"新建项目"窗口,如图 1-2 所示:

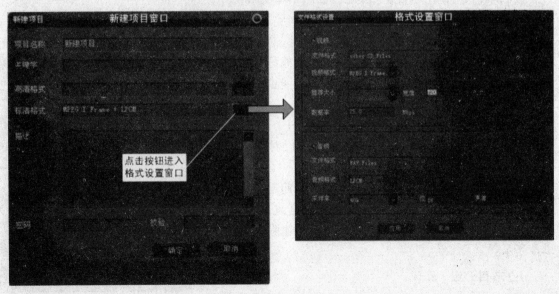

图 1-2 新建项目窗口

在新建项目窗口可以加入项目的名称、关键字、高标清格式选择、描述及密码。

项目名称：用来为项目建立名称。如果用户不输入项目名称，系统会自动加入默认的项目名称"新建项目"，如果建立的项目有重名的现象，系统在重名的项目名称后自动加入序号，如：新建项目、新建项目(2)、新建项目(3)等等。

关键字：可以利用关键字查找项目。

描　述：对项目特性进行说明。

密　　码：为项目设置密码。项目一旦设置了密码，用户下次登陆该项目，系统就会提示输入密码，如果没有密码就无法使用该项目。

校　　验：密码的校验功能。检验密码的正确性，初次设置密码时使用。

项目信息设置完毕后，点击"新建项目"窗口下方的"确定"按钮，就会进入 Edit Max7 主编辑界面。如图 1-3 所示：

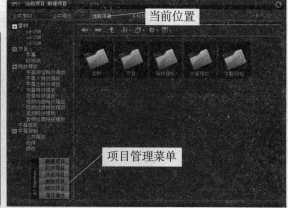

图 1-3 Edit Max7 主编辑界面窗口　　　　　　图 1-4 项目管理菜单窗口

这样，我们就完成了一个新项目的建立。

1.1.2 项目的管理

进入 Edit Max7 主编辑界面后，按键盘上的 F5 快捷键调出资源管理器窗口。在资源管理器的"当前项目"中，显示了刚刚新建的项目里包含的各种元素。一般来说，新建的项目当中各种元素的内容都是空的，如要添加内容，需要从外部引入或导入，对于新素材，需要上载获得。在"当前项目"中，左侧窗口以下拉列表方式显示内容，右侧窗口以文件夹、图标形式显示内容。用鼠标右键单击左侧窗口空白处，调出项目管理菜单。如图 1-4 所示：

项目管理菜单功能介绍

新建项目：选择后调出"新建项目"窗口，建立新的项目。

打开项目：调出"打开项目"窗口，打开其他已经存在的项目，同时关闭当前正在使用的项目。此功能也可以在主界面功能菜单里的"文件"选项里选择实现。

关闭项目：关闭当前正在使用的项目。

删除项目：选择后调出"删除项目"窗口，对项目删除。可以删除当前正在使用的项目。

项目属性：调出"项目属性"窗口，显示当前正在使用项目的详细信息，可以对部分项目信息进行修改，项目可以设置成锁定状态，锁定后的项目将不能被删除。如图1-5 所示：

1.2 节目介绍

节目是项目的重要元素之一，项目包含节目，没有项

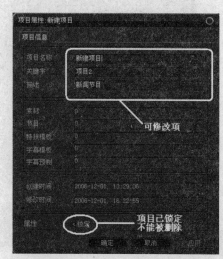

图 1-5 项目属性窗口

目就无法建立节目，一个项目里可以包含若干个节目，每个节目又可以包括不同的元素，比如：素材、字幕、特技、容器、模板等等。

1.2.1 新建节目

进入 E7 编辑主界面，鼠标单击屏幕左下角系统功能菜单的"文件"图标，弹出文件菜单，选择并单击"新建节目"选项。如图 1-6 所示：

弹出"新建节目"窗口，进行节目参数设置。如图 1-7 所示：

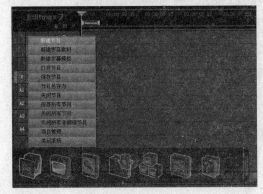

图1-6 文件菜单窗口

图 1-7 新建节目窗口

节目名称：为节目命名。如不输入，系统默认的名称是"节目"。遇到重名，系统自动添加序号，如：节目(1)、节目(2)、节目(3)等等。

制式：设置节目的制式，标清节目选择"PAL"，高清节目选择"1920X1080 50i""1440X1080 50i"。

音频格式：设置节目音频格式。默认项"48kHz 16bit 1 channel"。

关键字：设置关键字用来搜索节目。

描述：对节目特征进行简单说明。

存储目录：设置节目存储路径。默认为"项目－节目－时间线"。点击"存储目录"最右边 按钮进入"选择资源目录"窗口，如图 1-8 所示：

点击"新建"按钮新建节目存储文件夹，双击"新建文件夹"，对节目文件夹重命名。设置完毕后按"确定"返回"新建节目"窗口。

所有节目参数设置完毕后，点击"新建节目"窗口的"确定"，进入 E7 编辑主界面，系统会按照刚刚新建节目的参数自动建立一个节目时间线。按 F5 键调出"资源管理器"，在"当前项目"里选择左侧窗口"节目"下面的"时间线"选项，此时右侧窗口显示出我们刚刚建立的节目。节目图标左下角的小 P 字母表示节目当前的状态。蓝色代表节目正在被使用，灰色代表节目没有被使用。如图 1-9 所示：

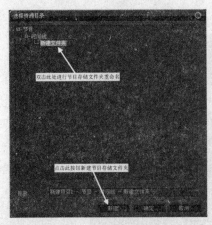

图 1-8 选择资源目录窗口

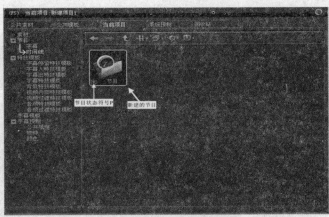

图 1-9 新建节目窗口

1.2.2 节目的管理

1. 节目菜单介绍

打开资源管理器当前项目,右侧窗口空白处单击鼠标右键弹出节目管理菜单。如图 1-10 所示:

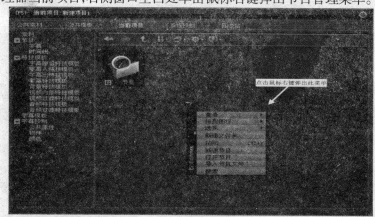

图1-10 节目管理菜单窗口

查看:提供了四种查看节目的方式。

★图标:图标方式显示节目信息,为系统默认方式。

★列表:下拉列表方式显示节目信息。

★详细信息:下拉列表方式显示节目详细信息,包括节目名称、节目长度、节目创建和修改时间等。

★平铺:平铺方式显示节目详细信息。

排列图标:将所有节目按照不同方式进行排列。系统提供的方式有:节目名称、长度、创建时间、修改时间、标签和自动排列。

选择:对当前项目的节目进行选择操作。包括:全选、反选及取消选择。

新建文件夹:新建节目存储文件夹。

粘贴:用来粘贴复制的节目。

新建节目:建立新的节目。

打开节目:打开除当前节目外的其他节目。

导入节目文件:将外部 E7 节目工程文件导入当前项目,格式为 *.TLD。

搜索:根据特定条件搜索节目。选择后弹出搜索窗口。系统提供两种搜索方式:节目基本信息方式和时间方式。如图 1-11 所示:

★节目基本信息方式是按照节目的相关信息进行搜索,比如:节目名称、关键字、长度、标签、描述等。

★时间方式搜索是按照节目的创建时间、修改时间、上次访问时间等条件进行搜索。

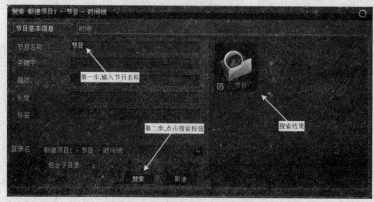

图 1-11 节目名称搜索窗口

2. 当前节目菜单功能介绍

选中节目图标按右键弹出当前节目菜单。如图 1-12 所示：

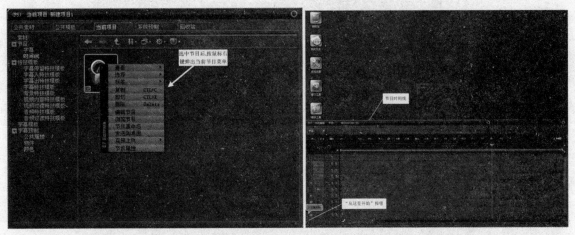

图 1-12 当前节目菜单窗口　　　　图 1-13 节目时间线窗口

标签：用来设置节目图标左下角字母 P 的边框颜色，系统提供 6 种颜色，分别是浅蓝（系统默认）、黄色、红色、绿色、紫色和深蓝色。

复制：复制节目。

剪切：剪切节目。

删除：删除节目。

编辑节目：对目前没使用的节目进行打开时间线编辑操作。

浏览节目：对没在使用的节目打开素材编辑窗口进行浏览。

节目重命名：对节目进行重命名操作。

发送到桌面：将当前选中的节目快捷方式复制到桌面。

直接上轨：将选中节目插入当前节目的时间线播出。有五种方式：当前位置上轨、三点上轨、四点上轨（变速）、四点上轨、当前标记点间上轨。

★当前位置上轨：将选中节目插入到当前节目时间线的游标位置。

★三点上轨：将选中节目插入到当前节目时间线的入点位置。

★四点上轨（变速）：将选中节目插入到当前节目时间线的入出点位置，节目长度以时间线入出点长度为准，原节目长度将会改变。

★当前标记点间上轨：将选中节目插入到当前节目时间线的标记点间位置。

节目属性：显示节目的名称、制式、修改创建时间、节目分类、节目时间线轨道数等详细信息及节目中使用素材的信息。

1.2.3 节目的简单制作

选择操作系统桌面 E7 图标，双击鼠标运行程序，选择已有项目，按"确定"进入 E7 主编辑界面。此时，如果项目里已经建立了节目，并且已经运行过，系统会自动打开上次退出软件时保存的节目状态，包括各种编辑窗口；如果节目是新建立的，并且从没有运行过，系统将只建立节目时间线，其它窗口需要手动打开。

下面，我们以一个新建节目为例来介绍一下节目的简单操作。

第一步，进入 E7 主界面，鼠标点击屏幕左下角的"从这里开始"按钮，弹出系统工具栏。选择"文件"–"新建节目"，在"新建节目"窗口输入各种参数，按"确定"，系统建立节目时间线。如图1-13 所示。

第二步，选择系统工具栏里的第二个图标选项"窗口"，弹出"窗口管理"菜单，依次选择并打开

"素材编辑窗口(F4)""时间线回放窗口／字幕主窗口(F3)"和"资源管理器(F5)"。如图 1-14 所示:

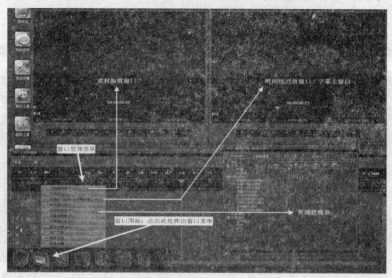

图 1-14 窗口管理菜单

第三步,选中资源管理器"当前项目"下的"素材"选项,鼠标拖拽资源管理器右侧窗口素材到素材编辑窗口,在素材编辑窗口控制面板上按" ▶ 播放"键,播放浏览素材。对需要编辑的素材段设置入出点,鼠标拖拽素材编辑窗口视频画面到节目时间线编辑轨,将入出点间素材上轨。如图 1-15 所示:

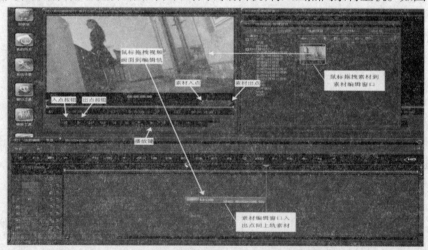

图 1-15 素材编辑窗口

第四步,鼠标选中素材,拖拽素材将素材移动到时间线合适位置,将时间线游标移动到素材上,时间线回放窗口出现素材画面;移动回放窗口游标,选择设置入出点 🔲🔲 按钮为素材打入出点;选择" 🔲 到入点"按钮,将游标移动到素材入点,按"空格"键播放素材,在时间线回放窗口浏览素材。如图 1-16 所示:

第五步,选中素材,鼠标点击时间线工具条上"FX"按钮,弹出"特技参数调整窗口",选择" ➕ 添加特技"按钮,窗口左侧弹出"特技列表"

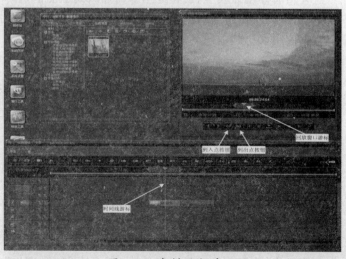

图 1-16 素材编辑窗口

窗口,选择列表中"3D"特技,鼠标拖拽至右侧窗口,打开特技条上特技参数调整开关,对特技参数进行调节。特技参数调整完毕,播放素材进行预览。此时素材尾部会添加一个特技图标,表明该素材已经加入特技。如图1-17、1-18所示:

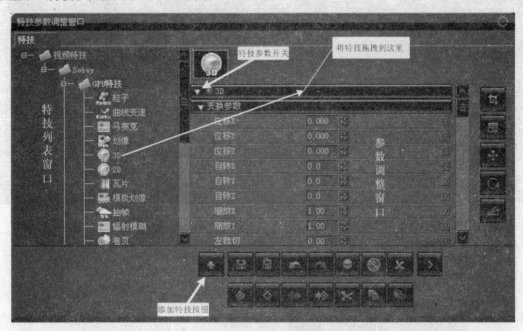

图 1-17 特技参数调整窗口

图 1-18 特技效果窗口

第六步,选中素材,鼠标点击时间线工具条上"CG"按钮,弹出"字幕菜单",选择"标题字",弹出"添加字幕"窗口。如图1-19所示:

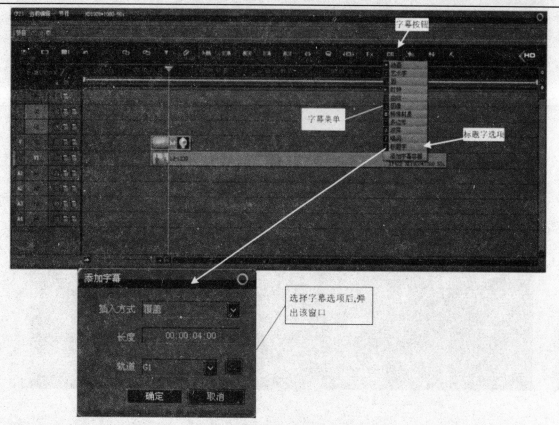

图 1-19 添加字幕窗口

"添加字幕"窗口介绍,如图 1-20 所示:

图 1-20 字幕编辑窗口

插入方式:选择字幕在时间线的插入方式,包括覆盖方式和插入方式两种。

★覆盖方式:字幕入点插入到时间线游标位置,以当前字幕长度覆盖掉原有字幕。

★插入方式:字幕入点插入到时间线游标位置,以当前字幕长度插入原有字幕位置,原有字幕整体后移。

长度:设置字幕的长度。格式:小时:分:秒:帧。

轨道:选择字幕上轨的轨道。右侧 ▮▮▮▮ 按钮为"添加字幕轨"按钮,用来添加时间线字幕轨道。

设置完"添加字幕"窗口各种参数按"确定",进入字幕编辑状态。在字幕编辑状态中,系统默认自动建立了一个名为"New Title"的标题字。鼠标双击该标题字,出现白色实线编辑框,进行内容修改,将标题字内容替换成"Sobey Edit Max7",修改完毕双击编辑框外区域,返回默认状态。在默认状态下选择调色板窗口,对字幕颜色进行调整,选择物件属性窗口对字幕属性进行调整,调整完毕后

按"确认"按钮。如图 1-21 所示:

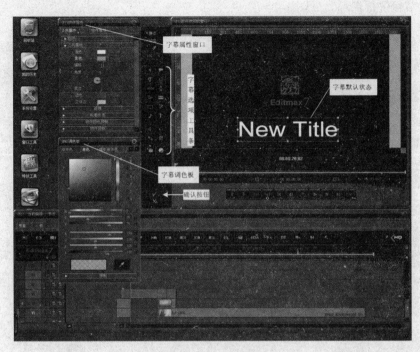

图 1-21 字幕编辑窗口

进入"字幕简单编辑"窗口,分别单击入、出、停留特技窗口,调出特技模板,选择想要的特技效果双击图标,完成特技添加。如图 1-22 所示:

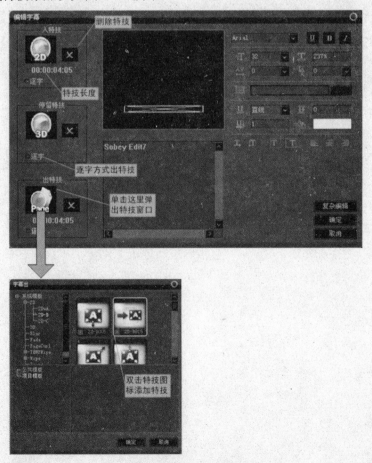

图 1-22 字幕简单编辑窗口

　　设置完毕按"确定"按钮,时间线上浏览节目效果。最后,选择系统工具栏里的"文件"-"保存节目"选项对节目进行保存。如图 1-23 所示:

图 1-23 浏览节目窗口

第二章 Edit Max7 界面介绍

2.1 E7 桌面图标介绍

E7 桌面中包括回收站、我的历史、系统设置、窗口工具、特技工具和 SFX 六个功能图标。系统工具栏中包括：文件、窗口、工具、设置、场景模式、显示桌面和帮助。如图 2-1 所示：

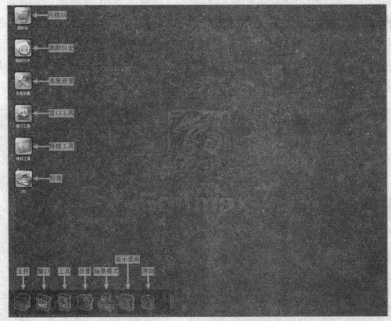

图 2-1 E7 桌面图标介绍

2.1.1 回收站

双击"回收站"图标，打开"回收站"管理窗口。回收站窗口里包含项目、素材、节目、特技模板、字幕模板和预制六类被删除文件类型。选中左侧窗口分类项，右侧窗口显示该类中所有被删除文件。鼠标选中某个或部分被删除文件后，点击鼠标右键弹出菜单项，菜单中有还原和删除两个选项。选择还原，系统将把选中对象还原到删除前的位置；选择删除，系统将把选中对象永久删除。如图 2-2 所示：

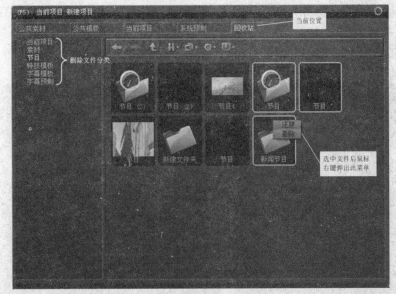

图 2-2 回收站管理窗口

2.1.2 我的历史

双击"我的历史"图标,系统打开"时间线属性"窗口的历史记录,在历史记录中记录了当前节目在时间线上的每一步操作,包括操作步骤、时间和用户备注。

步骤:显示用户操作的步骤名称。

时间:记录用户某一步操作的具体时间。

用户备注:鼠标双击后可以进行备注编辑。

鼠标选中某一记录后双击,就会还原该步操作,节目状态将退回到被还原的时间点位置,所有在该时间点后的操作将变为无效。

鼠标选中一条记录或多条记录,点击鼠标右键弹出管理菜单。选择菜单中"备份"项,打开"路径选择"窗口,选择存储路径后,按"确定"按钮进行备份;菜单中选择"还原"项,从"路径选择"窗口,选择还原路径,对之前备份的操作记录列表进行还原;选择"删除"项,将直接删除被选对象。如图 2-3(A)(B)所示:

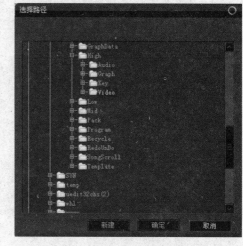

图 2-3(A) 时间线窗口   图 2-3(B) 路径选择窗口

2.1.3 系统设置

双击"系统设置"图标,打开"系统设置"窗口,窗口内包含硬件配置、用户设置、快捷键、自定义按钮和 IO 设置五个选项。如图 2-4 所示:

1. 硬件配置

系统会自动识别所用 IO 卡类型,现以 Matrox 卡为例进行介绍。鼠标双击打开硬件配置窗口,窗口内有"Matrox 设置"和"Matrox 采录设置"两项。

2. Matrox 设置

包括视频制式、音频格式和 COM 口三项设置。如图 2-5 所示:

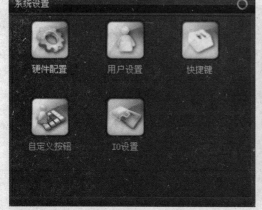

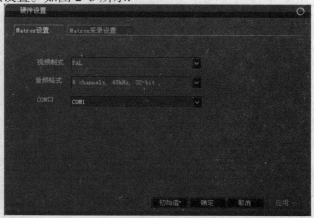

图 2-4 系统设置窗口   图 2-5 硬件配置窗口

★视频制式:选择 IO 卡所支持的视频制式,通常包括 PAL（标清）、NTSC 2997（标清）、HD1920X1080 50i(高清)、HD1920X1080 5994i（高清)四种制式。

E7 所用的 IO 卡包括 Deck Link（标清卡）、Matrox LE 500（高标卡）、Matrox Mio 8000（高清卡),请根据实际情况设置。

★音频格式:通常选择 4 channels,48KHz,32bit。

COM 口:选择采录遥控端

图 2-6 Matrox 采录设置窗口

口号。包括 COM1、COM2、COM3 和 COM4,请根据实际情况设置。

3. Matrox 采录设置

采录设置包括上下载声卡输出、采集设置和下载设置。如图 2-6 所示:

★上下载声卡输出设置

上下载是否通过声卡输出声音。按钮类型是填充开关。选择填充为打开声卡状态,选择不填充为关闭声卡状态。系统默认为关闭状态。

★采集设置

启动偏移:纠正采集时素材入点偏移问题。调整范围:1~10 帧。

停止偏移:纠正采集时素材出点偏移问题。调整范围:1~10 帧。

USE CUE:

视频源:采集时视频源的信号类型选择。包括 SDI(数字)、Composite(模拟)、Component(分量)、S - Video(S 端子)四种视频类型。

音频源:设置采集时音频采集方式。系统提供了 Embedded Channel A(数字内嵌式)、Analog(模拟)两种方式。

同步锁:选择采集时同步方式。系统提供了 SDI Video A（数字视频)、Internal（内同步)、BlackBurst Poor Quality(黑场)、AesEbu Channel A(音频)四种同步方式。

模拟音频类型:采集模拟信号时音频类型选择。包括平衡和非平衡两种类型。

★下载设置

启动偏移:纠正下载时素材入点偏移问题。调整范围:1~10 帧。

停止偏移:纠正下载时素材出点偏移问题。调整范围:1~10 帧。

USE CUE:

4. 用户设置

双击进入设置窗口,可以选择高画质和低画质两种方式。如图 2-7 所示:

选择高画质时,用户在时间线上编辑节目将使用高码率素材;选择低画质时,用户在时间线上编辑节目将使用低码率素材。选择低码率编辑,系统速度较使

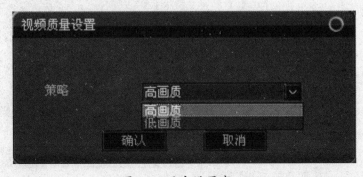

图 2-7 用户设置窗口

用高码率要快。

5. 快捷键设置

鼠标双击进入快捷键设置窗口。如图 2-8 所示

窗口内的"快捷键设置"下的下拉列表内可以选择设置对象,系统提供对时间线、特技调整和素材编辑窗口设置快捷键。快捷键显示方式提供了列表方式和图形方式,鼠标点击相关按钮进行切换。如图 2-9 所示:

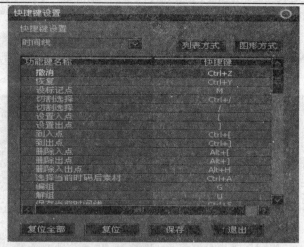

图 2-8 快捷键设置窗口

图 2-9 列表方式和图形方式窗口

系统提供了默认快捷键方式,如要改变默认方式,鼠标选中列表内某一操作,当鼠标光标变为手型图标后,键盘输入按键即可。

6. 自定义按钮

自定义按钮提供了对视频窗口操作按钮的自定义功能。双击打开"自定义按钮"窗口,如图 2-10 所示:

"窗口"选项下的下拉菜单可以选择对素材编辑窗口和时间线编辑窗口按钮进行自定义。

"分组"里将按钮分为播放按钮、动态按钮和扩展按钮三组类型。选择某一组类型后,在窗口下部的"所有按钮"框里将显示该组所有按钮。

默认状态下,窗口按钮为全部显示状态。如需要改变显示按钮的数量与布局,只需要用鼠标选中"所有按钮"框里的按钮,拖拽至"显示按钮"框内,按"确认"

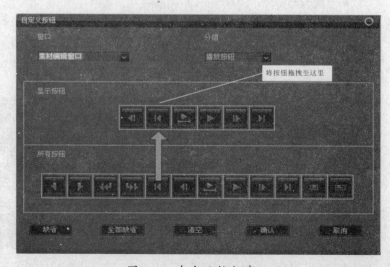

图 2-10 自定义按钮窗口

即可。如果拖拽错误,可以按"缺省"按钮,将按钮恢复到系统默认状态。

7. IO 设置

双击鼠标打开"IO 设置"窗口,如图 2-11 所示:

输出控制:"输出控制"填充开关用来打开或关闭视频卡输出信号。当"输出控制"选择填充时,为打开状态;不填充为关闭状态。"输出控制"选择填充时,下拉列表内可以选择输出类型。

自适应:选择填充时,可以设置输出制式和填充方式。输出制式包括:PAL、1920X1080i 等格式,此项设置要根据输出监视器类型确定;填充方式可以选择"不转换""填充""水平拉伸""垂直拉伸"四种方式。

不转换:时间线内容输出时不做任何变换,保持原大小。

填充:时间线内容输出时根据输出设备来自动匹配填充比例。

水平适配:时间线内容输出后水平方向改变大小。

垂直适配:时间线内容输出后垂直方向改变大小。

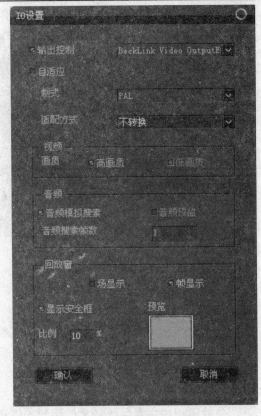

图 2-11 IO 设置窗口

注:填充是指由于在高标清混编方式下,因图像画面分辨率不同造成输出图像大小比例不一致,而进行的画面转换。

视频:确定节目使用的素材,有高画质和低画质两种选择。选择低画质素材可以提高系统运行速度。

音频:选择"音频模拟搜索"后,将打开时间线上用游标检索素材时的声音监听。灵敏度调整范围:1~10帧。系统使用 MATROX 卡时,选择"音频预监",可通过主机的扬声器监听素材声音,不选择"音频预监",则通过 IO 卡输出音频,对于使用 Deck Link 卡的设备,此选项无效。

回放窗:设置输出画面显示方式,提供帧方式或场方式选择;设置输出画面安全框,安全框显示比例为0~20%。

2.1.4 窗口工具

窗口工具中包含了资源管理器、素材编辑窗口、时间线回放窗口、时间线、采集、下载、生成和 VU 表八项。如图 2-12 所示:

1. 资源管理器

按快捷键 F5 或在系统桌面"窗口工具"中选择"资

图 2-12 窗口工具

源管理器",双击打开资源管理器窗口。如图 2-13 所示:

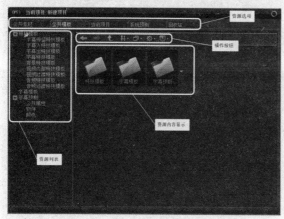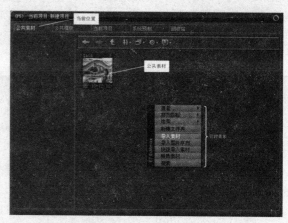

图 2-13 资源管理器窗口　　　　　　　　　图 2-14 公共素材窗口

资源管理器包括公共素材、公共模板、当前项目、系统预制和回收站五个资源选项。

a)公共素材

公共素材中主要存放经常使用到的素材,在公共素材栏的素材没有权限的限制,属于所有用户共享的资源。此栏缺省状态下是空的,要根据用户的需要导入素材,在资源内容显示区域点击鼠标右键,根据菜单的内容导入素材,关于导入素材的操作请参阅本书相关部分。如图 2-14 所示:

b)公共模板

公共模板中主要存放经常使用到的模板,用户需要创建模板,在资源内容显示区域点击鼠标右键,根据菜单的内容创建模板,关于创建模板的操作请参阅本书相关部分。如图 2-15 所示:

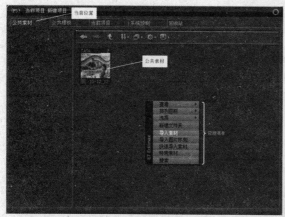

图 2-15 公共模板窗口　　　　　　　　　图 2-16 当前项目窗口

c)当前项目

当前项目主要存放当前正在编辑的项目的素材、节目、字幕预制、字幕模板、特技模板等相关信息。如图 2-16 所示:

d)系统预制

系统预制中主要存放 E7 非编系统中预制做好的特技模板、字幕模板等内容,用户可在编辑节目时直接使用这些模板。如图 2-17 所示:

图 2-17 系统预制窗口

e)回收站

由于 E7 自带一套桌面系统,回收站内存放的是编辑人员删除的各种项目信息、素材、节目、特技模板、字幕模板、字幕预制等信息,进行删除操作后先存放到 E7 的回收站中,选定内容点击鼠标右键,选择"还原"或"删除"。如图 2-18 所示:

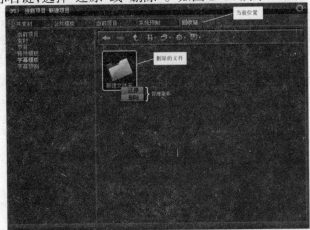

图 2-18 回收站窗口

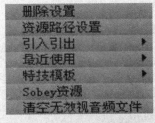

图 2-19 设置按钮窗口

2.资源管理器按钮栏

　　恢复前一步操作

　　恢复后一步操作

　　返回上一级

　　文件排列方式(名称／类型／长度／创建时间／标签／自动排列)

　　文件查看方式选择（图标／缩略图／列表／详细信息／平铺）

　　设置按钮,单击鼠标弹出菜单,如图 2-19 所示:

　　SONY 蓝光设备按钮

关于蓝光设备的使用说明请参阅本书相关章节

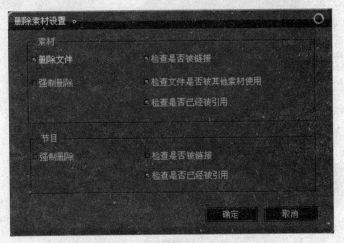

图 2-20 删除素材设置窗口

3.设置按钮菜单介绍

a)删除设置

选择"删除设置"后,弹出"删除素材设置"菜单,选择删除的条件。如图 2-20 所示:

b)资源路径设置

选择"资源路径设置",弹出"目录"窗口,可以设置"资源目录(系统)"和"文件目录(素材)"。如图 2-21 所示:

c)引入引出

图 2-21 目录窗口

图 2-22 引入引出窗口

引入引出类型包括项目、节目、素材、预制和模板。引入、引出操作需结合使用，必须先引出再引入。此功能作为备份和移动使用。

★引出素材功能

将资源管理器中某路径或目录中的素材引出到本地或网络上其他路径下，引出的素材信息包含了曾对该素材做过的所有编辑操作信息。

选择"引出素材"项，弹出"引出素材"窗口。在"引出素材"窗口选择引出素材的条件，有"素材文件""导入素材目录""包含子目录"三个条件选项。按"选择资源"按钮，打开素材窗口选择素材，可在窗口下方信息栏里输入名称、创建时间、目录名、关键字、描述等信息后按确定返回。按"设置路径"按钮打开路径窗口，设置引出素材的路径，设置完毕按"确定"返回主窗口。最后按"确定"开始引出素材。如图 2-23 所示：

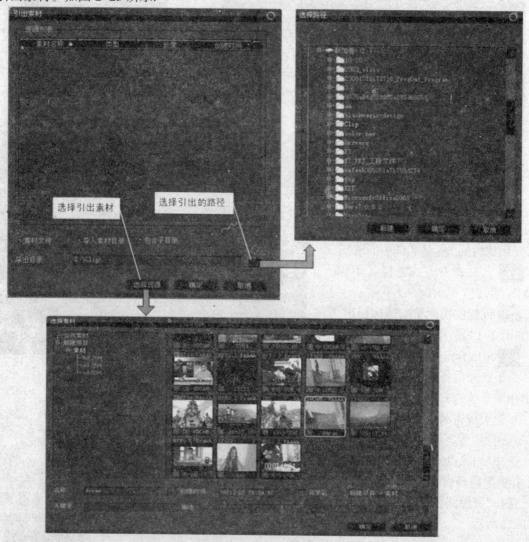

图 2-23 引出素材窗口

★引出的素材包中包括如下几个目录：

Catalog

ClipInfo

Media

★引入素材

从本地或网络上某路径或目录下引入 E7 已经引出的素材。进入引入素材窗口，设置引入素材的方式、数据目录和保存目录，按"确定"按钮。如图 2-24 所示：

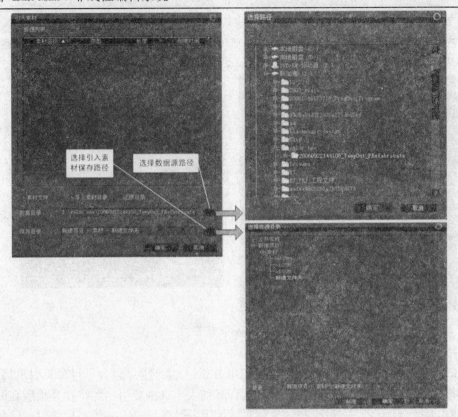

图 2-24 引入素材窗口

★引出节目

将资源管理器中包含的节目(时间线/字幕)信息导出一个节目包到本地或网络硬盘上,供另外的 E7 编辑系统或本机使用。

进入引出节目窗口,设置节目引出设置,再按下"选择资源"按钮,进入"选择节目"窗口,在窗口左边节目资源列表中选择要导出的节目(字幕/时间线),输入节目名称、创建时间、目录名、关键字、描述等节目信息后按下"确定"。回到引出节目窗口按"确定"按钮。如图 2-25 所示:

★引出节目后,在引出的节目包中应包含如下几个目录:

Clip

Object

Program

ProgramRefer

Template

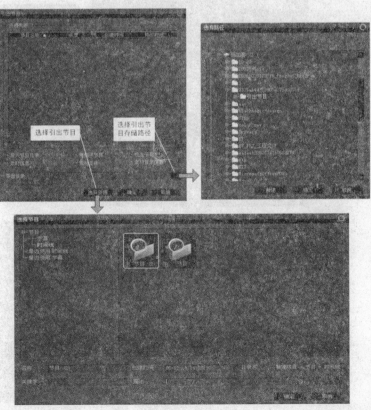

图 2-25 引出节目窗口

★引入节目

引入 E7 编辑系统引出的节目。进入引入节目窗口,设置引入节目的方式及引入的路径和目录后按"确定"。如图 2-26 所示:

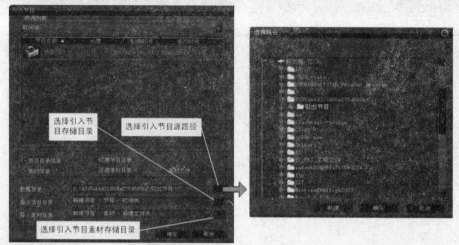

图 2-26 引入节目窗口

★引出特技模板

将做好的特技模板引出。进入窗口后设置引出方式(目录信息／包含子目录),引出目录和路径,按下"选择资源",在"引出特技模板"窗口左侧资源列表中选择要引出的特技模板所在的目录,输入名称、创建时间、目录名、关键字、描述等信息后按下"确定"回到上一级窗口,选择"选择路径"按钮,进入"选择路径"窗口,选择模板存储的路径,选择完毕按"确定"按钮返回主窗口,主窗口中按"确定"开始引出。如图 2-27 所示:

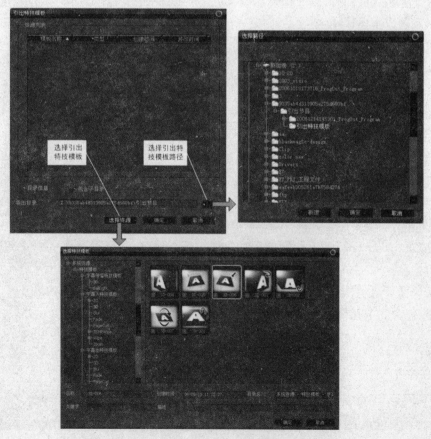

图 2-27 引出特技模板窗口

★引出的特技模板目录下应包含如下目录：

Catalog

Object

TempFile

TempInfo

★引入特技模板

选择菜单中"引入特技模板"，弹出"引入特技模板"窗口，引入 E7 引出的特技模板文件，设置引入路径和保存目录以及引入方式（目录信息）后按下"确定"。如图 2-28 所示：

★引出字幕模板

进入"引出字幕模板"窗口，设置字幕模板导出的方式（目录信息／包含子目录），导出路径和目录，按下"选择资源"按钮，进入"选择资源窗口"，在窗口左侧资源列表中找

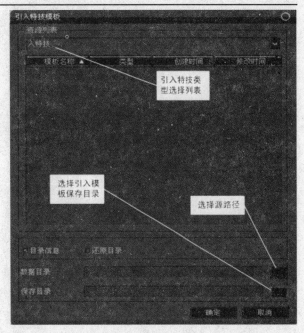

图 2-28 引入特技模板窗口

到要导出的字幕模板，输入名称、创建时间、目录名、关键字、描述等信息，按下"确定"回到上一级窗口，选择"选择路径"按钮，进入"选择路径"窗口，选择字幕存储的路径，选择完毕按"确定"按钮返回主窗口，主窗口中按"确定"开始引出字幕模板。如图 2-29 所示：

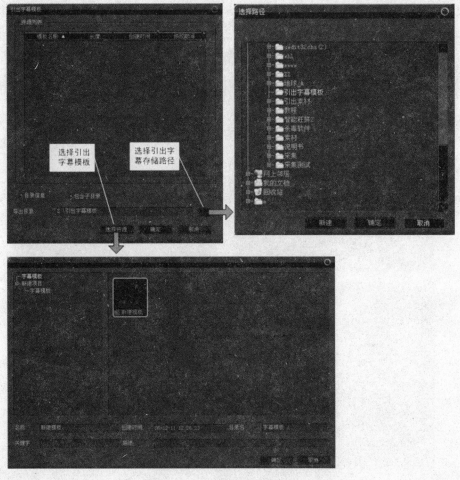

图 2-29 引出字幕模板窗口

★引出的字幕模板目录下应包含如下目录：

Catalog

Object

TempFile

TempInfo

★引入字幕模板

选择菜单中"引入字幕模板"，弹出"引入字幕模板窗口，设置引入字幕模板的方式（目录信息／还原目录）、数据目录路径和保存目录路径后按"确定"按钮开始引入。如图 2-30 所示：

★引出预制

引出预制能将目前系统预制的特技、字幕等资源导出到本地或网络硬盘上以供使用。在引出字幕预制窗口设置预制导出包含的内容，导出路径和目录，按下"选择资源"按钮，进入"选择预制"窗口。在窗口左侧资源列表中选择要导出的系统预制项目，输入名称、创建时间、目录名、关键字、描述等信息，按"确定"后返回到上一级窗口，选择"选择路径"按钮，进入"选择路径"窗口，选择预制存储路径，选择完毕按"确定"按钮返回主窗口，主窗口中按"确定"开始预制导出。如图 2-31 所示：

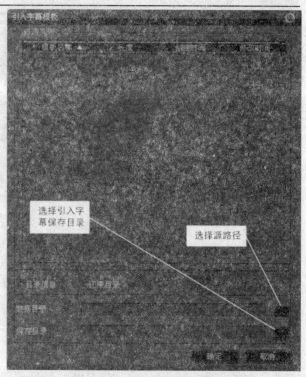

图 2-30 引入字幕模板窗口

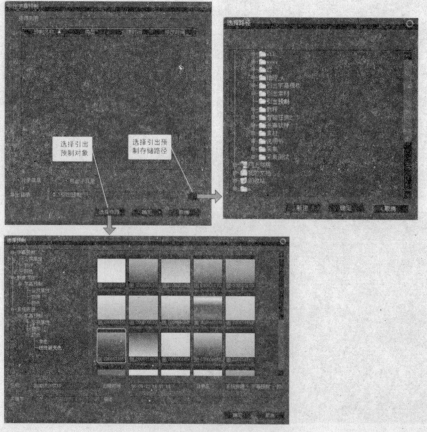

图 2-31 引出预制窗口

★导出的预制文件包内应包含如下目录：

Catalog

Object

TempFile

TempInfo

★引入预制

选择菜单中"引入预制"项，弹出"引入预制"窗口，从预制分类列表中选择要引入的预制类型，设置引入预制的方式（目录信息／还原目录）、数据目录路径和保存目录路径后按"确定"按钮开始预制引入。如图 2-32 所示：

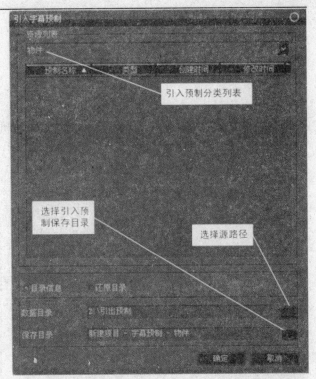

图 2-32 引入预制窗口

★引出项目

引出项目能将用户已经创建或编辑完成的项目所有内容引出到一个文件包，在"引入引出"里是个全集的概念。进入项目引出窗口，设置引出项目包含的内容，引出目录和路径，按下"选择资源"按钮进入"打开项目"窗口，在列表中选择项目，按"确定"后返回到上一级窗口，选择"选择路径"按钮，进入"选择路径"窗口，选择项目存储路径，选择完毕按"确定"按钮返回主窗口，主窗口中按"确定"开始项目引出。如图 2-33 所示：

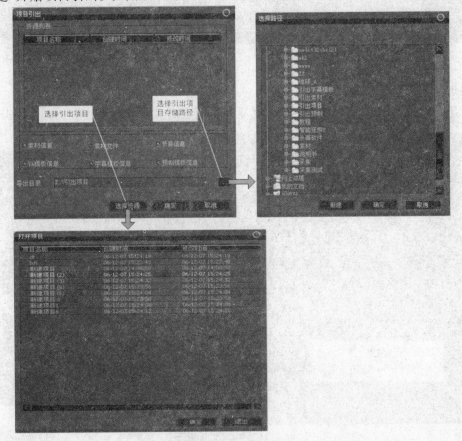

图 2-33 引出项目窗口

★引出项目的文件包内应包含如下目录:

项目名目录

Desktop

Project

★引入项目

用户能在本地或另外的 E7 编辑系统里引入本机或另外的 E7 所编辑或创建的项目。选择菜单中"引入项目",弹出"引入项目"窗口,设置项目引入的方式,指定数据目录存放的路径,按"确定"开始引入项目。如图 2-34 所示:

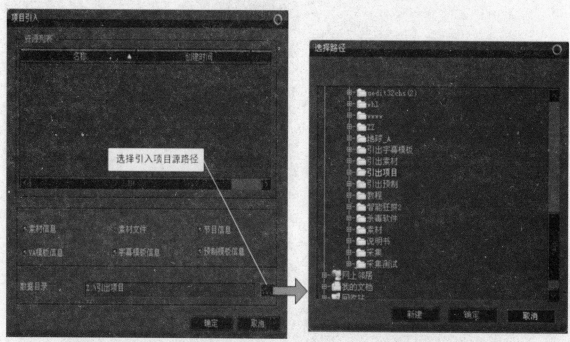

图 2-34 引入项目窗口

d) 最近使用

查看用户最近使用过的节目和素材,选择后弹出列表窗口显示相关信息。如图 2-35 所示:

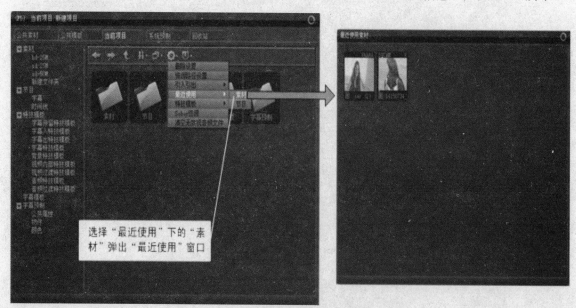

图 2-35 列表窗口

e)特技模板

选择"特技模板"项,弹出特技分类菜单,选择某类特技后会打开特技模板窗口,拖拽选中特技到时间线相关轨道,完成特技添加。如图 2-36 所示:

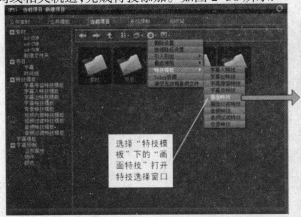

图 2-36 特技模板窗口

f) Sobey 资源

选择"Sobey 资源"弹出"SFX"窗口,该窗口内主要存放了"索贝视频特技"和"索贝特技模板",使用方法与其它特技相同。如图 2-37 所示:

g)清空无效音视频文件

选择此项后弹出"清空无效音视频文件"窗口,选择"查找"按钮搜索没有被 E7 系统引用的音视频文件,将查找结果以列表形式显示出来,用户可通过该列表选择无效的音视频文件进行删除。删除的条件还可以选择"打包素材"和"临时目录"两项内容,增加对打包素材及临时文件的删除。如图 2-38 所示:

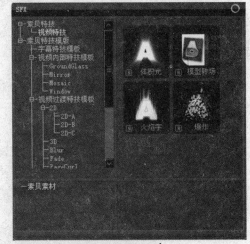

图 2-37 SFX 窗口

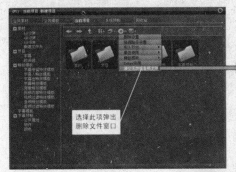

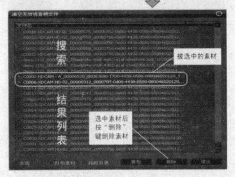

图 2-38 清空无效音视频文件窗口

2.1.5 素材编辑窗口

窗口菜单中选择打开"素材编辑窗口"或按快捷键 F4 可打开"素材编辑窗口",双击时间线上的素材也能打开"素材编辑窗口"。如图 2-39 所示:

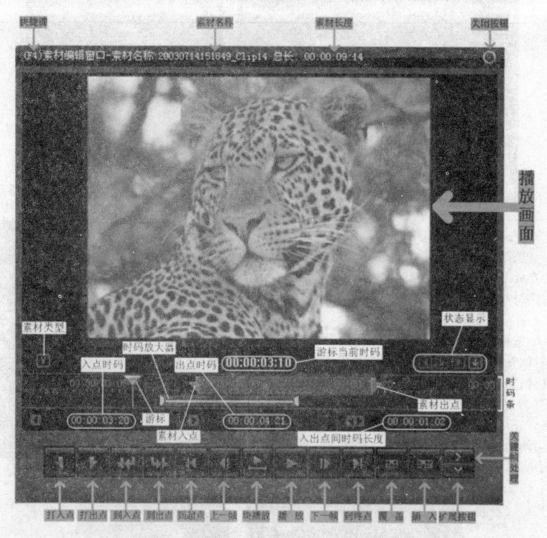

图 2-39 素材编辑窗口

1. 按钮功能

对节目窗口当前游标位置打入点。

对节目窗口当前游标位置打出点。

移动游标到素材入点。

移动游标到素材出点。

移动游标到该素材起点。

游标向前移动 1 帧。

循环播放入出点间素材内容。

从游标当前位置处开始播放素材内容。

游标向后移动 1 帧。

移动游标到该素材的尾帧处。

选中该方式后素材以覆盖方式上时间线。

选中该方式后素材以插入方式上时间线。

2. 素材编辑窗口扩展功能

点击素材回放窗口扩展按钮,展开扩展窗口,如图 2-40 所示:

图 2-40 素材编辑窗口扩展窗口

3. 扩展按钮的功能

- 游标向前移动 10 帧。
- 游标向前移动 5 帧。
- 游标向后移动 5 帧。
- 游标向后移动 10 帧。
- 时间线内容从游标当前位置处倒放。
- 删除入点。
- 删除出点。
- 删除入出点。
- 在游标当前位置处打标记点。
- 清除当前位置标记点。
- 清楚所有标记点。
- 游标移动到前一标记点处。
- 游标移动到后一标记点处。

4. 素材的自动场景识别

和以往的 SOBEY 非线性编辑产品一样,在素材编辑中 E7 同样具有方便快捷的场景识别功能,并能根据自动转场识别结果创建新的子素材。每个子素材也一样能在时间线上进行编辑。

该扩展窗口内功能主要是对该素材进行场景识别,能快速找到该素材的场景关键点,并对识别出的子场景作处理,具体功能如下:

关键帧:选择该项后能进行快速场景识别操作。

标记点:选择该项功能后能对素材所带的标记点进行检测。

对素材进行刷新。

对素材开始进行场景识别,点击该按钮后会弹出场景检测的进度条,进度条完成后扩展窗口会出现各分镜头列表,并以图标的方式显示出来,在素材回放主窗口会出现各关键场景

标记点,如图 2-41 所示:

图 2-41 素材编辑窗口

选中一个场景单击鼠标右键,弹出功能菜单,如图 2-42 所示:

定位关键帧:画面移动到该场景的关键帧位置。

设置前一帧为入点:设置该场景关键帧位置的前一帧为入点。

设置后一帧为入点:设置该场景关键帧位置的后一帧为入点。

设置前一帧为出点:设置该场景关键帧位置的前一帧为出点。

设置后一帧为出点:设置该场景关键帧位置的后一帧为出点。

按所选场景切割子素材:将选择的多个场景以多个子素材形式保存。

所选场景合并为子素材:将选择的多个场景以一个子素材的形式
保存。

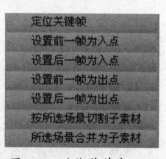

图 2-42 功能菜单窗口

█ 保存检测后的带关键帧
的素材

█ 将检测后的带关键帧的
素材以新的名称和目录另存

█ 将时间线原有素材替换
成检测后带关键帧的素材

█ 将时间线的游标移动到
与编辑窗口游标一致的画面

█ 场景关键帧检测参数设
置。选择后弹出设置窗口进行参
数设置。如图 2-43 所示:

█ 关闭关键帧窗口

2.1.6 时间线回放窗口

按快捷键 F3 或在窗口菜单
中选择"时间线回放窗口 / 字幕主
窗口",打开时间线回放窗口,如

图 2-43 参数设置窗口

图 2-44 所示:

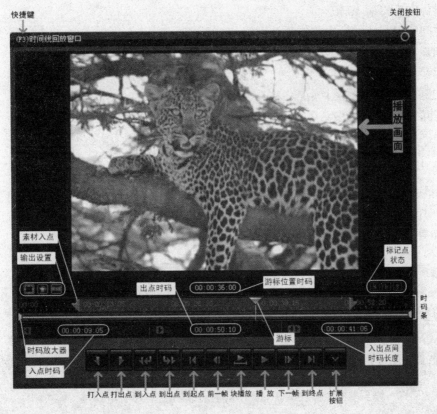

图 2-44 时间线回放窗口

　　E7 的时间线回放窗口既作为时间线上内容的显示窗口,在实际的编辑过程中也作为特技效果回放窗口和字幕编辑回放窗口。拖动游标可浏览时间线上的内容,黄色的时码显示的是游标处当前时间线时码。

　　1. 按钮介绍

　　　对节目窗口当前游标位置打入点

　　　对节目窗口当前游标位置打出点

　　　移动游标到素材入点

　　　移动游标到素材出点

　　　移动游标到该素材起点

　　　游标向前移动 1 帧

　　　循环播放入出点间素材内容

　　　从游标当前位置处开始播放素材内容

　　　游标向后移动 1 帧

　　　移动游标到该素材的尾帧处

　　2. 扩展按钮介绍

　　　点击时间线回放窗口扩展按钮,展开扩展按钮工具条,如图 2-45 所示:

　　　游标向前移动 10 帧

　　　游标向前移动 5 帧

图 2-45 时间线回放窗口

▐▌▶ 游标向后移动 5 帧

▐▐▶ 游标向后移动 10 帧

▶ 时间线内容从游标当前位置处倒放

◁ 删除入点　　　　　　　　▷ 删除出点

◁▷ 删除入出点

▼ 在游标当前位置处打标记点

▽ 清除当前位置标记点　　　　▽▽ 清楚所有标记点

▼◀ 游标移动到前一标记点处　　◀▼ 游标移动到下一标记点处

2.1.7 时间线

窗口菜单中选择"时间线"或按快捷键 F2 能打开并显示时间线,在"系统设置"中"新建节目"能创建新的时间线。时间线是对节目进行编辑的主要区域,在 E7 中时间线能对素材进行特技编辑,字幕添加等许多操作。如图 2-46 所示:

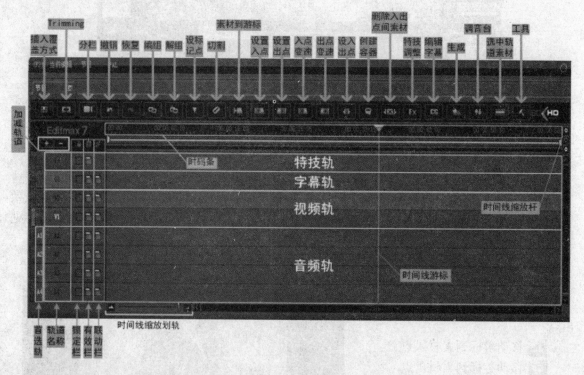

图 2-46 时间线窗口

1. 按钮介绍

▦▦ 素材上线插入 / 覆盖方式切换按钮,缺省状态为覆盖方式,按下后为插入方式

▨ Trimming 编辑方式按钮

▯ 时间线双栏显示按钮,按下后时间线将被分成视频和音频双栏显示

↶ 撤消上步操作

↷ 对撤消操作进行恢复

⊡ 选中对象进行编组

⊡ 选中对象进行解组

▼ 时间线上设置标记点

✎ 素材切割按钮

▐◼ 时间线上选中素材移动到游标操作

▐▦ 时间线上选中素材打入点

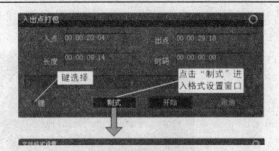

时间线上选中素材打出点

时间线上选中素材改变入点按钮（变速）

时间线上选中素材改变出点按钮（变速）

对时间线上选中部分设置入出点

创建时间线容器，对时间线上出点部分视频素材进行逻辑压轨，合并成一轨的操作

删除时间线上入出点之间的全部内容

对时间线上选中素材添加和调整特技

CG 在时间线上添加字幕

时间线上入出点间非实时部分快速打包功能，按下后系统弹出打包设置窗口，窗口中有入出点位置，入出点长度，时码等信息，选择"键"按钮后打包结果将带键信息，按下"制式"或"开始"按钮系统将弹出新窗口可对打包生成的文件格式进行设置，设置完毕后选择"开始"按钮进行打包。如图 2-47 所示：

按下该按钮系统将弹出调音台窗口，调音台的详细操作请参考本书"音频"部分。

添加轨道	SHT+=
到指定点	SHT+,
前一标记点	SHT+Page Up
到标记点	N
下一标记点	SHT+Page Down
删除标记点	D
删除所有标记点	ALT+D
素材入点对齐当前时码	CTL+Home
素材出点对齐当前时码	CTL+End
素材入点和前素材对齐	CTL+SHT+Page Up
素材出点和后素材对齐	CTL+SHT+Page Down
素材前移一帧	CTL+Left
素材后移一帧	CTL+Right
素材下移一轨	SHT+Down
素材移到某轨	T
素材上移一轨	SHT+Up
组内左对齐	CTL+Q
选中左对齐	Q
选中右对齐	R
选中居中对齐	B
短素材	S
输出到单帧图像	F
设置显示入点	I
当前时间线素材	
非实时段打包	
工具栏设置	
刷新图标/波形图	
属性	P

图 2-48 时间线工具菜单窗口

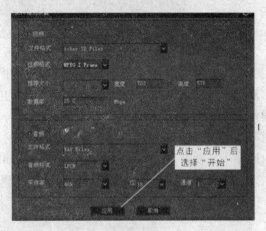

图 2-47 打包设置窗口

选择该按钮后，首选轨道中的所有素材将被选中，包括轨道中素材所带的音频素材。

时间线工具按钮，按下后系统弹出时间线工具菜单，如图 2-48 所示：

下面我们将详细说明其中部分重要功能的使用。

★添加轨道：在时间线上添加视频/音频/背景/字幕类型轨道和添加轨道的数目，如图 2-49 所示：

图 2-49 添加轨道窗口

★到指定点：游标移动到指定位置操作，窗口中可对指定位置的时码帧数，偏移量等进行设置，如图 2-50 所示：

图 2-50 到指定窗口

★短素材检测：由于在进行时间线编辑的时候，在素材与素材之间可能会夹入黑场或短素材，可利用这个功能将其检测出来，判断哪些是有用的哪些是无用的，并采取相应操作处理。在窗口中操作者能设置检测"短素材"还是检测"黑场"，并设置检测的最小长度，按下"测试"按钮后"短素材"或"黑场"等信息就能以列表方式显示出来，双击任何一条能使游标移动到时间线上该位置处，由操作者判断该处是否有用并做相应处理。如图 2-51 所示：

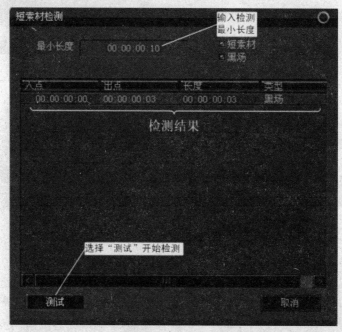

图 2-51 短素材检测窗口

★输出单帧图像：能将时间线上游标位置处的内容以图像文件的方式保存到指定路径，窗口中能进行名称、格式和存储路径设置。如图 2-52 所示：

★设置显示入点：按时间线上时码或帧数输入数值，设置游标移动的位置。如图 2-53 所示：

图 2-52 输出单帧图像窗口

图 2-53 设置显示位置窗口

★当前时间线素材：使时间线上所有使用到的素材以图标的方式显示出来，如图2-54所示：

★工具栏设置：选择后进入设置窗口，可以对时间线的工具栏按钮进行显示／隐藏设置。如图2-55所示：

图2-54 当前时间线窗口

图2-55 工具栏设置窗口

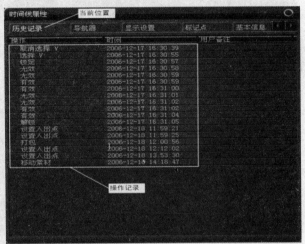

图2-56 时间线属性窗口(历史记录)

★属性：打开属性窗口。

历史记录栏中显示了所有操作的记录，双击任意一条能回到该步操作的时间线状态，如图2-56所示：

导航器能以图块的方式显示时间线的大致状况，如图2-57所示：

显示设置中可以对时间线上素材显示方式、特技等各项参数进行设置，如图2-58所示：

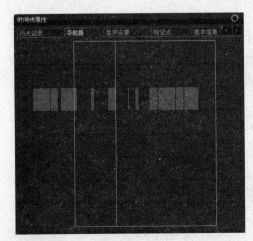

图2-57 时间线属性窗口(导航器)

图2-58 时间线属性窗口(显示设置)

标记点中显示了时间线上曾做过的所有标记点信息,并显示该标记点处时码,选择并双击任意一条能使游标移动到该位置,如图 2-59 所示:

基本信息中显示当前编辑时间线结构的各种信息,如图 2-60 所示:

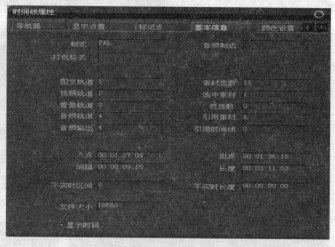

图 2-59 时间线属性窗口(标记点)   图 2-60 时间线属性窗口(基本信息)

颜色设置栏能对时间线内容进行颜色设置,并可将设置好的模式保存到预制中可再次使用,如图 2-61 所示:

快捷键栏中列出了所有 E7 的操作快捷键供操作者参考使用,如图 2-62 所示:

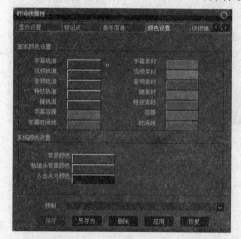

图 2-61 时间线属性窗口(颜色设置)   图 2-62 时间线属性窗口(快捷键)

2. 时间线显示设置

用户在时间线上进行操作时,可利用鼠标右键无极缩放功能任意放大缩小时间线显示区域,也可以使用时间线下方的滑块来放大缩小调整时间线水平方向的显示区域,或使用最右侧的滑块来调整时间线垂直方向的显示区域。下面介绍时间线最右侧的几个小按钮的功能:

 时间线垂直方向的放大显示功能。

 时间线垂直方向的显示区域还原到初始状态功能。

 时间线垂直方向的缩小显示功能。

在时间线的编辑操作中 E7 提供了编辑模式转换的功能供用户选择,分别是:

A/B 轨编辑模式。

单轨编辑模式。

XPRI 编辑模式。

鼠标右键点击时间线左上角 **Editmax 7** 位置。

　　在弹出的菜单中选择编辑模式,如图 2-63 所示:

　　这时系统会弹出提示"轨道相互转换,数据将修改,继续吗?",选择"是",时间线进入您选择的编辑状态。

　　E7 提供高标清素材混编的功能。由于高标清素材分辨率大小不同,因此在编辑和输出的时候存在画面大小不一致的问题。E7 在时间线提供了高标清素材适配的功能。在时间线上要适配的素材上点击鼠标右键,弹出菜单中选择"适应当前制式",如图 2-64 所示:

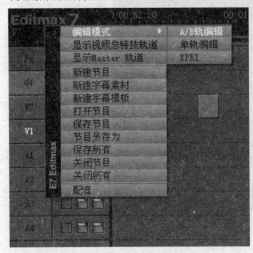

图 2-63 编辑模式窗口

图 2-64 当前编辑窗口

　　不转换:对使用的高标清素材不做变化,保持原大小。

　　填充:对高清素材做缩小,或对标清素材做放大处理。

　　水平适配:只对素材水平方向做缩放处理。

　　垂直适配:只对素材垂直方向做缩放处理。

　　自定义:自行设置 X／Y 参数。

　　3. 轨道合成模式

　　我们分别在 V1、V2 轨重叠放置两段素材,给素材添加入出点,选择上方轨道(V2 轨)的轨道名称栏,点击鼠标右键弹出菜单,选择"添加轨道间合成轨道",这时我们可以看到一个标记为 Compose(合成)的新轨道在时间线上 V2 和 V1 轨之间出现,这就是"轨道间合成轨"。如图 2-65 所示:

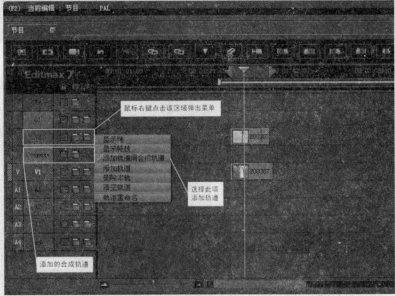

图 2-65 当前编辑窗口

　　在合成轨道上入出点之间点击鼠标右键,弹出菜单,选择"入出点间加特技"产生合成轨素材。选中该素材,点击右键,从菜单中选择"合成模式"项,添加合成效果。系统提供了正常 / 相加 / 减去 / 正片叠底 / 相除 颜色加深 / 颜色减淡 / 变暗 / 变亮 / 差值 / 强光 / 柔光等合成方式。如图 2-66 所示:

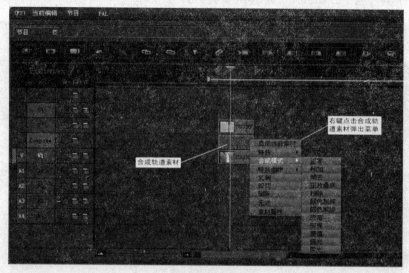

图 2-66 当前编辑窗口

　　选择不同的合成模式能得到不同的时间线轨道间合成效果,用户可以根据自己的需要和创意来选择不同的合成方式。V2 和 V1 轨素材颜色"差值"方式下的实际效果,如图 2-67 所示:

原　图　　　　　　　　　　　　　　　　　　效果图

图 2-67 V2 和 V1 轨素材颜色"差值"的实际效果窗口

4.特技轨的使用

　　如果要对时间线上一轨视频或几轨视频素材统一做特技处理,E7 提供了两种方法:"FX"轨添加特技和视频轨的特技轨添加特技。

a)"FX"轨添加特技

　　选择"FX"轨,点击鼠标右键弹出菜单,选择"入出点间加特技"选项,入出点间产生特技素材。选中特技素材点击鼠标右键,弹出菜单,选择特技编辑,进入添加特技窗口,完成特技添加。如图 2-68 所示:

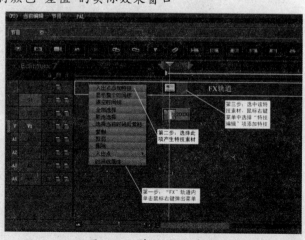

图 2-68 特技添加窗口

b)视频特技轨添加特技

选择视频轨道名称栏,点击鼠标右键,弹出菜单,选择"显示特技"选项,产生该视频轨的特技轨。该轨添加特技的方法与"FX"轨添加特技方法相同,请参看"FX"轨特技添加方法。

5.时间线插入方式下联动功能

按下时间线工具栏 [ ] 按钮切换到插入模式,激活联动按钮 [ ],把要插入的素材拖拽到时间线上插入位置,可以看到,插入素材之后的所有素材将整体后移,如图 2-69 所示:

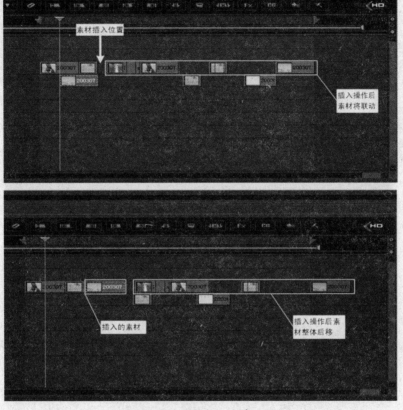

图2-69 联动功能窗口

6.时间线键轨道的应用

E7 时间线提供的键轨道也能制作出特殊的键特技效果,下面我们通过制作一个通道字的实例来介绍时间线键轨道的使用。我们要制作的效果是让文字轮廓内作为视频素材显示的区域,文字轮廓外视频素材将不显示。就是类似 AE 的遮罩字的效果。在 E7 里,要实现这样的效果一定要使用键轨道的概念,我们要将文字作为一个键,然后让视频素材被这个键所控制,就能得到我们想要的效果了。

第一步,选择时间线工具栏按钮"CG",在菜单中选择"标题字"选项,时间线上 CG1 轨建立一个标题字。

第二步,选择 V2 视频轨名称栏,鼠标右键菜单中选择"显示键"选项,展开键轨道。

第三步,向当前 V1、V2 视频轨重叠添加两段视频素材并打好入出点。如图 2-70 所示:

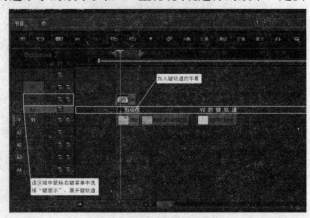

图 2-70 添加字幕窗口

第四步,将做好的标题字拖
入到 V2 键轨道的入出点之间,
观看效果。如图 2-71 所示:

7. 时间线容器的操作

容器可以看做主时间线中
某一视频/字幕轨上的子时间
线,它能够展开并编辑,编辑后
的结果在主时间线上能够被继
承。在主时间线上还可以对整个
容器进行特技添加和字幕编辑
等。容器是 E7 时间线编辑中一
个重要的功能。

下面来介绍容器的使用

图 2-71 时间线回放窗口

第一步,给将要加入容器的对象打入出点,加入容器的对象可以是多轨字幕或视频。如图
2-72 所示:

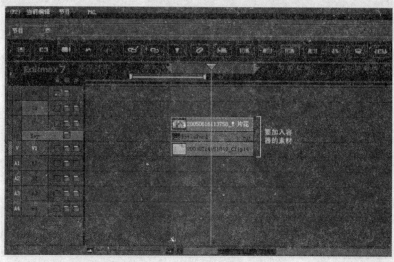

图 2-72 时间线容器窗口

第二步,选择时间线工具栏的 按钮,创建容器。创建好的容器变为某一视频轨上入出点
间的一段素材。如图 2-73 所示:

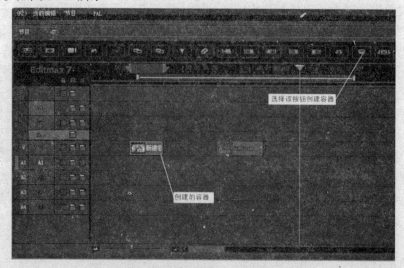

图 2-73 时间线容器窗口

第三步,双击该容器,可以展开容器进行编辑,编辑方法与时间线编辑相同。编辑完毕后,关闭容器,返回主时间线。如图 2-74 所示:

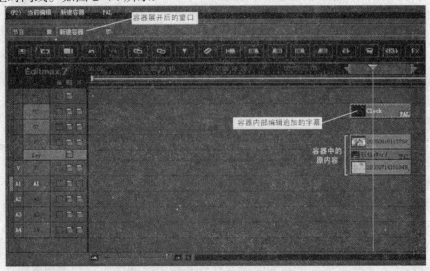

图 2-74　时间线容器窗口

第四步,在主时间线中,选择时间线工具栏的"FX""CG"按钮,可以对整个容器加特技和字幕,或做轨道间的操作,操作方法与对素材的操作方法相同。如图 2-75(A)(B)所示:

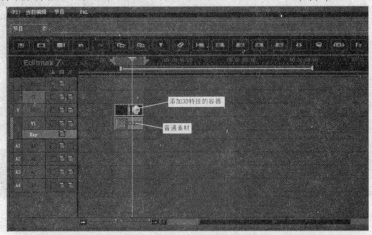

图 2-75(A)　时间线容器窗口

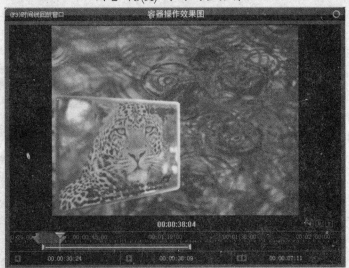

图 2-75(B)　时间线回放窗口

在时间线上我们可以对该容器进行如下编辑,在容器上点击鼠标右键,弹出菜单

容器重命名:可对该容器重新创建一个名称

展开容器:将在当前时间线上展开容器,但视频轨要同时添加两轨

字幕容器也是容器的一个重要功能,关于字幕容器的制作请参考本书字幕编辑中的相关内容。

容器将复杂的时间线化繁为简,不同的容器可以由不同的人员进行编辑,这极大的方便了节目的制作,提高了整个节目的制作效率,节省了制作时间。

8. TRIMMING 编辑

TRIMMING 编辑方式是目前国外非线性编辑系统常见的一种编辑模式,E7 也具备这种功能。

a)该编辑方式主要功能

精确调整时间线上首尾连接的两段素材的接缝点位置(注:做该项应用时,首段素材的上线尾帧不能是原始尾帧,第 2 段素材的上线首帧不能是原始首帧)对时间线上做了切割操作的同一段素材可精确调整切合点的位置。

b)TRIMMING 的具体使用步骤

框选时间线上做了过渡效果的相邻两段素材,并按下时间线工具栏 ▣◀▶ 按钮,系统弹出 TRIMMING 编辑窗口,如图 2-76 所示:

图 2-76 TRIMMING 编辑窗口

其中左侧的窗口是前段素材的尾帧处的画面,右侧的窗口是后段素材首帧处的画面。

左侧第 1 个时码值表示前段素材出点的位置,做了 TRIMMING 操作后会相应左右偏移。第 2 个时码值表示后段素材入点的位置,做了 TRIMMING 操作后会相应左右偏移。第 3 个时码栏可以手动设置偏移量。TRIMMING 调整窗口右侧下方的按钮可对接缝点做向左或向右调整帧数。

9. 时间线上快慢动作和静帧的制作

a)快 / 慢动作

在 E7 非线性编辑系统里,能方便的对时间线上的素材做快、慢动作操作,从资源管理器中拖拽一个素材到时间线上,在素材上点击鼠标右键,弹出的菜单选择"播放长度",如图 2-77 所示:

在"设置播放长度"窗口中,可以用两种方法

图 2-77 设置播放长度窗口

来改变素材的长度：

★在"Track 长度"中修改素材的长度,缺省值是素材本身的长度。

★在播放比例中修改数值,100%是素材原长度,如果数值大于 100 就是快动作,小于 100 就是慢动作。

在时间线上也可以修改素材的长度,具体方法是：

把游标移动到时间线上素材尾帧后某个位置处,先选中素材然后鼠标点击时间线工具栏  按钮,设置素材出点(变速),素材的尾帧就延长到游标处了,素材播放长度变长。如果在进行变速前把游标移动到素材中间,然后再做同样操作,素材变短。如果是对素材头做相应操作也能实现一样的效果。

图 2-78 选择位置设置窗口

b)静帧

在时间线上把游标移动到素材某帧,选中素材并右键单击,在弹出的菜单中选择"静帧",系统将弹出"选择位置"设置窗口,如图 2-78 所示：

有三种停留模式可以选择：入点停留、出点停留和全部素材停留。

可以直接输入要做静帧的画面时码或帧数,如果就在游标位置,直接按"确定"按钮即可。停留方式选择入、出点停留时,静帧只在素材的入、出点位置停留;选择全部停留时整个素材都是静帧。要取消"静帧"也很简单,在做了静帧操作的素材上点击鼠标右键,在弹出的菜单中选择"静帧"下的"取消静帧"选项即可。

2.1.8 采集窗口

窗口工具中双击"采集"图标或按快捷键 F9,打开"素材采集窗口",如图 2-79(A)(B)所示：

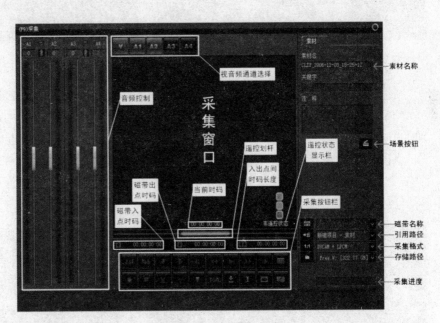

图 2-79(A) 素材采集窗口

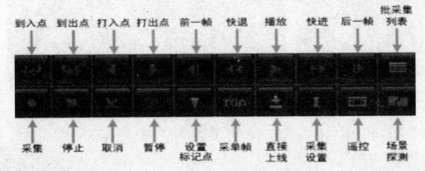

图 2-79(B) 素材采集窗口

1. 采集设置

点击采集窗口下方的"采集设置"按钮 ，进入设置窗口。在采集设置前要确认在"系统设置"下的"采录设置"项的参数设置都是正确的。

一般设置如图 2-80 所示：

自动上线：采集后素材自动上到时间线游标位置

出错报警：采集时出现异常或错误报警提示

已采条目自动删除：该项对批采集有效，采集完成后自动把批采表里面的该项任务条目删除。

丢帧自动停止：采集时出现丢帧现象自动停止采集

多画质采集：同时采集高低质量素材

数据源设置，如图 2-81 所示：

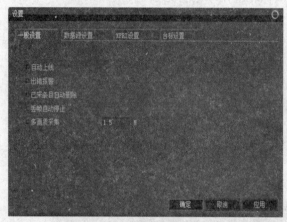

图 2-80 采集设置窗口

图 2-81 数据源设置窗口

根据本系统配置的 I/O 输入输出卡选择输入数据源，系统会自动搜索当前所使用的 IO 卡类型及 1394 使用状态，将当前使用的设备加入"数据源"列表，没有使用的设备将不会在列表中出现。用户通过列表选择将要使用的数据源类型进行采集。1394 采集应选择"iLink Record Eng"项。

XPRI 设置，如图 2-82 所示：

在 XPRI 设置中可以设置素材采集的头部和尾部帧数偏移量，默认为 0 帧。

台标设置，如图 2-83 所示：

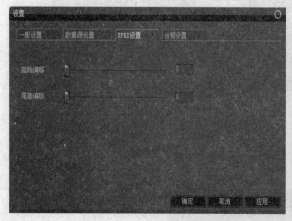

图 2-82 XPRI 设置窗口

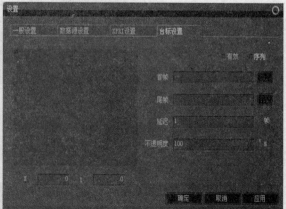

图 2-83 台标设置窗口

采集前设置台标类型(系列或图片)，台标动画的首尾帧、延迟和透明度，通过输入 X / Y 值设置台标位置，设置完毕后采集的素材画面会自动加入台标。

a)采集格式设置

单击按钮 **1:1** 进入采集文件格式设置,如图 2-84 所示:

在窗口里面能对采集的视音频格式和文件格式进行设置,用户可按自己的需要进行设置。

注:如果用户配置的是非 MOTRAX 板卡的机器,文件格式只能是 SOBEY 格式。

b)采集的存储路径设置

单击 按钮进入采集素材保存路径设置,如图 2-85 所示:

图 2-85 路径设置窗口

图 2-84 采集格式设置窗口

用户可将采集的素材保存到系统素材盘中任何路径下,视频文件路径和音频文件路径可以分别进行设置。

c)素材目录设置

点击 按钮进入素材目录设置,如图 2-86 所示:

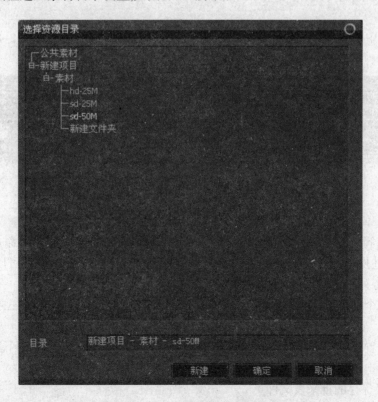

图 2-86 素材目录设置窗口

用户可将采集的素材引用到"系统项目"–"素材"的任意文件夹下,这样以便管理。

2. 采集的应用

a)采单帧

播放录像机内容到想要采集的画面,按下 TGA 按钮就可以把该帧画面内容以 TGA 文件格式保存下来。

b)手动采集

播放录像机,采集窗口出现画面后,按下"采集"按钮 就开始采集了,如果素材是有音频的,采集时窗口左侧的 YV 表应同步显示声音电平。E7 能同时采集 4 个通道的音频,分别是 A1、A2、A3、A4。

在采集中用户可以对重点画面进行标记点设置,这样采集后的素材带有这些标记点信息,在时间线上编辑时能把这些标记点显示出来供节目编辑时方便使用。采集窗口下方的 按钮可进行这个操作。

E7 在采集时能提供当前画面不采集的功能,当采集中某些画面不重要或不需要采集,可以在采集中按下 按钮(采集窗口右侧)。这样采集后的素材将不包括这些画面,提高了磁盘空间的利用效率和节目制作时的编辑效率。

c)遥控采集

E7 编辑系统连接好录像机遥控线并设置好串口(系统默认是 COM1 口),就可以对录像机进行遥控操作,按下 按钮开始播放录像机内容,再按下 采集按钮就开始对录像机输出的画面进行遥控采集了。

同时 E7 也能在遥控采集的方式下进行三点采集,在磁带上打好入出点,在时间线上打好入点,然后按下窗口右侧"遥控" 按钮,再点击 开始三点采集。

对磁带内容打入出点的操作可使用窗口下方这两个按钮 (打入点) (打出点),打好入出点后采集窗口会显示磁带上入出点的信息,也可以在这个区域里直接手动输入入、出点的时码,或只输入入点或出点的时码,再输入入出点总长,系统自动为磁带加上入点或出点。

d)批采集

在采集窗口中按下"打开批采集列表"按钮 ,批采集窗口被打开,如图 2–87 所示:

图 2–87 批采集窗口

浏览磁带内容,在需要的画面上打入出点,按下 按钮,将该采集条目添加到批采集任务列表中,重复上述操作,并将采集任务添加到批采集任务列表中。按下 就可以开始批采集了,采集完成后,任务列表中会显示批采集任务状态。

 修改每个批采集任务条目设置的功能。对批采集任务列表中选定的任务作修改后,点击该按钮确认。

 条目设置复制按钮。相对应上面修改单个条目设置后,如果其他的条目也需要相同设置,选定条目后再点击该按钮,这些条目的采集设置也被设置为同样的模式。

 打开已保存的批采表文件。

 将该批采集任务列表保存为文件。

　　将该批采集任务列表另存为文件。

　　采集过程中停止采集。

　　取消刚才采集的内容。

　　注：E7 提供了在批采集任务内每个条目不同设置的功能，就是说在同一批采集任务内，每一个条目的采集参数设置可以一致也可以不同。

　　e)Link 采集

　　用 1394 线将 E7 系统和 DV 设备连接好，按采集设置按钮 ▊ 进入采集参数设置窗口，数据源列表中选择"iLink Record Eng"项，将输入源设置为 iLink 方式，这时采集窗口的画面为 DV 设备上的内容，系统的采集格式将自动设置为 DVCAM 格式。

　　注：如果 1394 没有与系统连接好，数据源列表中将不会有"iLink Record Eng"选项！

　　1394 方式下采集素材的操作和上面所介绍的步骤一致，这里就不另外叙述了，请自行阅读上面的内容。

2.1.9 下载窗口

　　窗口工具中双击"下载"图标，打开下载窗口，如图 2-88(A)(B)所示：

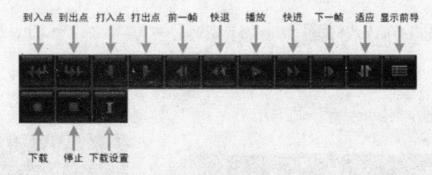

图 2-88(A) 下载按钮窗口

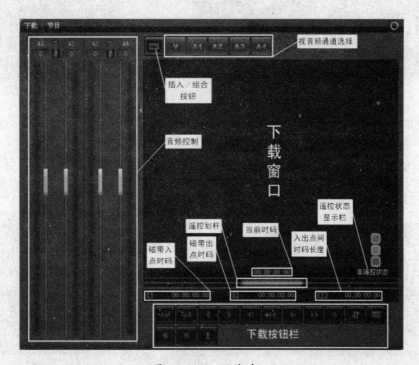

图 2-88(B) 下载窗口

1. 下载设置

确认系统设置里的参数设置正确, 选择下载设置按钮  进入下载设置窗口, 如图 2-89 所示:

图 2-89 参数设置窗口

根据系统所配置的 I/O 卡选择设备, 如果是向 DV 设备下载节目, 数据源选择"iLink Print To Tape Plugin"项。

a)前导设置

选择按钮栏的前导按钮 ☰ , 弹出前导设置窗口。按下"+"按钮, 系统弹出设置窗口, 如图 2-90 所示:

根据需要, 设置前导类型, 输入持续时间长度, 需要千周音就激活"千周音"选项, 按下"添加"后前导设置被加载。

前导设置后列表中的内容, 如图 2-91 所示:

图 2-90 前导设置窗口   图 2-91 前导设置窗口

b)后导设置

按下后导窗口的"+"按钮, 系统弹出设置窗口, 如图 2-92 所示:

根据需要设置后导类型和持续时间, 需要千周音就激活该选项, 按下"添加"后导设置被加载。

后导设置后列表中的内容, 如图 2-93 所示:

图 2-92 后导设置窗口   图 2-93 后导设置后列表窗口

2. 手动下载

把时间线游标移动到要下载的内容首帧处，在下载窗口用搜索滑块找到磁带中要下载的位置，点击下载按钮 ![] 开始下载，时间线上以游标为起点，游标之后的节目被下载到磁带上，直到按下停止按钮 ![] 为止。

3. 遥控下载

遥控下载有插入和组合两种方式，下载窗口上方的遥控按钮 ![] 可以对这两种方式进行切换。在时间线上对要下载的内容打好入出点，在磁带上找到要下载的位置并打入点，在磁带上找到要下载的位置并打入出点，在时间线上打入点或出点，按下载按钮 ![] 开始进行遥控下载。

E7 在遥控下载时提供了入出点自适应功能，点击适应按钮 ![]，弹出适应方式选择菜单，如图 2-94 所示：

编辑人员可根据实际需要，选择不同的方式来提高编辑效率，下面具体介绍这三种适应方式。

> 适应磁带出点
> 适应时间线出点
> 适应时间线入出点

图 2-94 适应方式选择菜单

适应磁带出点：磁带上已经打好入出点，时间线已经有入点，下载时系统自动根据磁带的出点来确定时间线上的出点，下载完成后节目长度等于磁带上入出点的长度，也就是根据磁带上的长度来确定时间线上要下载的内容。

适应时间线出点：时间线打好入出点，磁带上已经有入点，下载时系统自动根据时间线上的出点来确定节目下载到磁带上的出点，下载完成后磁带上的素材长度等于时间线上入出点的长度，也就是根据时间线上的长度来确定下载到磁带的长度。

适应时间线入出点：使时间线上的时码和磁带上的时码保持一致，下载完成后节目在磁带上入出点的时码位置就是节目在时间线上入出点时码的位置。

2.1.10 素材生成

双击素材生成图标或按快捷键 F11，系统弹出生成设置窗口，如图 2-95 所示：

生成的位置可以选择入出点之间、有效时间线和整段时间线等方式。

如果要生成带通道的素材，选择"生成键文件"。

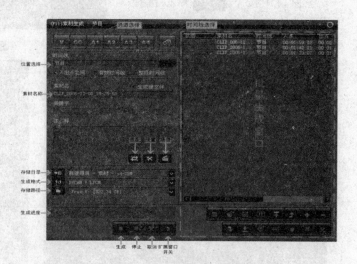

图 2-95 素材生成窗口

激活按钮 ![]，再按下 ![] 按钮，打开节目选择窗口，如图 2-96 所示：

编辑人员可以直接在目录列表中看到节目状况（包含字幕、时间线等信息），时间线内容直接以图标方式显示非常直观方便，选择字幕或是时间线，然后按"确定"返回主窗口。

输入生成文件的名称，关键字，

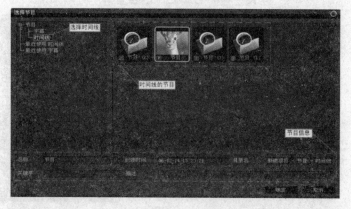

图 2-96 节目选择窗口

注释等信息，如想加入更多的信息，按下场景按钮 ，打开场景设置窗口进行设置，如图 2-97 所示：

　　设置完毕，按"确定"返回。

　　选择"预置"按钮，调出预置设置窗口，如图 2-98 所示：

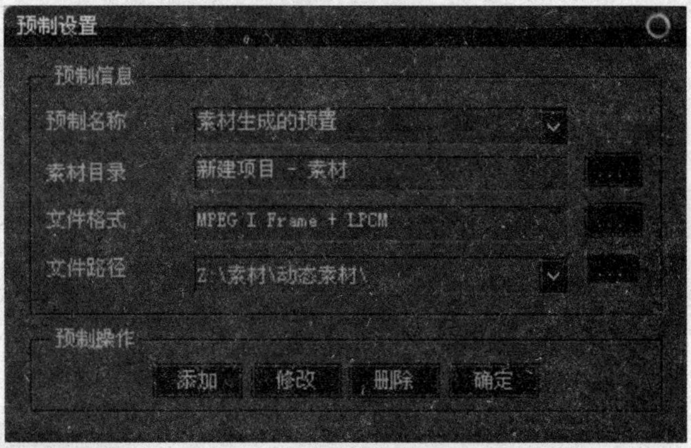

　　预置窗口内可设置预置名称、生成素材的目录、文件格式及文件存储路径。设置完各项参数，点击"添加"按钮在"预置名称"列表内生成新的预置模板，下次生成素材时，直接从列表中选择匹配的模板即可，这样可减少大量的频繁设置操作。点击"修改"按钮，可对原有模板进行修改。点击"删除"，删除原有模板。

　　对高标清混编的节目，节目生成需要选择"适配"项，选项内包括填充、水平适配和垂直适配，请根据实际需要进行选择。

　　主窗口中按下 可以选择生成文件的存放路径，如图 2-99 所示：

图 2-97 场景设置窗口

图 2-98 预置设置窗口

图 2-99 生成文件路径窗口

图 2-100 生成文件的格式窗口

　　按下主窗口的 1:1 按钮可对生成文件的格式做设置，如图 2-100 所示：

　　按下 按钮选择生成文件的存储路径，如图 2-101 所示：

　　所有设置完成后，按下 按钮开始生成。

　　生成窗口的右侧部分为批量生成窗口，可以对时间线的素材进行分段批量生成，如图 2-102 所示：

图 2-101 路径设置窗口

窗口中显示了节目的状态、素材名、入出点、长度、输出结果等信息。编辑人员可在这个窗口中添加节目、字幕等，批量生成 AVI 文件。如图 2-103 所示：

新建一个批生成列表文件。

打开一个已有的批生成列表文件。

将目前批生成列表文件保存。

重置批生成列表顺序。

将选定的条目上移至列表顶部。

将选定的条目在列表中位置上移 1 位。

在批生成列表中添加一个新条目。

在生成列表中删除一个条目。

将选定的条目在列表中位置下移 1 位。

将选定的条目置列表底部。

修改列表中条目的信息。

取消修改条目信息操作。

E7 中不但能生成 AVI 形式的各种媒体格式，还提供了支持其他媒体格式的文件生成方式，比如：DVD、VCD、WMV 等格式。按快捷键"F12"调出文件生成窗口，可以进行文件生成。具体操作方法与素材生成基本相同，请参阅上述素材生成章节。

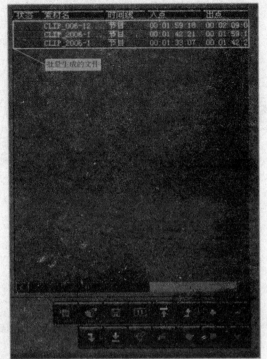

图 2-102 批量生成窗口

2.1.11 VU 表

双击 VU 表图标，打开 VU 表窗口，如图 2-104 所示：

VU 表是显示音频轨道音量以及系统输出音量大小的实时变化的波形表。

2.1.12 特技工具

双击"特技工具"图标，打开特技工具窗口。窗口包含"字幕入""字幕停留""字幕出""字幕""画面""过渡""音频过渡"和"音频"等特技。如图 2-105所示：

关于特技工具的使用请参阅特技编辑一章。

2.1.13 SFX

双击"SFX"图标，打开SFX 窗口。窗口内包含了"索贝视频特技""索贝特技模板""音频特技模板"

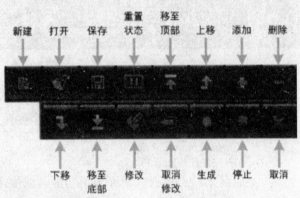

图 2-103 批量生成按钮窗口

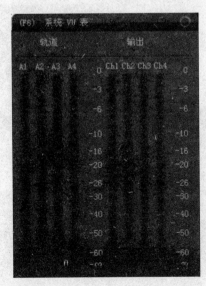

图 2-104 VU 表窗口

图 2-105 特技工具窗口

和"索贝素材"等内容。如图2-106所示：

　　关于SFX的使用请参阅特技编辑一章。

2.2 浮动工具栏

　　点击E7左下角"从这里开始"按钮，弹出"系统浮动工具栏"，如图2-107所示：

　　点击浮动工具栏里的各功能图标，会展开相应的功能菜单。

　　文件：打开后弹出菜单，如图2-108所示。

　　窗口：打开后弹出菜单，如图2-109所示。

　　工具：打开后弹出菜单，如图2-110所示。

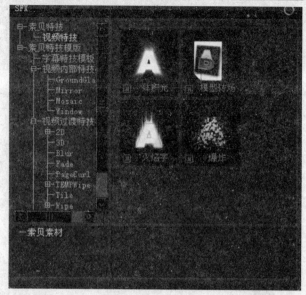

图2-106 SFX窗口

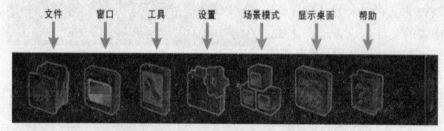

图2-107 系统浮动工具窗口

　　系统设置：打开后弹出菜单，如图2-111所示。

　　场景模式：打开后弹出菜单，菜单内提供多种界面结构预制，如图2-112所示。

　　显示桌面：显示系统桌面。

　　帮助：打开E7帮助文件，里面各项功能具体使用在相关章节中均会详细介绍。

图2-111 系统设置窗口

图2-108 文件菜单窗口　　图2-109 窗口菜单　图2-110 工具菜单窗口　图2-112 场景模式窗口

第三章 特技编辑

由于采用了高效的 GPU 特技特效处理方式,E7 的特技编辑功能非常强大。能进行实时粒子、光晕、体积光、辐射模糊、旗飘等各种特技效果的制作和编辑。E7 在遮罩特技的实现上,既能对素材做剪裁操作,也能对素材做掩膜处理。在新色彩校正特技中,能实现高光、中间色调、阴影三区色彩匹配。实现了一级、二级色彩校正。在特技参数的调整上,E7 是面向结果的实时参数调整,操作者能得到所见即所得的编辑结果。而贝塞尔曲线调整和便捷的关键帧控制使 E7 的特技调整更加快捷方便。

依靠 SOBEY 先进的特技算法,对 3D 特技边缘光滑无锯齿处理和划像特技的边缘优化处理,使 E7 具有优秀的特技质量。

图 3-1 常用特技窗口

3.1 特技功能介绍和基本操作

3.1.1 特技添加方式

对于素材添加特技有下面几种方式:

1.直接在素材上使用鼠标右键菜单选择"常用特技",这是常用特技的种类,如图 3-1 所示:

2.右键菜单中选择"特技编辑"或是选中素材后在时间线工具栏中按下 **Fx** 按钮,然后在特技编辑窗口中添加视频特技或音频特技,使用这种方式能添加视音频特技的所有方式。

3.直接拖拽资源管理器内的特技模板到时间线的素材。从资源管理器的特技模板中选择一个特技拖拽到时间线上的素材,当半透特技图标悬停在素材上方时特技图标右下角会出现一个绿色对勾或者红色禁止符号,对勾表示特技能有效加载,禁止符号表示特技无法加载。

3.1.2 特技窗口结构

时间线素材上单击鼠标右键,弹出菜单中选择"特技编辑",如图 3-2 所示:

图 3-2 特技编辑窗口

系统弹出"特技参数调整窗口",如图 3-3 所示:

1.按钮介绍

如图 3-4 所示:

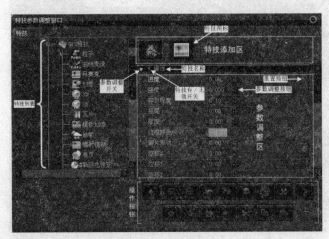

图 3-3 特技参数调整窗口

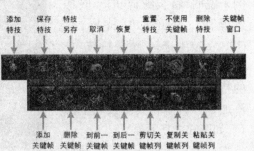

图 3-4 特技按钮窗口

可以将调整好的特技参数保存为一个特技模板。选择该按钮弹出"新建特技模板"窗口,如图3-5所示:

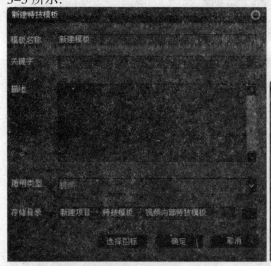

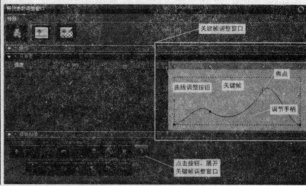

图 3-5 新建特技模板窗口   图 3-6 关键帧调整窗口

输入新模板名称、关键字、描述信息、存储路径、图标后按"确定"。

特技模板另存为。

取消该步操作。

恢复该步操作。

取消关键帧。

特技恢复到缺省值。

> 展开关键帧窗口。

点击该按钮,参数调整窗口右侧弹出关键帧窗口。选中任何一个关键帧后,点击左侧的 ▶ 按钮,可以展开特技参数曲线调整栏,利用手柄调整贝塞尔曲线的大小,垂直移动关键帧调整参数值,使特技参数的变化为线性方式。如图3-6所示:

添加关键帧。

删除关键帧。

移至前一关键帧。

移至后一关键帧。

剪切关键帧。

复制关键帧。

粘贴关键帧。

3.1.3 特技添加方法

我们以视频特技的编辑为例来说明"特技编辑"的一些具体操作,展开 GPU 特技,在 GPU 特技中选择"滑像特技"并将该特技图标拖拽至窗口右侧的特技添加区域,划像特技被添加,并打开特技参数调整窗口,如图3-7所示:

点击三角形开关,展开划像特技。划像模板中选定一种

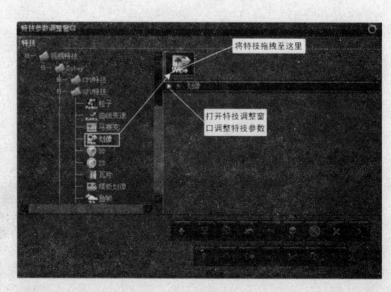

图 3-7 特技添加窗口

划像方式，模板下方设置特技参数。拖动"时间线回放窗口"上的游标或时间线上的游标，在素材相应位置按下 ◇ 按钮，为该位置添加关键帧或在"参数调整窗口"中按下 ◇ 按钮，同样能为该素材添加关键帧。在每个关键帧位置分别调整特技参数，以达到预期效果。如图 3-8 所示：

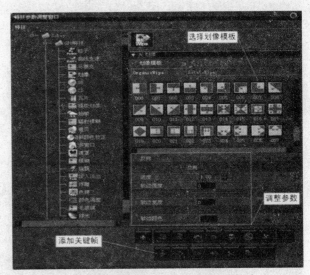

图 3-8 特技添加窗口

最后，播放"时间线回放窗口"，浏览完成的特技效果。

3.1.4 E7 特技的分类

E7 非编系统有很多种特技类型，主要分为滤镜、预制模板特技和视音频特技三种。滤镜中包括：扭曲、模糊、通道、光线效果、玻璃效果和颜色。滤镜只对图文层素材(字幕)有效。使用方法请参阅本书字幕制作部分。预制特技模板包括：字幕停留特技模板、字幕入出特技模板、字幕特技模板、背景特技模板、视频内部特技模板、视频过渡特技模板、音频特技模板、音频过渡特技模板等。视音频特技包括：视频特技(CPU 特技、GPU 特技和背景特技)、音频特技。

3.2 特技实例操作

3.2.1 遮罩的制作

选中时间线上素材，鼠标右键菜单中选择"特技编辑"或在时间线工具栏中选择"FX"按钮，进入特技编辑窗口。编辑窗口内拖拽"遮罩特技"到特技添加区。点击遮罩名称旁的金色按钮，打开遮罩调整窗口，如图 3-9 所示：

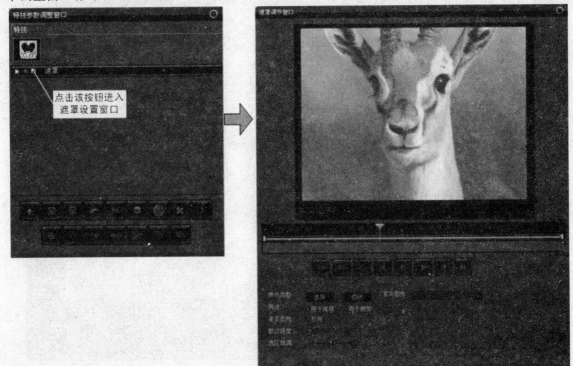

图 3-9 遮罩调整窗口

遮罩调整窗口中的"用途"选项,可选择掩膜和裁剪。用于掩膜——将所画遮罩轮廓内的部分保留,轮廓外的部分去掉,需配合其它特技使用。用于裁剪——将所画遮罩轮廓内的部分画面剪切掉。我们分别选择曲线和用于裁剪。对画面上要做遮罩的部分依次点击鼠标左键,勾出轮廓,最后一个点不用封口,系统将自动封闭曲线,如图 3-10 所示:

可以看到这个遮罩轮廓是由若干个点构成,用鼠标拖拽任意一点可改变遮罩大小,再结合 2D / 3D 特技的画面移动功能,就可以将遮罩画面移动到其它画面上,最终合成完美的图像效果。如图 3-11 所示:

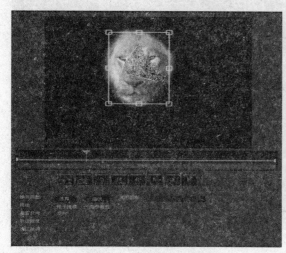

图 3-10 遮罩调整窗口   图 3-11 时间线回放窗口

3.2.2 马赛克

a)全屏马赛克

选中时间线上一段素材,进入特技窗口,添加马赛克特技,给素材添加特技关键帧,在不同关键帧位置调整马赛克"强度"参数,同时观看时间线回放窗口的实时效果,直到满意为止。如图 3-12 所示:

图 3-12 马赛克效果图窗口

b)局部马赛克

选中时间线上一段素材,进入特技窗口,首先添加遮罩特技,选择"用于掩膜"选项,调整遮罩大小及形状,如图 3-13 所示:

调整完毕返回特技参数窗口。在遮罩特技下方同时添加马赛克特技,调整马赛克"强度"参数,观看"时间线回放窗口"的实时效果,直到满意为止,如图 3-14 所示:

图 3-13 遮罩调整窗口　　　　　　　图 3-14 局部马赛克效果图窗口

3.2.3 颜色校正

E7 提供了很强大的颜色校正功能,给素材添加一个"颜色校正"特技,进入特技调整窗口,如图 3-15 所示:

图 3-15 特技调整窗口

在窗口上方有三个窗口,中间窗口中的画面是当前要进行颜色校正的素材,左边和右边窗口中的画面分别是和该素材左右相邻的素材,如果颜色校正后的结果需要和相邻的素材匹配,可以参考这两个窗口的画面色彩,并可在这两个窗口中取参考色。

在中间颜色校正窗口被分成了两个区域,两部分画面可以做颜色校正前后的对比,左侧带白框的是原画面,右侧是要做调整的画面。原画面的大小位置可以任意调整。在窗口下方区域就是参数调整区域了,E7 编辑系统的颜色校正提供了三种调节方式:

1.控件调节

按下"控件调节"按钮,可以看到有四项参数可以调整,分别是色调/饱和度/亮度/对比度,调整这几项参数,下图是调整后的效果对比,如图3-16所示:

图3-16 控件调节窗口

2.色度盘调节

按下"色度盘调节"按钮进入该模式,左侧有三个色度盘分别代表高阶,中阶,底阶色度,中间有增益/伽马/灰度三项参数可以调整,如图3-17所示:

图3-17 色度盘调节窗口

在窗口中这个部分为调整方案预制保存,调整好一个方案后可以按下1~4数字上的任何一个黑色色块,色块内容将被改变,表示1个方案被保存了。在色度盘调节中可以同时保存4个调色方案,激活色块下的数字,该调色方案将被调出,点击数字下部的"X"清除保存结果,如图3-18所示:

在色度盘调节中可以采用参考素材的颜色来匹配本素材某个颜色的调整,方法如下:

在上图中有两个颜色取样区,左边那个是被调整素材的颜色取样,右边那个是参考素材的颜色取样。

先用吸色管在被调整素材上吸取一种要调整的颜色,再用吸色管在参考素材中吸取一种匹配的颜色。并按下"色阶选择"按钮,选择色阶。可以在高/中/底三种色阶中选择一个,最后按

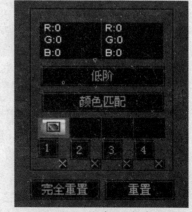

图3-18 调色方案窗口

下"颜色匹配"按钮,操作完成。

3. 二阶调色

按下"二阶"按钮进入二阶调色,如图 3-19 所示:

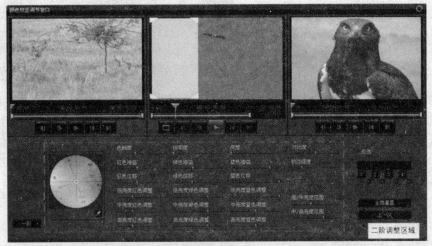

图 3-19 色阶校正调节窗口

在色度盘中用鼠标左键拖动绿色线的边缘,选取颜色,如果绿线覆盖了全部区域可以选取所有颜色进行调色,也可以用吸色管在素材画面上直接选取颜色,如图 3-20 所示:

调整窗口中间的各项参数,二阶调色中也提供了 4 种预制方案保存。

需要说明的是,控件调节后的参数到色度盘调节中参数可以继承,但二阶调色中参数设置是独立的。

在三种调节方式中,要取消当前调整设置,选择窗口右下角"重置"按钮。

3.2.4 粒子特技

粒子特效是 E7 非编系统特技的一个特色,用户可以利用粒子特技制作出可以和国外专业粒子特效插件媲美的效果。

图 3-20 色度盘窗口

对时间线上的素材添加一个粒子特技,进入特技编辑窗口,如图 3-21 所示:

在类型中可以有 12 个粒子类型,我们任意选择其中一个,再选择一纹理方式。按下按钮窗口右侧有扩展参数调整窗口弹出,能对粒子的参数做更细微的调整,如图 3-22 所示:

图 3-21 特技编辑窗口　　　　　　　　　　图 3-22 粒子参数调整窗口

制作粒子路径有两种方式:手动和自动。

按下"路径编辑"按钮进入手动方式。分别选择"类型"和"纹理",移动游标到素材不同的时间位置,用鼠标右键在素材画面上对各个位置添加关键帧,按"播放键"浏览效果,编辑完毕按"退出编辑"按钮,如图 3-23 所示:

图 3-23 粒子调节窗口

按下"自动记录关键帧"进入自动绘制路径方式。把游标移动到素材首帧,将鼠标放到播放画面,按住鼠标左键不放并移动,开始绘制路径;与此同时,游标也跟着移动,直到素材尾帧。可以看到一条曲线路径被绘制出来,关键帧被自动添加。如图 3-24 所示:

需要注意的是:在自动绘制路径的过程中,应保持匀速移动鼠标,不能太快也不能太慢,应和游标移动的速度保持一致。

3.2.5 多窗口(电视墙)特技

从特技列表中选择多窗口特技添加到素材上,打开"特技调整"窗口。调整特技参数,设置水平和垂直窗口数目,窗口内外软边宽度和颜色。回到时间线浏览特技效果,如图 3-25 所示:

图 3-24 粒子调节窗口

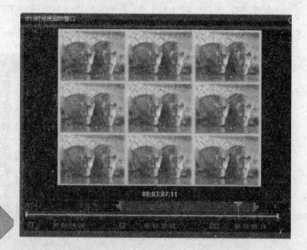

图 3-25 多窗口特技调整窗口

3.2.6 图片漫游

图片漫游特技可以实现超大幅图片在播出窗口中的漫游浏览功能。假如现在有一张超过播出窗口分辨率的大图片,由于分辨率超出了监视窗口可视范围,一般只能看到图片局部。现在利用图片漫游特技我们就能轻松看到图片的全貌。下面介绍一下图片漫游的使用。

选择时间线上的一张图片或一帧素材,右键菜单中选择特技编辑,系统调出特技编辑窗口,特技窗口中选择"CPU 特技"中的"图片漫游"特技,拖拽到特技窗口右侧的特技添加区。打开特技参数调整,特技参数包括图片位移、缩放和裁剪。为图片添加关键帧,同时调整各项参数,并随时在时间线回放窗口浏览实时效果。通过对不同关键帧各项参数的调整,可以实现整张图片的动态位移、缩放和裁剪的效果。调整完毕,返回时间线,操作完成。

3.2.7 外挂特技插件的使用

E7 支持外挂特技插件的使用,在预制特技中我们放置了一些经过测试能使用的外挂特技插件,如 AE、Boris 等,如图 3-26 所示:

用户也可以自己安装和复制外挂插件到 E7,如果是安装 Boris 特技,直接安装即可,安装路径保持缺省路径。如果是复制 AE 特技到 E7,复制路径为:E7/dll/AEPlugins。在这里需要说明的是,由于外挂插件涉及版本等问题,有时候用户自己安装的插件不一定能够使用,建议使用我们在系统预制中提供的。

使用时直接从资源管理器 - 系统预制 - 视频特技中把特技图标拖拽到素材上既可。调整特技时 E7 会打开这个特技的编辑窗口,使用方法和在 Boris 里或 AE 里一致。

3.2.8 背景特技的使用

如果要在时间线上某段区域加上一段背景,可以直接使用背景特技。在要加上背景的区域打入出点,在时间线工具栏中选择"工具"按钮,在弹出的菜单中选择"添加轨道",轨道类型选择"背景",如图 3-27 所示:

图 3-27 添加轨道窗口

图 3-26 视音频特技窗口

按"确定"回到时间线可以看到新增加了一个名称为"B1"的背景轨。

在这个打好入出点的 B1 轨上点击鼠标右键,弹出的菜单中选择"入出点间添加素材",此时入出点间新增加一段背景素材。在资源管理器选择"系统预制"-"视频特技"-"背景特技",拖拽背景特技到 B1 背景素材上,如图 3-28 所示:

最后,播放入出点间素材,浏览效果。如图 3-29 所示:

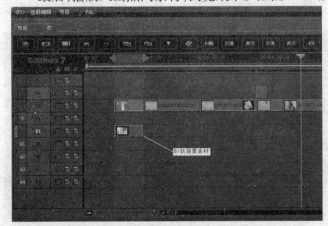

图 3-28 当前编辑窗口

图 3-29 时间线回放窗口

3.3 特技工具介绍

双击 E7 桌面上特技工具图标,打开"特技工具"窗口,如图
3-30 所示:

窗口中内容是 E7 所有特技类别,包括字幕、视频、音频特技,
这里所显示的特技内容实际和资源管理器中"系统预制"中特技的
内容一致,只不过使用上更加方便快捷。双击任意一个特技类型的
图标,可以打开相应的特技类型窗口,下面我们对每个图标所对应
的窗口进行介绍。

图 3-30 特技工具窗口

所有打开的窗口都有上下两栏,上栏为系统预制好的特技模板,
下栏是公共模板和当前节目中的特技模板,两者的区别是下栏中的特技模板是可以修改和添加的。

字幕入屏特技

窗口中包含了所有系统预制的字幕入屏特技模板和当前项目下的字幕入屏特技模板。使用时
直接将选择好的特技图标拖拽到字幕的入屏特技位置即可。

字幕停留特技

窗口中包含了所有系统预制的字幕停留特技模板和当前项目下的字幕停留特技模板。使用时
直接将选择好的特技图标拖拽到字幕的停留特技位置即可。

字幕出屏特技

窗口中包含了所有系统预制的字幕出屏特技模板和当前项目下的字幕出屏特技模板。使用时
直接将选择好的特技图标拖拽到字幕的出屏特技位置即可。

字幕特技

窗口中包含了所有系统预制的字幕特技模板和当前项目下的字幕特技模板。使用时直接将选
择好的特技图标拖拽到时间线字幕对象即可。

画面特技

窗口中包含了所有系统预制的画面特技模板和当前项目下的画面特技模板。使用时直接将选
择好的特技图标拖拽到时间线素材上即可。

过渡特技

窗口中包含了所有系统预制的过渡特技模板和当前项目下的过渡特技模板。使用时直接将选
择好的特技图标拖拽到两段素材的过渡特技位置即可。

音频过渡特技

窗口中包含了所有系统预制的音频过渡特技模板和当前项目下的音频特技模板。使用时直接
将选择好的特技图标拖拽到时间相邻两段音频素材的过渡位置。

音频特技

窗口中包含了所有系统预制的音频特技模板和当前项目下的音频特技模板。使用时直接将选
择好的特技图标拖拽到时间线
音频素材上。

3.4 SFX 介绍

E7 提供了一个非常有用的
节目包装制作工具 SFX 工具,通
过对 SFX 工具的使用能快速,高
效的进行节目的制作。双击图标
打开 SFX 工具窗口, 如图 3-31
所示:

超级效果包含了两部分的

图 3-31 SFX 工具窗口

内容：系统预制特技模板和系统预制素材。

　　系统预制特技中分别有字幕、视频、过渡等特技类别，可以在节目制作中分别对时间线上的字幕、视频或视频过渡使用。在使用中要注意添加对象的类型。

　　系统预制素材中包含了用于转场使用的带键通道的素材、光效素材，以及用于字幕对象的底版素材和字幕角标动画等。使用时直接将素材图标拖拽到视频轨即可。具体使用方法如下：

　　★在时间线上添加 KEY 轨，然后直接把系统素材中 KEY 目录下的背景或过渡素材拖拽到 KEY 轨上即可。如图 3-32 所示：

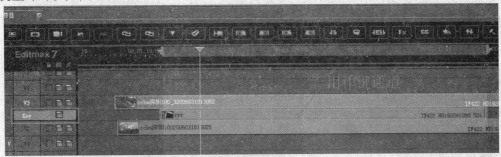

图 3-32 KEY 轨窗口

　　★选择背景素材并拖拽到时间线上，在时间线上添加"轨道间合成轨"，然后在时间线上打好入出点，在入出点间点击鼠标右键，在弹出的系统菜单中选择"入出点间添加特技"，在入出点间出线的绿色色块上点击鼠标右键，选择合成模式的方式。如图 3-33 所示：

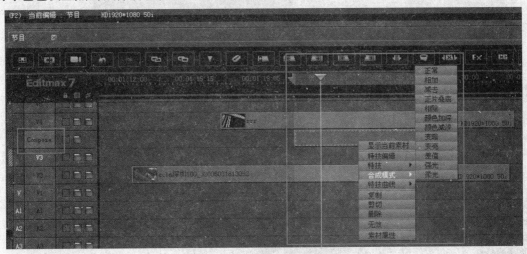

图 3-33 轨道间合成轨窗口

第四章 字幕制作

　　E7 配备了 SOBEY 新一代的图文字幕系统,综合了国内外优秀字幕软件的优点。在功能上能满足最苛刻的需求,为了兼顾快速字幕制作的需求,E7 的图文字幕模块分为两个相互独立又互相关联的模块,分别是简单字幕模块和复杂字幕模块,可以通过创建简单字幕对象来有效完成新闻、专题类字幕,也可以通过复杂字幕模块进行字幕时间线编辑,简单字幕可转换成复杂字幕时间线,有效达到了快速灵活与完美效果之间的综合平衡。

4.1 字幕窗口结构和功能

　　在时间线工具栏中选择 **CG** 按钮,弹出字幕添加菜单,如图 4-1 所示:
　　选择一种字幕方式,这时系统弹出添加字幕设置窗口,如图 4-2 所示:

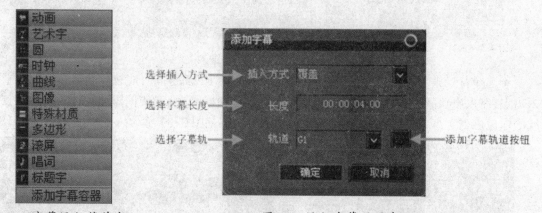

图 4-1 字幕添加菜单窗口　　　　　　　　　　图 4-2 添加字幕设置窗口

　　设置字幕上线方式、长度、上线轨道等参数后按"确定",时间线回放窗口自动切换到字幕制作模式下,如图 4-3 所示:
　　如果要添加字幕,必须在静态模式下;如果要叠加视频背景并做字幕位移,应该切换到动态模式下进行编辑。在窗口右侧工具区域里,是字幕制作模块,如图 4-4 所示:

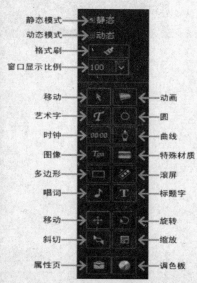

图 4-3 字幕窗口　　　　　　　　　　　　　　图 4-4 字幕制作模块窗口

按下字幕属性页按钮 ，弹出字幕属性编辑窗口，如图 4-5 所示：

在"公共属性"里能对字幕对象的面色、影色、边色、立体边等进行编辑，编辑后的结果能实时在字幕制作窗口显示。展开"滤镜"模块，对字幕对象添加滤镜效果只需从系统预制资源列表中选择一个滤镜添加到滤镜窗口中即可。如图 4-6 所示：

图 4-5 字幕属性编辑窗口　　　　　　　图 4-6 字幕制作窗口

点击"系统模板"中的字幕模板，字幕制作窗口中的文字将替换为模板内容。

展开"轮廓形变"模块，如果对字幕做过拉伸、放缩、旋转等编辑操作，列表栏中会显示出来，删除形变记录，再次点击字幕制作窗口中的文字，文字对象恢复原始状态。如图 4-7 所示：

字幕"物件属性"中可对字幕对象设置字体、宽度、高度等进行设置。并且可以对字幕对象的渲染方式、排列方式、输入方式、对齐方式、外形、行间距等进行设置，如图 4-8 所示：

E7 可以对同一个字幕对象制作出整体不同的效果。在渲染方式里选择"单独"选项，字幕编辑状态下，鼠标框选字幕对象的部分元素并赋值，就能实现同一字幕对象的不同效果。如图 4-9 所示：

按下调色板按钮 ，弹出调色板窗口，调色板能对字幕对象的颜色等参数做更进一步调整和设置。窗口中包括渐变色、单色、模板渐变色和纹理。

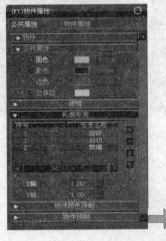

图 4-7 字幕制作窗口

图 4-8 物件属性窗口

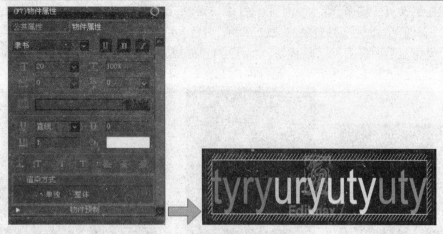

图 4-9 物件属性窗口

"渐变色"能对字幕对象做渐变色效果。如图 4-10 所示:

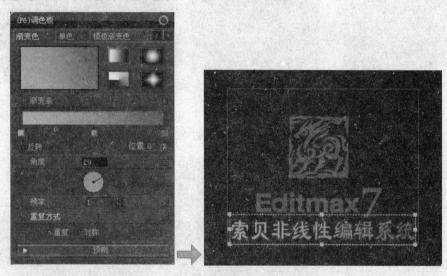

图 4-10 调色板(渐变色)窗口

如果需要对字幕对象做单色效果,在"单色"模块里调整颜色,如图 4-11 所示:

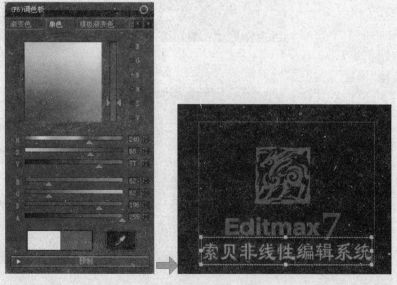

图 4-11 调色板(单色)窗口

纹理分为静态和凹凸两种,从纹理选择器中选择某一纹理,直接在字幕编辑窗口预览效果,如图 4-12 所示:

图 4-12 调色板(纹理)窗口

模板渐变色可以为字幕添加遮罩效果,如图 4-13 所示:

图 4-13 调色板(遮罩)窗口

4.2 字幕实例制作

E7 的字幕编辑功能是非常强大的,既能制作常用的静态的字幕效果也能制作字幕对象的关键帧动画,下面我们以几种常用的字幕类型的制作为例来说明字幕编辑模块的使用。

4.2.1 标题字的制作

在时间线工具菜单栏中选择"标题字"或在字幕编辑制作窗口 (时间线回放窗口的字幕编辑制作状态)中按下"T",在制作区域拖拽一个区域并输入"索贝数码",点击字幕属性按钮弹出"物件属性窗口",在物件属性栏里设置字体、宽高度、渲染方式、输入方式、对齐方式、外形等。再进入"公共属性"栏设置物件名称、公共属性(面色、影色、边色、立体边)等,也可以在预制中使用系统预制字幕模板。要进一步调整字幕对象的颜色,打开调色板,在里面调整参数既可。下面是静态模式的效果,如图 4-14 所示:

图 4-14 物件属性窗口

编辑完成后,按下字幕编辑窗口右下侧的"确定"按钮,系统弹出"编辑字幕"窗口。如图 4-15 所示:

在该窗口内能对字幕的入、出、停留方式设置特技,分别在入特技、停留特技、出特技窗口单击鼠标,进入特技模板窗口选择特技。设置完成后按下"确定"按钮,系统切换到时间线编辑状态,时间线回放窗口显示字幕效果,如图 4-16 所示:

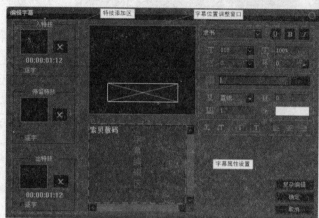

图 4-15 编辑字幕窗口

图 4-16 标题字效果图窗口

在"编辑字幕"窗口中,按下"复杂编辑"按钮能回到时间线字幕制作窗口,继续对字幕对象进行编辑。

如果需要对该标题字幕做关键帧动画,在时间线字幕窗口选择"动态"按钮,拖动游标在不同位置上加关键帧,移动字幕对象位置和做形变,缩放等调整,播放或拖动游标,可以预览动态效果。如图 4-17 所示:

4.2.2 唱词制作

在时间线工具栏菜单中选择"唱词"或在字幕编辑制作窗口(时间线回放窗口的字幕编辑制作状态)中按下 ,在字幕制作区用鼠标框选一个区域,左侧弹出唱词属性窗口。

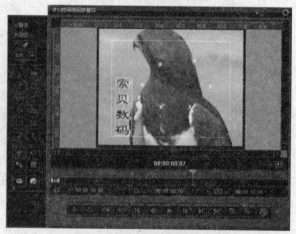

图 4-17 字幕动态设置图窗口

窗口中可逐行输入唱词,选择唱词属性窗口文字旁 ▶ 按钮,弹出衬底编辑设置窗口,可选择衬底形状和位置。要编辑衬底颜色和唱词文字颜色需要在属性页和调色板中进行。如图 4-18 所示:

图 4-18 字幕编辑制作窗口

　　　　播放按钮。在时间线上预览唱词上屏效果。

　　　　录制唱词。时间线开始播放,在时间线上要出唱词的位置拍空格键,唱词上线,上线后可在时间线上调整入出屏特技和时间等参数。

　　　　停止唱词效果预览。

　　　　取消唱词录制结果。

　　　　自动录制唱词功能。

　　按下"唱词属性"窗口左上角的　　　　　按钮,窗口切换到文本编辑模式,可以调入 TXT 文本。选择 ▷ 按钮,窗口时码区域展开,选择一条唱词,编辑入、出、停留方式,编辑的方法是:分别将鼠标放到字母"in""stop""out"上,单击鼠标右键,在弹出的特技窗口中选择特技。选择 　　　　　按钮,把设置好的播出属性赋予所有的唱词条目,如图 4-19 所示:

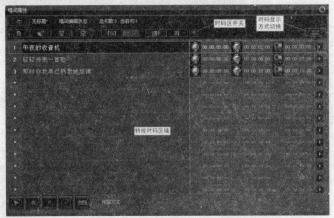

图 4-19 唱词属性窗口　　　　　　　　　　　图 4-21 展开字幕窗口

　　预览效果后按"录制"按钮,并在播放时间线的同时依次拍空格键,唱词条目依次上线,如图4-20 所示:

图 4-20 录制窗口

　　唱词上线后也能对属性进行修改,在上线的唱词字幕上点击鼠标右键,弹出菜单,选择"展开字幕",系统展开所有的唱词条目对象任意选择一个条目并点击鼠标右键,在弹出的菜单里选择要修改的项目,如图 4-21 所示:

　　在唱词制作中,E7 提供了独特的自动断句功能,输入文本和配音文件后,系统能自动判断语句间隔。在唱词属性窗口按下自动录制按钮,打开"音频自动断句"窗口。如图 4-22 所示:

4.2.3 滚屏字幕的制作

　　在时间线工具菜单按

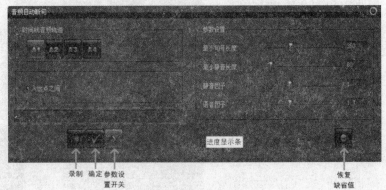

图 4-22 音频自动断句窗口

钮中按下"CG",在弹出的菜单中选择"滚屏",或是在字幕制作编辑窗口中按下,并在制作区用鼠标框选一个滚屏字幕的区域,输入文字内容,绿色的线为分页线,如图4-23所示:

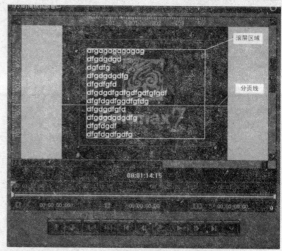

如果要引入已做好的＊.txt文档,在文字输入区点击鼠标右键,在弹出的菜单中选择"引入",在弹出的路径窗口中选择文件存放的位置。滚屏编辑完毕,按下"确认"按钮,在简单字幕编辑窗口中设置入、出、停留方式,再次按下"确定",退出滚屏编辑。

上面所述的是一般滚屏字幕的做法,如果需要在滚屏的时候有某部分停留的效果,制作方法如下:

图4-23 时间线回放窗口

在字幕制作窗口静态模式下,右键单击滚屏字幕对象,在弹出的菜单中选择"滚动播出调节",弹出的"滚屏播出曲线调整窗口"。窗口左侧是滚屏播出进度0~100%,水平方向是从开始到结束的时码,移动中间棕色的游标能在时间线回放窗口预览滚屏播出的进程。如图4-24所示:

曲线的斜率表示播放的速度,斜率越大速度越快,斜率越小速度越慢,斜率零度为停留。窗口中提供了滚屏的上、下、左、右滚动方向。

添加其它物件:

以前的滚屏一般只能排版字符,或一些简单的字符图片替换,现在滚屏加入复杂的物件作为排版单元,丰富了排版内容。操作方法为:在滚屏编辑模式下,选择物件种类,键入"Ctrl +TAB"键或在鼠标右键菜单中选择"切换到物件编辑模式"选项,物件被插入到光标处,拖动鼠标边框改变物件的大小,重复上述操作返回"文本编辑模式"。

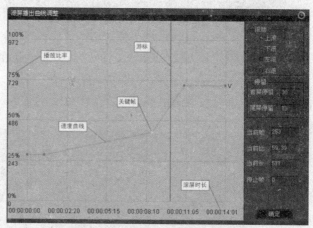

图4-24 滚屏播出曲线调整窗口

4.2.4 时钟字幕的制作

在时间线工具菜单按钮中按下"CG",在弹出的菜单中选择"滚屏时钟",或是在字幕制作编辑窗口中按下时钟按扭,并在制作区框选一个区域,系统加载时钟字幕,如图4-25所示:

图4-25 滚屏时钟窗口

进入"物件属性"窗口,在"物件属性"窗口选择"时钟类型",设置时/分/秒/帧等参数,"公共属性"中可设置字的颜色。编辑完毕,按"确认"。如图4-26所示:

图4-26 物件属性(时钟类型)窗口

4.2.5 艺术字的制作

时间线工具菜单按钮中按下"CG",弹出的菜单中选择"艺术字";或在字幕制作编辑窗口中按下 T ,用鼠标在制作区内框选出一个区域,通过"物件属性"设置艺术字的颜色,种类,字体等参数,并在"文本"选项输入文字内容,调节曲线控制手柄改变艺术字的形态。最后,按下"确认"按钮,字幕上线。如图 4-27 所示:

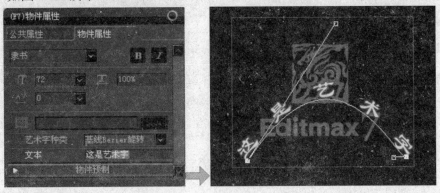

图 4-27 物件属性(艺术字)窗口

4.2.6 动画字幕的制作

在 E7 中字幕动画的制作就是把已经做好的图片序列文件放置到时间线上,系统自动播放这个图片序列文件。

在时间线工具菜单按钮中按下"CG",在弹出的菜单中选择"动画",或在字幕制作编辑窗口中按下 ,打开"物件属性"窗口,在"物件属性"中选择图片路径,找到图片首帧并打开,用鼠标在编辑窗口框选一个区域,动画被自动加载,鼠标拖动动画图标进行位置移动,按"播放"按钮预览效果。如图 4-28 所示:

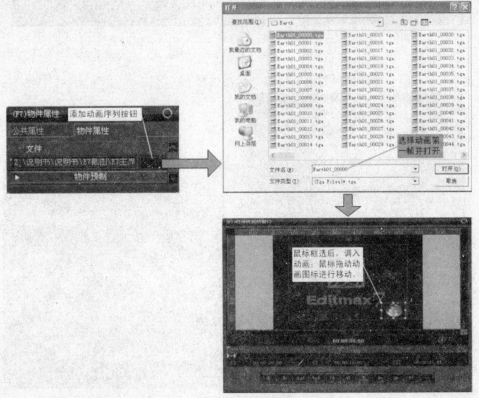

图 4-28 物件属性(动画图标)窗口

4.2.7 特殊材质字幕对象的制作

我们可以使用特殊材质制作一些漂亮的字幕底版，字幕类型栏中选择 █ 按钮，用鼠标在字幕制作窗口中框选出一个区域，系统自动添加默认的材质，如图4-29所示：

点击 █ 按钮打开"物件属性"窗口，调整特殊材质的属性。有三种材质可选：玻璃/塑料/珐琅。"形状"窗口中选择所需形状。利用"色度偏差"调整材质颜色。如图4-30所示：

图 4-29 字幕制作窗口

图 4-30 物件属性(形状)窗口

下面两张图分别是选择塑料和珐琅材质时的窗口状态。如图4-31所示：

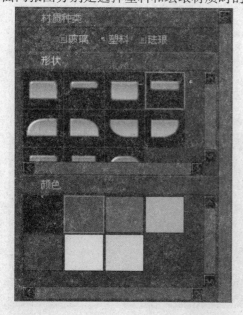
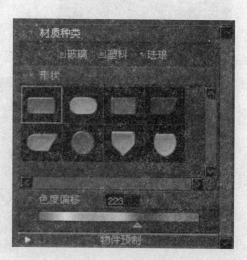

图 4-31 塑料和珐琅材质时的窗口

4.2.8 字幕容器

在 E7 中容器在主时间线上的表现为一个带键的 AVI 素材，并且这个容器可以重新展开并编辑。可以在容器内对任何单个对象的属性、运动等参数进行编辑，修改后的结果在主时间线上能同时被继承，在主时间线上可以对容器进行特技／字幕添加和编辑。容器的使用是 E7 中一个重要的功能。

同样，字幕容器就是一个包含了多个字幕对象或一个字幕对象的字幕包。使用过索贝 EDIT MAX1 的用户都知道 E1 的综合页字幕 AVI 上线的功能，字幕容器实现的就是这样的功能，只不过功能更加强大和完善。下面我们通过具体实例的制作来说明字幕容器的使用。

图 4-32 字幕编辑窗口

首先在时间线上创建一个字幕容器，按下时间线工具按钮 **CG** ，在弹出的菜单中选择"添加字幕容器"，时间线上字幕轨上会出现一个名称为"新建字幕容器"的字幕素材，在这个字幕容器上点鼠标右键，弹出的菜单中选择"重命名字幕容器"，可对创建的字幕容器对象命名。时间线上双击该字幕容器，弹出的"编辑字幕"窗口中选择"复杂编辑"进入"字幕制作编辑窗口"。

图 4-33 字幕编辑窗口

我们做一个字幕容器对象，在字幕编辑窗口设置入出点，长度等参数。字幕制作窗口为静态模式下，先做一个标题字，再做一个字幕动画，如图 4-32 所示：

选择"标题字"，把字幕制作窗口切换到动态模式下，做一个关键帧动画，如图 4-33 所示：

字幕容器对象上线后可能需要和主时间线上的时间进行匹配，在字幕容器上点击鼠标右键，弹出的菜单选择"素材偏移"。在"设置偏移"设置窗口设置匹配模式，由于我们希望这个字幕容器和时间线上已经打好的入出点一致，所以我们选择"入出点对齐"模式。如图 4-34 所示：

图 4-34 素材偏移窗口

制作完毕，浏览最终效果。如图4-35 所示：

如果需要在这个字幕容器内增加新的对象，在时间线上双击这个字幕容器对象，再次进入"编辑字幕"窗口，"物件名称"列表中列出容器中包含的物件，图中是我们制作的"标题字"和"字幕动画"。如图4-36 所示：

按下"复杂编辑"按钮，进入时间线字幕制作窗口，可以继续对容器进行编辑。

图 4-35 浏览窗口

4.3 字幕模板的制作和保存

4.3.1 建立和使用字幕模板

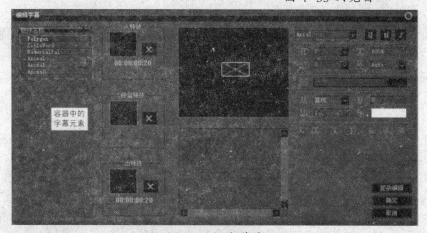

图 4-36 编辑字幕窗口

选择"资源管理器"中的"字幕模板"，在鼠标右键的菜单中选择"新建字幕模板"项，弹出字幕编辑窗口，进行字幕编辑。退出编辑后系统自动将该模板保存在"资源管理器"的"字幕模板"中。字幕模板同容器一样也可以制作综合页。

4.3.2 普通字幕保存为字幕模板

在实际制作过程中，为方便使用，用户有时需要把已经制作好的字幕对象保存为模板以备日后使用，下面我们就来介绍如何把普通字幕对象保存为字幕模板。

我们首先利用滤镜做一个火焰效果的文字。如图4-37 所示：

将该字幕保存为字幕模板。字幕上线后，在时间线上的字幕对象上点击鼠标右键，弹出菜单，如图4-38 所示：

图 4-37 火焰效果文字窗口

图 4-38 右键窗口

选择"另存为字幕模板"，系统弹出字幕模板保存设置窗口，我们为这个模板取一个名字"aaa"，在"存储目录"设置模板保存路径，如图 4-39 所示：

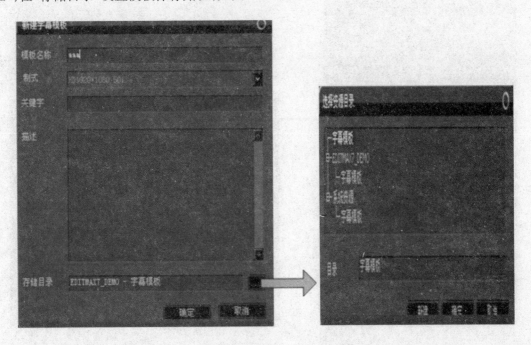

图 4-39 字幕模板保存设置窗口

窗口中显示了字幕模板可以保存的位置，通常保存到"字幕模板"下，这样以后使用的时候就可以很容易的在资源管理器 – 公共模板 – 字幕模板中找到，如图 4-40 所示：

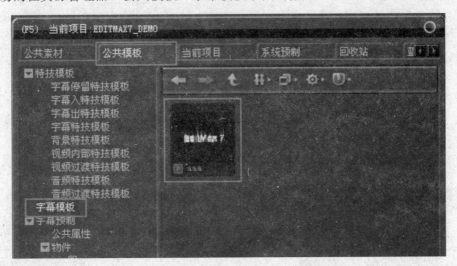

图 4-40 字幕模板窗口

用户以后使用模板时，只需直接从保存路径把字幕模板拖拽到时间线上即可。字幕模板上线后是以容器的方式存在，要修改模板内容，双击该字幕，进入复杂编辑状态下修改即可。

4.4 字幕特技

4.4.1 字幕滤镜特技

在时间线上创建一个字幕对象，比如"标题字"。进入字幕编辑状态在物件属性窗口中选择"公共属性"，打开"滤镜"选项，点击右侧的"＋"符号，在菜单中选择可用滤镜；按"－"符号，删除选中的滤镜。添加完滤镜，可直接在编辑窗口中预览效果。在滤镜编辑窗口中可同时对字幕对象添加一个或几个滤镜特技。如图 4-41 所示：

图 4-41 字幕滤镜编辑窗口

4.4.2 字幕的体积光特效

体积光特效是节目包装合成中常用的一个特技效果,在 E7 编辑系统中为字幕对象提供了方便快捷的体积光制作工具,并能在时间线上实时输出不需要打包。

下面介绍一下体积光的制作。

我们先制作一个标题字并上线,进入特技编辑窗口,对上线的字幕素材添加一个"体积光"特技,设置光芒的起始颜色和拖尾颜色,如果要看到光芒效果必须设置光线拖尾长度。我们在实际应用中可以在不同的关键帧设置光线拖尾长度,制作出光芒发射出的效果。位置 X 可调整光芒向左或向右,位置 Y 可调整光芒向下或向上。我们可以在不同的关键帧调整这两个参数,制作出光芒从左到右或从上到下照射的效果。调整各项参数,浏览时间线。如图 4-42 所示：

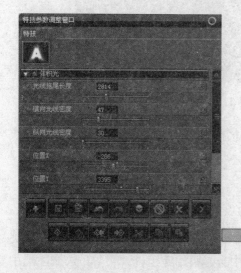

图 4-42 特技体积光编辑窗口

4.4.3 文本特技

在时间线上添加一个标题字幕,从资源管理器中视频特技中选择"文本特技"并拖拽到时间线上的字幕对象上,进入"特技参数调整窗口",在字幕对象不同时间点设置关键帧,并调整参数,回到时间线回放窗口,观看动画效果,如图4-43所示:

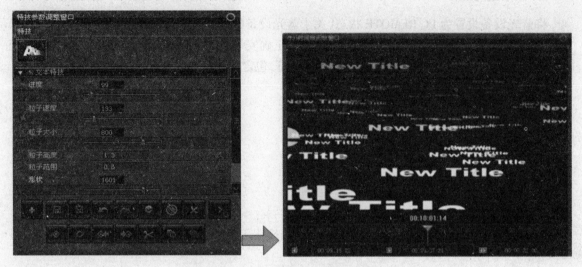

图 4-43 特技参数调整窗口

第五章 SONY 蓝光设备的使用

5.1 连接蓝光设备

将蓝光设备设置为 PC REMOTE 状态(关于蓝光设备的设置请参考 SONY 相关手册)。我们以 1394 方式连接蓝光设备和 E7 非线性编辑系统。正确安装设备驱动并连接设备后,在操作系统 (Windows XP)的资源管理器应能出现一个新的盘符,包含如下目录和文件:

CLIP

Edit

General

Sub

DISCMETA.XML

INDEX.XML

MEDIAPRO.XML

进入 E7 非线性编辑系统,在 E7 资源管理器的按钮工具栏里选择蓝光图标 ,弹出蓝光菜单,如图 5-1 所示。

选择"蓝光光盘管理",弹出"蓝光光盘管理"窗口,如图 5-2 所示:

图 5-1 蓝光菜单窗口

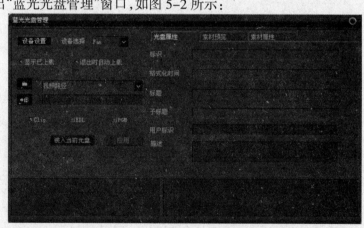

图 5-2 蓝光光盘管理窗口

在窗口里我们能设置"设备名称""用户名""用户 IP""设备 IP""密码""音频通道"等选项。在 "设备选择"中有一个缺省的 FAM 设备,以后我们也能添加新的设备,目前 E7 只支持 FAM 方式下 的连接使用方式。

显示已上载:显示光盘中已经上载过的素材。

退出时自动上载:按下应用后系统开始自动上载选定的素材。

路径设置:选择上载视音频素材存放的路径,如图 5-3 所示:

图 5-3 路径设置窗口

资源目录设置：上载后的光盘素材在资源管理器内被引用的位置。

按下"装入当前光盘"按钮，当前光盘中的素材图标出现在"蓝光光盘管理"窗口左下侧区域中，如图 5-4 所示：

"光盘属性"栏内显示该光盘素材标识、格式化时间、标题、子标题、用户标识、描述等基本信息。

左下方素材列表中任意选择一个素材，在"素材预览"栏内能浏览该素材的画面，方便操作人员了解素材内容，如图 5-5 所示：

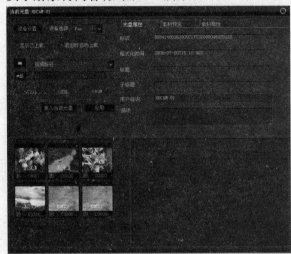

图 5-4 当前光盘窗口

图 5-5 素材预览窗口

"素材属性"栏里显示了该素材的基本信息，如图 5-6 所示：

5.2 上载光盘素材

5.2.1 蓝光资源管理器中上载素材

在蓝光菜单中选择"蓝光资源管理"，系统自动打开蓝光资源管理器，在管理器左侧窗口选择"XDCAM"，鼠标右键菜单中选择"上载光盘"，在"XDCAM"下出现该光盘的内容索引图标，如图 5-7 所示：

图 5-6 素材属性窗口

图 5-7 蓝光资源管理窗口

选择任意素材,鼠标右键菜单中选择"上载"。可选择上载高质量、低质量、高/低质量三种格式。选择上载高/低质量蓝光素材,系统弹出"蓝光上载中心"窗口,此时开始上载素材,如图5-8所示:

图 5-8 蓝光上载中心窗口

兰色进度条表示上载进度。选择同时上载高/低质量素材时,进度条将出现两次;如果只选择高质量或低质量上载,进度条只出现一次。

蓝光素材上载完成后,素材图标上出现新的标识:蓝色的小光盘图标表示已经上载了高质量素材,灰色的小光盘图标表示上载了低质量素材。

5.2.2 时间线上载素材

在资源管理器中双击一个光盘素材在素材编辑窗口中打开,设置好入出点,拖拽素材到时间线上,点击鼠标右键,弹出菜单。如图5-9所示:

选择"上载蓝光素材"项,弹出"节目素材上载"窗口,点击"执行"按钮,系统开始上载素材。如图5-10所示:

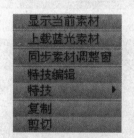

图 5-9 右键菜单窗口　　　　　　　　　图 5-10 节目素材上载窗口

上载素材使用段:只上载选用部分(入出点间)素材

增量上载:如果素材上线后又改变了入出点的位置(入点左移动或出点右移动),选择该项后只上载增加了的部分。

画质:上载高质量或低质量的选择。

范围:素材上载范围的选择,有三种方式,选择、全部和入出点。

选择:上载时间线上选定的光盘素材。

全部:上载时间线上全部光盘素材。

入出点:上载时间线上入出点间的光盘素材。

5.2.3 上载中心上载蓝光素材

该方式一般用于批量上载任务,在蓝光资源管理器中同时选择若干个素材,点击鼠标右键后在菜单中选择上载质量,系统弹出"蓝光上载中心",如图5-11所示:

图 5-11 蓝光上载中心窗口

在"蓝光上载中心"可以看到上载任务列表,按下"执行"按钮,开始上载任务。

执行一条:只执行任务列表中选定的一条任务。

执行:顺序执行列表中的所有任务。

5.2.4 高质量素材的自动上载

E7 提供了对高质量素材的自动上载功能,当用户设置了自动上载高质量素材选项,打开光盘,选择一个或若干素材到时间线,系统开始自动在后台上载素材,我们可以设置自动上载高 / 低质量素材,高质量素材或低质量素材。

上载素材的同时我们可以进行对节目的编辑,诸如剪切素材,添加字幕,特技等操作,此时素材上载在后台执行,并不断对时间线上正在进行编辑的素材进行刷新,当我们的节目编辑完成的时候,素材的上载工作也完成了。素材的自动后台上载大大加快了节目的制作时间,提高了节目制作效率。

下面是自动上载操作的图例:

★进入"蓝光系统设置"窗口,选择自动上载的素材质量,如图 5-12 所示:

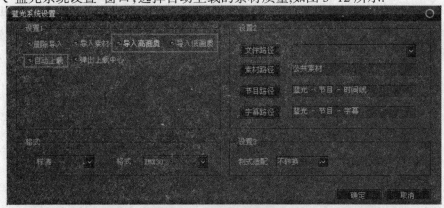

图 5-12 蓝光系统设置窗口

★蓝光资源管理器中打开光盘 Clip 文件,拖拽要使用的素材到时间线。

★素材开始自动刷新并自动上载,打开"蓝光上载中心"可以看到上载中心自动添加了任务列表并开始上载。如图 5-13 所示:

图5-13 蓝光上载中心窗口   图 5-14 蓝光菜单窗口

5.3 蓝光下载

5.3.1 蓝光素材下载

点击资源管理器工具栏蓝光图标，弹出菜单,如图 5-14 所示:

选择"蓝光素材下载"项,弹出"蓝光素材下载"窗口。如图 5-15 所示:

"添加"按钮用来选择要下载素材的路径。选定素材后点击"下载"按钮,出现进度条,选定的素材开始下载到光盘中。

图 5-15 蓝光素材下载窗口

5.3.2 蓝光节目合成下载

当要把时间线上的节目下载到光盘时选择这种方式,与蓝光素材下载方式的区别是:当时间线上的节目有外来的素材(非本光盘素材),E7 先对时间线进行打包合成后再下载到光盘上。

选择一段节目,在时间线上打好入出点,鼠标右键菜单中选择"蓝光节目合成下载",系统打开节目合成下载窗口,激活"先合成后下载",然后按下"开始"按钮,系统开始下载。如图 5-16 所示:

图 5-16 合成后下载窗口

5.3.3 蓝光 EDL 下载

将时间线上所使用素材的剪辑(无特技/字幕)写入光盘。蓝光菜单中选择"蓝光 EDL 下载",弹出"下载 EDL"窗口。可以选择"新建"按钮新建 EDL 文件或在右侧窗口中选择一条原有的 EDL 文件进行覆盖,进度条完成后 EDL 文件被写入光盘。如图 5-17 所示:

图 5-17 下载 EDL 窗口

下载使用段:如果该段素材包含非本光盘素材,当写入 EDL 文件时把该部分先转码后再写入光盘。

强制下载:如果该段素材包含非本光盘素材,并且已经下载到蓝光,写入 EDL 文件时覆盖掉原有素材。

5.3.4 蓝光 PGM 下载

把时间线上编辑的节目(包括特技/字幕)写入光盘。蓝光菜单中选择"蓝光 PGM 下载",弹出"下载 PGM"窗口。选择"新建"按钮新建 PGM 文件或在右侧窗口中选择一条原有的 PGM 文件进行覆盖,进度条完成后 PGM 文件被写入光盘。如图 5-18 所示:

下载素材:如果时间线上节目包含非本光盘素材,在写入 PGM 文件时将该素材先转码后再写入光盘。

搜索子时间线：如果节目包含子时间线，搜索子时间线上的非本光盘素材，并将素材转码后写入光盘。

下载使用段：下载时间线入出点之间的素材。

强制下载：下载当前节目到光盘，不提示光盘中是否存在重复信息，直接写入。

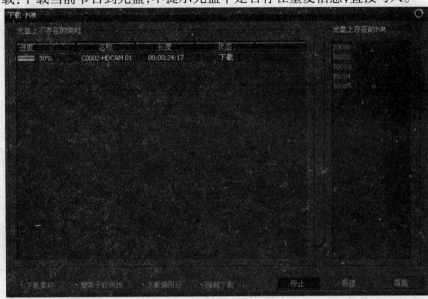

图 5-18 下载 PGM 窗口

第六章 音频编辑

根据 I/O 卡配置的不同,E7 目前支持 4~8 声道音频的输入和采集、4 声道实时音频输出。采样率支持 44.1kHz、48kHz,支持 16bit、20bit 音频,并可以支持不同采样率的音频文件的混合编辑;同时,E7 也支持 MP3、WAV、CD 等音频的引入。

在 E7 音频编辑中具备完整的调音台控制功能,可以快速有效地控制 4 声道主输出电平、Mix 混音分配、音频电平增益。

E7 还具备了强大的音频特技能力,包括混响、带通降噪、EQ 均衡器、自动增益控制、变调、哇音器等常用的音频特技。支持国际标准的 VST 插件的方式。通过这些音频制作手段,E7 能满足绝大多数电视节目制作音频编辑要求。

6.1 调整音量输出

6.1.1 时间线上调整音量

a)调整 Gain 输出

在时间线的音频轨道名称栏内,鼠标右键菜单中选择"展开 Gain"选项,如图 6-1 所示:

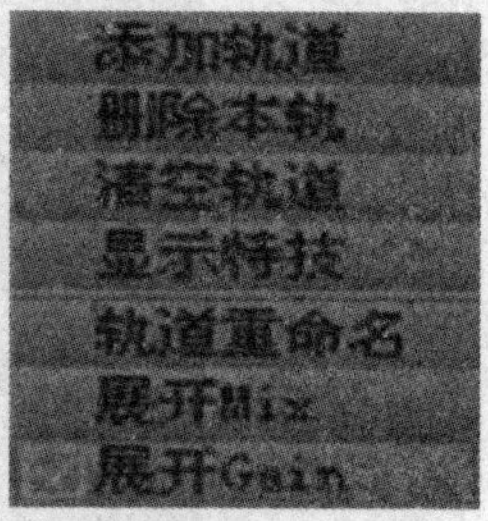

图 6-1 右键菜单窗口

此时,音频素材上出现表示音量大小的黄色横线,按下键盘上 ALT 键,在黄色横线上用点击鼠标左键加关键帧,并按住鼠标左键上下移动,这时素材 Gain 音量输出被改变,如图 6-2 所示:

图 6-2 Gain 音量输出窗口

b)调整 Mix 输出

在时间线的音频轨道名称栏内,鼠标右键菜单中选择"展开 Mix"选项,系统展开 Mix 轨道。黄色和红色的横线分别表示音频素材两个声道输出的音量。用鼠标直接分别选择该横线,并上下移动,两个声道输出音量被调整,如图 6-3 所示:

图 6-3 Mix 输出窗口

6.1.2 调音台操作

在时间线工具栏选择调音台按钮  ，系统弹出调音台窗口。在调音台中有 Gain、Mix、Master、MixMatrix 四种方式,可以分别调整 Gain、Mix、Master、MixMatrix 输出。

a) Gain 输出调整(如图 6-4 所示)

b) Mix 输出调整(如图 6-5 所示)

c)Master 输出调整(如图 6-6 所示)

d)MixMatrix 输出调整(如图 6-7 所示)

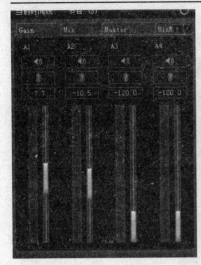 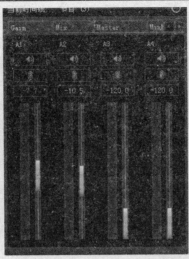 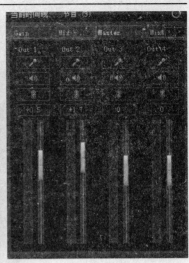

图 6-4 Gain 输出调整窗口　　　图 6-5 Mix 输出调整窗口　　　图 6-6 Master 输出调整窗口

6.2 E7 的音频特技

E7 具备强大的音频特效功能,系统预制了大量的音频特效,包括混响、带通降噪、EQ 均衡器、自动增益控制、变调、哇音器等常用的音频特技。E7 还通过支持国际标准的 VST 插件的方式,可以无限扩展音频特技插件。

音频特技可以直接添加到素材音频轨。

我们对音频素材添加一个哇音器特效。从资源管理器特技列表中直接把音频特技图标拖拽到素材的音频轨上,在音频素材上鼠标右键菜单中选择"特技编辑"项,进入"特技调整"窗口,在素材不同的位置加入关键帧并调整各项参数,如图 6-8 所示:

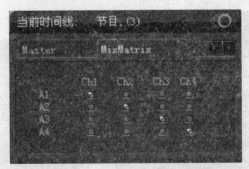

图 6-7 MixMatrix 输出调整窗口

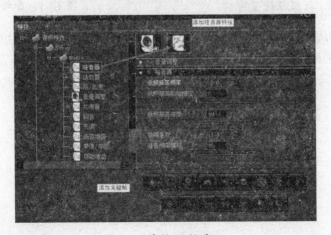

图 6-8 特技调整窗口

最后,播放时间线并监听效果。

6.3 配音操作

选择系统浮动工具栏"工具"选项,在菜单中选择"配音",系统打开配音窗口,如图 6-9 所示:

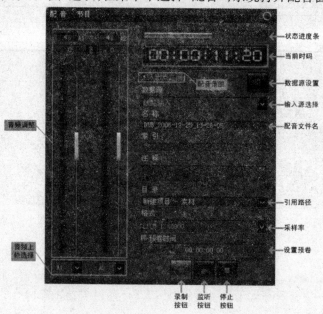

图 6-9 配音窗口

按下 ▉ 按钮,打开数据源设置窗口,可选择是用 DubEngine 还是 iLink Dub Device 配音,如图 6-10 所示:

在配音输入源中可选择音频输入的方式,如图 6-11 所示:

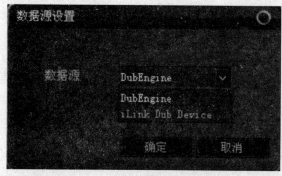

图 6-10 数据源设置窗口

图 6-11 音频输入窗口

配音窗口中可以输入"索引""注释""目录"等信息。选择配音时,如果时间线上没有入出点,那么配音将从时间线游标所在位置开始。设置预卷时间,选择配音文件上线位置,分别可以选择 A1、A2、A3、A4 轨。设置完成后,按下 ▉ 按钮,正式开始配音,配音完毕,音频文件将自动铺到音频轨上。

第三篇

E-Net 系列

非线性编辑系统

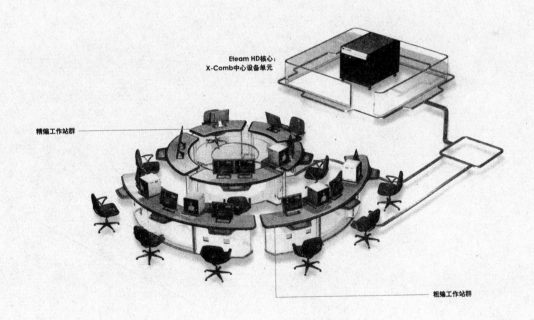

Eteam HD核心：
X-Comb中心设备单元

精编工作站群

粗编工作站群

第一章 E-Net 2.0 非线性编辑系统

1.1 系统登录

在进入 E-Net 非编系统进行编辑之前,首先要进入网管软件进行设置。具体操作见《网络管理工作站操作手册》。

进入网管中设置好用户后,启动 E-Net 非编系统,将出现下面登录窗口,如图 1-1 所示:

图 1-1 登录窗口

1.2 节目管理

1.2.1 功能讲解

本模块主要用于对系统中的节目管理,如新建文稿、打开节目、删除节目等。

1.2.2 操作步骤

输入已建的用户名及密码后,点击【确定】,进入节目管理窗口,如图 1-2,在此查看栏目和栏目下的用户,如果是管理员级别用户,则能看到所有栏目及栏目下所有节目信息,否则,根据用户只能看到其权限范围内的栏目及节目信息,还可以新建文稿、打开或删除已有节目。

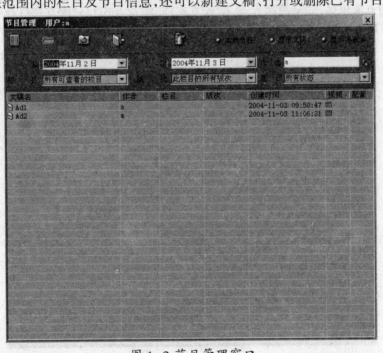

图 1-2 节目管理窗口

1. 新建文稿

点击【新建文稿】 ,弹出窗口,如图 1-3 所示,输入标题名,选择文稿类别、栏目、版次、记者名和编辑名,选择播出日期,点击【确定】后,就可以进行该文稿编辑了。

图 1-3 新建文稿窗口

2. 打开节目

在栏目列表中选中一节目,点击【打开节目】,就可以继续对该节目进行编辑。如果是当天制作的节目文稿,则可以直接看见文稿标题。双击文稿标题即可进入该节目的编辑。如图 1-4 所示:

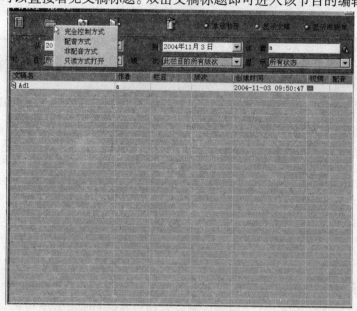

图 1-4 节目管理窗口

打开节目的方式包括:完全控制方式、配音方式、非配音方式和只读方式打开等方式。

a)完全控制方式

完全控制方式指可对该节目进行任何现有功能设置的编辑。完全控制方式界面如图 1-5 所示:

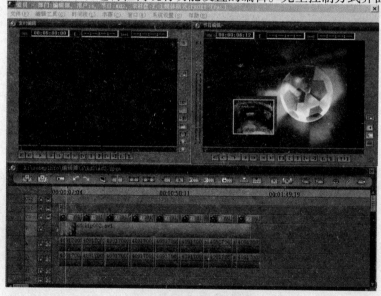

图 1-5 完全控制窗口

b)配音方式

用于只对该节目进行配音方式的编辑。

c)非配音方式

用于对该节目进行除配音以外的编辑。

d)只读方式

用于只对该节目进行浏览而不能修改。

3. 刷新

点击【刷新】　按钮,可对当前界面进行刷新。

4.退出

点击【退出】 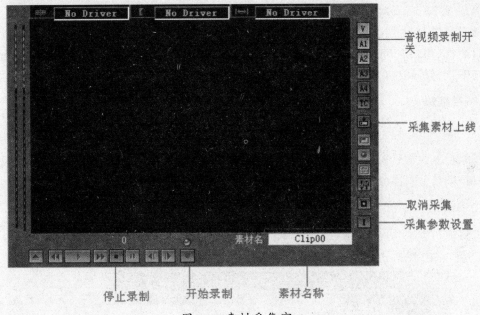 按钮,可退出节目管理界面。

5.删除节目

选中某一节目,点击【删除节目】,弹出删除提示窗口,点击【确定】,该节目信息将被清空,但在节目列表中仍然可以看到该节目。要从列表中删除必须在文稿系统中删除节目所对应的文稿,即使编辑、记者从来没有建立过文稿,而且硬盘上存储的节目信息文件并没有被删除,节目所用到的素材文件也不会被删除。

1.3 素材上载

1.3.1 功能讲解

本模块主要用于素材采集素材进入当前的编辑节目资料集。

1.3.2 操作步骤

1.素材采集

在界面顶部选择菜单"编辑工具"->"素材采集",进入素材采集界面,如图1-6所示:

音视频录制开关

采集素材上线

取消采集
采集参数设置

停止录制　　开始录制　　素材名称

图1-6 素材采集窗口

2.采集素材入库

a)先根据素材内容起素材名称,以便查询,然后用录像机控制所需素材的播放。

b)在所需素材内容开始前几秒时点按【录制按键】 进行所需节目素材采集。

c)当所需素材内容播完后点按 键,结束该段素材采集。

d)采集完毕后该素材自动存入当前编辑节目资料集中,并建立相应图标,图标画面为采集素材第一帧图像画面。

3.采集素材同时上线

a)在素材采集窗口中将 图标状态改变激活为 状态。

b)用以上的采集方法进行素材采集。

c)此时采集的素材在进入当前编辑节目素材库的同时将自动添加到时间线上。用此功能可以在进行素材采集的同时完成节目的粗编。

4.非编素材库的使用

a)在编辑软件主界面顶部选择菜单"编辑工具"→"非编素材库",或按快捷键【F2】,进入素材库界面。如图 1-7 所示：

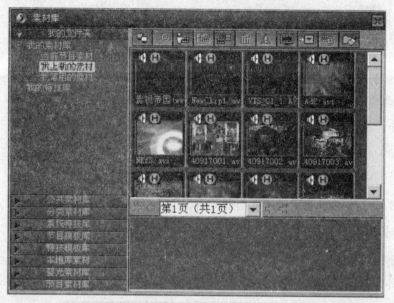

图 1-7 素材库窗口

素材库窗口左边的树形结构显示的是当前用户、公用素材库、系统特技库、栏目名称以及栏目内的节目名称，窗口右边上半部分显示的是当前节目内的素材（图文显示），右边下半部分显示的是当前选中素材的属性列表。

1.4 节目编辑

1.4.1 功能讲解

节目编辑分为素材窗口编辑、时间线编辑，素材窗口编辑大多用于节目粗编，时间线编辑主要用于节目精编和节目修改。

1.4.2 操作步骤

1. 素材窗口编辑

a)在资料集中双击需要的素材，该素材自动调入素材编辑窗口，如图 1-8 所示：

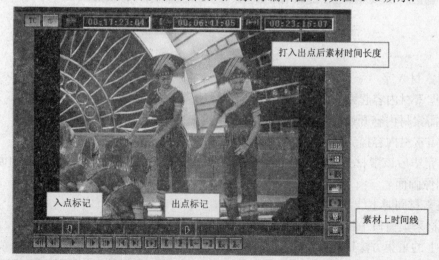

图 1-8 素材编辑窗口

b) 入出点工具。每个具体的功能在软件中将鼠标移到该图标时将有详细说明，分别是【打入点】【打出点】【到入点】【到出点】【清入点】【清出点】。

c) 编辑完成的素材添加到时间线控制。每个具体的功能在软件中将鼠标移到该图标时将有详细说明,分别是(上)【插入到游标】、(下)【覆盖到游标】。

2. 时间线播放

a)功能讲解

时间线内容播放控制在"节目编辑"窗口中进行,界面如图1-9所示。主要用于播放过程中对播出时间的编辑和控制。

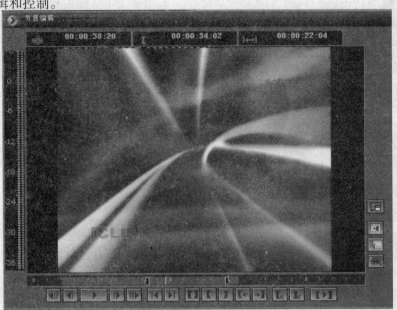

图1-9 节目编辑窗口

主要图标功能介绍:

★ :播放控制。每个图标具体的功能在软件中将鼠标移到该图标时将有详细说明。

★ 为播放、停止二合一键,灰色状态为停止,蓝色状态为播放。

★ :入出点工具。每个图标具体的功能在软件中将鼠标移到该图标时将有详细说明。

b)操作步骤(略)

3. 时间线编辑

时间线窗口简介,如图1-10和图1-11所示。每个图标具体的功能在软件中将鼠标移到该图标时将有详细说明。

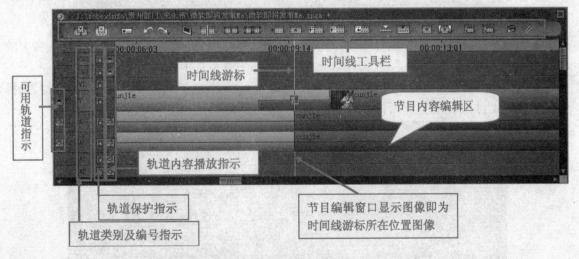

图1-10 时间线窗口

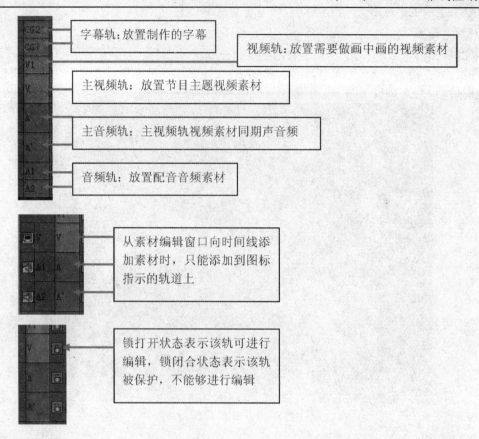

图 1-11 时间线窗口按钮介绍

4. 素材修改

素材修改指在时间线上对某素材再次进行入出点的改变,界面如图 1-12 所示:

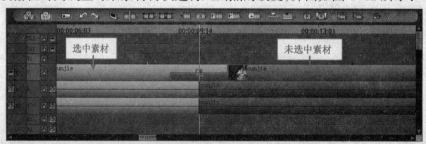

图1-12 素材修改窗口

★同一条编辑轨上多条素材同时选择:用鼠标点击第一条需要的素材,然后按住键盘上的 Ctrl 键,选择需要的最后一条素材,即可将此范围内的所有素材选中。

★不同编辑轨上素材同时选择:用鼠标点击某条需要的素材,然后按住键盘上的 Ctrl 键,选择需要的其它素材,即可将这些素材同时选中,如图 1-13 所示:

图 1-13 素材修改窗口

5. 切割删除

将时间线游标停在需要的画面上,同时选中该素材,点击时间线工具栏中的【切割】命令图标 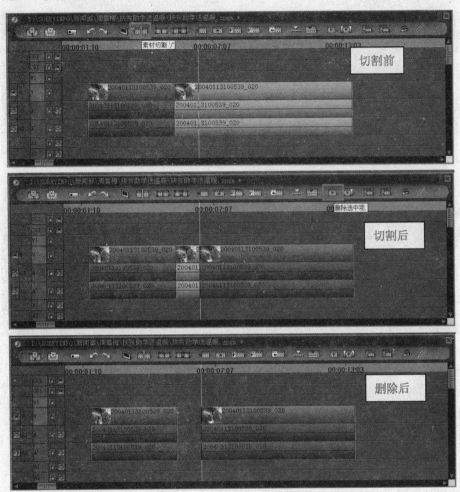,将该素材切割为两个部分;选中不需要的部分后,点击时间线工具栏中的【删除】命令图标即可删除选中素材(也可以点击键盘上的 Delete 键进行删除)。图 1-14 为切割前、切割后和删除后的界面:

图 1-14 切割删除界面

6. 鼠标改变图像出入点

到需要修改的图像素材的开始位置,鼠标箭头将变成 ⇐,此时按住鼠标左键并拖动鼠标即可改变该素材的使用图像入点;鼠标箭头将变成 ⇐,再按住鼠标左键并拖动鼠标即可改变该素材的使用图像出点。

7. 改变素材入出点时间

将时间线游标停在需要的画面上,同时选中该素材,点击时间线工具栏中的【改变入出点】命令图标 ,在出现的命令中根据实际需要选取【到入点】或【到出点】命令,则该素材的入点(或出点)自动的修正到时间线游标所指定的画面位置。

8. 素材移位

当节目中素材需要改变其播放顺序时需要进行此项操作,素材移位可以是一条素材,也可以是多条同时选中的素材。在多数情况下,移动素材后不能够破坏其它素材的长度,而只是改变其节目中不同素材的播放顺序。

9. 插入编辑

在时间线工具栏上点击【插入编辑】模式图标 ,将时间线编辑模式改为【插入】 状态。选中需要移动的素材(或多条素材)后,按住鼠标左键同时移动鼠标到需要的位置。

10. 素材解组 / 成组

a)素材解组

选中需要进行节目的素材,用鼠标点击时间线工具栏中的【素材解组】命令中图标 ,即可将选中的素材视音频解组分开,通过解组后的视音频可以单独选中操作。图 1-15 为解组前后界面:

图 1-15 解组前和解组后界面

b)素材成组

分别选中需要进行成组的素材(可以是任意素材),用鼠标点击时间线工具栏中的【素材成组】命令图标 ,即可将选中的所有素材成组。成组后的素材可以一次全部选中和操作。

11. 素材替换

此方法主要用于节目修改。

a)在资料集中双击需要的新素材到【素材编辑】窗口中进行入出点的选择。

b)在时间线上选中需要被替换掉的素材,如图 1-16 所示:

图 1-16 素材替换前界面

c)在【素材编辑】窗口中点击【替换选中素材】命令图标 ,则时间线上选中的素材被【素材编辑】窗口中新的素材替换，同时时间线上其他素材不会被破坏，如图 1-17 所示：

图 1-17 素材替换后界面

12. 消除黑场

此方法主要用于节目经过修改后，在节目素材间产生的黑场间隔。

a)将时间线游标放置在节目素材间存在的黑场处。

b)点击时间线工具栏中的【游标后全选】命令图标 ▦ ，将游标后的所有轨道上的素材(含字幕)全部选中。如图 1-18 所示：

图 1-18 消除黑场界面 1

c)在【覆盖编辑】模式 ▦ 下，按住鼠标左键移动被选中的所有素材消除黑场间隔。

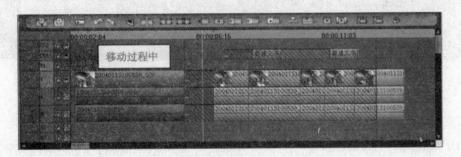

图 1-18 消除黑场界面 2

1.5 音频操作

参阅第一篇音频操作章节。

1.6 特技编辑及常用特技制作

1.6.1 功能讲解

本菜单选项主要用于非编系统中的特技编辑。以下内容将介绍特技编辑方法以及过渡特技、画中画特技、马塞克特技等常用特技的制作方法。

1.6.2 操作步骤

参阅第一篇第六章(特技编辑操作)。

1.6.3 常用特技制作

1. 过渡特技

a)只添加视频特技

按快捷键【F2】打开特技库,在过渡特技类别中找到需要的特技模板,用鼠标将其拖放到需要做过渡特技的两个素材交接处即可。

b) 视频、音频同时添加特技

选中需要做该类特技的素材后,按住键盘上的 Shift 键的同时用鼠标拖动该素材向前移动,此时该素材和前面的素材会产生叠加区,同时视频自动添加淡入淡出特技,音频自动添加混合淡入淡出特技。如图 1-19 所示:

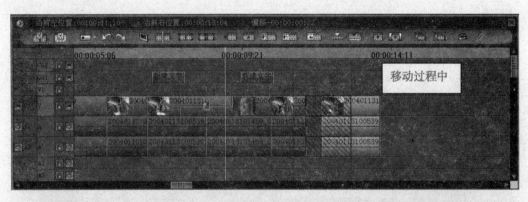

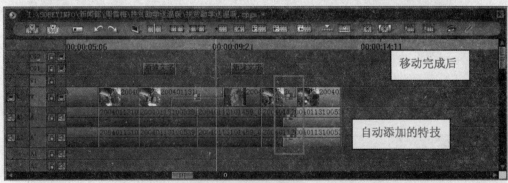

图1-19 视频、音频同时添加特技窗口

2. 画中画特技制作(播音员 + 小画面)

由于播音员 + 小画面特技在同一时刻出现两个画面,所以在制作时需要两条视频轨道,主视频轨上放置背景画面素材,V1 视频轨上放置小画面的素材。

a) 在资料集中选择好做小画面的素材后,用鼠标双击使其进入【素材编辑】窗口,并在【素材编辑】窗口中将其剪切好。

b)用鼠标左键将视频活动轨道标识符 ■ 由 V 轨拖到 V1 轨。

c)将 A、A1 音频轨道锁定保护。如图 1-20 所示：

图 1-20 音频轨道锁定窗口

d)将时间线游标放置到需要添加小画面的位置处。

e)点击【素材编辑】窗口中的【覆盖到游标位置】命令图标，将【素材编辑】窗口中剪切好的小画面视频部分添加到 V1 视频轨上，如图 1-21 所示。鼠标在此处后，按住左键拖动到 V1 处后放开左键。

图 1-21 素材编辑窗口

3. 小画面制作

a)在添加的需要做小画面的视频素材上点击鼠标右键，在出现的菜单中选【增加特技】中的【二维窗口】。

b)在打开的特技制作窗口中双击"二维窗口"字符前的"【□】"图标，打开特技参数调整窗口。

c)用鼠标双击特技调整窗口中开始位置的开始关键帧符号，使其由白色变成黄色【□】。

d)调整参数使其画面达到要求。

e)调整完毕后,点击【特技编辑】窗口中的关闭图标 ，关闭【特技编辑】窗口。关闭【特技编辑】窗口后,在时间线上能够实时观看编辑好的固定小画面特技效果,如图1-22所示:

图 1-22 特技编辑窗口

f)在开始关键帧图标为【□】的状况下,点击关键帧拷贝图标,并且把参数拷贝下来。

g)用鼠标双击特技调整窗口中结束位置的结束关键帧符号,使其由白色变成黄色【□】。

h)点击关键帧粘贴图标,将拷贝下来的关键帧参数粘贴到结束关键帧上,从而保证在特技播放过程中小画面的大小和位置不会发生变化,如图1-23所示:

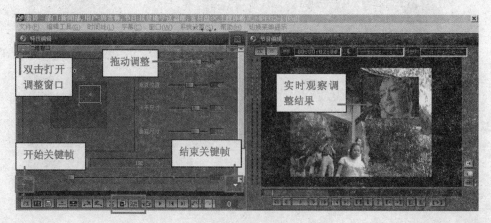

图 1-23 关键帧窗口

4. 马赛克特技制作

马赛克特技在非编软件中是利用遮盖方式来实现的。因此制作马赛克特技需要使用两条视频轨道,并且在两条视频轨道上的视频素材完全相同且完全同步。

a) 将需要进行制作马赛克特技的素材解组。

b) 将解组后的视频素材在按住键盘上 Ctrl 键的同时,用鼠标将该素材拖放复制到 V1 轨,如

图 1-24 所示：

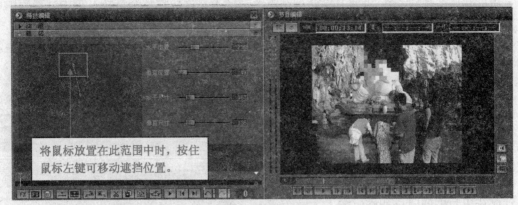

将鼠标放置在此范围中时，按住鼠标左键可移动遮挡位置。

图 1-24 解组后的视频素材

c) 在 V1 轨上复制出的素材上点击鼠标右键，在出现的菜单中选【增加特技】中的【油画】。

d) 在出现的【特技编辑】窗口中双击"油画"字符前的"▶"图标，打开特技参数调整窗口。

e) 用鼠标双击特技调整窗口中开始位置的开始关键帧符号，使其由白色变成黄色【□】。

f) 调整其中的马赛克参数使其画面达到要求。

★ 在开始关键帧图标为【□】的状况下，点击关键帧拷贝图标，将此关键帧的参数拷贝下来。

★ 用鼠标双击特技调整窗口中结束位置的结束关键帧符号，使其由白色变成黄色【□】。

g) 点击关键帧粘贴图标 ，将拷贝下来的关键帧参数粘贴到结束关键帧上。这样就保证了在整个特技播放过程中马赛克的程度不会发生变化。但此时制作出的马赛克为全屏马赛克。如图 1-25 所示：

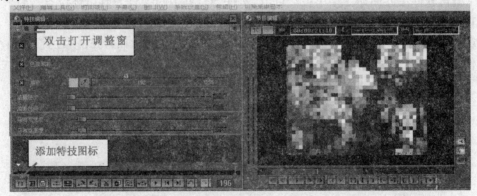

双击打开调整窗

添加特技图标

图 1-25 调整马赛克参数窗口

h) 马赛克程度调整完毕后，双击"油画"字符前的【□】图标关闭其调整窗口。

i) 在【特技编辑】窗口左下方点击【添加特技】图标 FX ，在出现的菜单中选择【裁切】特技。如图 1-26 所示：

拖放过程中

图 1-26 特技编辑窗口

★打开【裁切】特技参数调整窗口,选中开始关键帧,调整其中的参数,使其画面达到要求。

★拷贝开始关键帧参数,并将其粘贴到结束关键帧上。这样在整个特技过程中马赛克的程度和位置都不会发生变化。

★若要制作动态运动马赛克,在上述步骤完成后,只需要在画面特技过程中根据遮挡主题的位置情况,用鼠标移动遮挡位置,系统将自动添加关键帧。

1.7 字幕编辑

参阅第一篇第八章(字幕操作)。

1.8 节目引入与导出

1.8.1 功能讲解

在制作节目的同时,如果需要使用他人已经制作完成的节目(如完整的节目、配音节目、音乐节目等),可以采用节目引入的方式来完成。同时制作好的节目可以通过节目导出的方式导出到别的位置,如本地硬盘等。

图 1-27 节目管理窗口

1.8.2 操作步骤

1. 节目导入

a)将时间线上游标放置在需要引入节目的位置上。

b)在编辑软件主界面命令菜单中。点击"文件→打开节目文件→到游标位置",打开《节目管理》窗口,如图 1-27 所示:

c)在打开的《节目管理》窗口中选择好所需引入节目所在的栏目后,在【作者】栏内输入需导入节目的作者名,然后用鼠标点击 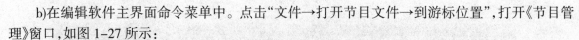 图标,进行查询内容刷新,如图 1-28 所示:

图 1-28 节目管理窗口

d)在《节目管理》窗口中用鼠标双击需要引入的节目标题,则该条节目将添加到时间线上游标指定的位置处,如图1-29所示:

图1-29 时间线窗口

2. 节目导出

a)打开需导出的节目到时间线。

b)在编辑软件主界面命令菜单中。点击"文件→导出节目",打开《节目导出》窗口,如图1-30所示:

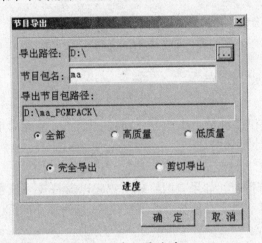

图1-30 节目导出窗口

c)选择节目的导出路径和节目包名

d)如果需要导出所有素材,包括高码率素材和低码率素材,选择"全部",否则单独选择"高质量"或"低质量",系统将只导出一种格式的素材。

e)如果选择"完全导出",系统导出素材时将完整导出整个素材文件。如果选择"剪切导出",系统将只导出素材文件中被采用的部分。

f)点击"确定"按钮,系统开始导出节目,进度条将显示整个导出过程的执行进度。结束后提示导出成功。如图1-31所示:

图1-31 导出窗口

3. 导出节目的打开

通过"节目导出"命令导出的节目文件,只能通过"打开临时保存文件"方式打开。

a)在编辑软件主界面命令菜单中。点击"文件→打开临时保存文件",打开《节目打开》窗口,如

图 1-32 所示：

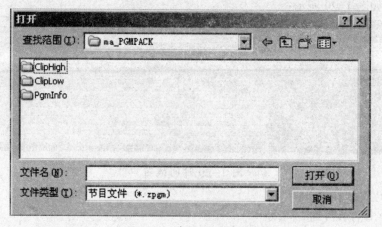

图 1-32 节目打开窗口

b)选中需要打开的文件,其扩展名为 ZPGM。

c)非编系统当前打开的节目将关闭,导出的文件将显示在时间线上。

1.9 节目生成

1.9.1 功能讲解

E-Net 非编系统提供多种节目生成方式:时间线生成,生成简单节目包,生成 AVI,发送节目去合成,制播传送以及片段导出。

1. 时间线生成功能

在时间线上编辑节目时,如果有两层以上视频以及特技（该素材段将在时间线上用红线标识）,在时间线上浏览时不能实时预览全部特技效果。这时使用时间线生成功能就可以实现对该素材段的实时预览。

2. 生成简单节目包

在 E-Net 非编系统输出时,分为两种方式:"显卡实时输出"和"需要预监"。使用"需要预监"时系统将只能输出一层视频和字幕,其他部分,如多轨视频、特技效果将无法显示。经过"生成简单节目包"后,这些内容也可以输出了。

3. 生成 AVI

将时间线上打入出点的内容打包成为一个独立的视频文件和相应的音频文件,用于播出等用途。

4. 发送节目去合成

将时间线上的所有内容发送到后台合成工作站,由后台合成工作站打包生成一个独立的视频文件和相应的音频文件,用于播出等用途。

5. 制播传送

将时间线上打入出点的内容打包成为一个独立的视频文件和相应的音频文件,并直接传送到 E-Net 播出系统,供播出系统播出节目,从而实现制播一体化。

6. 片断导出

将时间线上打入出点的内容生成 TGA 序列串和 WMV9 文件。

1.9.2 操作步骤

1. 时间线生成

a)在生成时,首先确定需要生成的节目片段的长度。在时间线上在需生成的节目片段的两端分别打上入点和出点。

b)然后单击时间线上的素材生成按钮 ▇，生成时将弹出生成进度指示条。

c)生成完成以后,时间线窗口上的红色实线消失,层叠部分素材中的虚线消失,播放时就可以看到实时的效果。

2. 生成简单节目包

a)在时间线选择需要简单打包的内容,并打上入出点。

b)在编辑软件主界面命令菜单中。点击"文件→生成简单节目包",打开《生成简单节目包》窗口,如图 1-33 所示:

c)点击"确定"按钮,系统开始打包。

d)打包完成之后,系统提示如图 1-34 所示对话框:

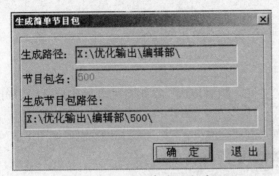

图 1-33 生成简单节目包窗口

图 1-34 打包窗口

选择"是",可以在时间线上看到简单打包之后的节目内容。

e)生成简单节目包的各项参数可以通过"系统设置→简单节目合成设置"来设置,其设置窗口如图 1-35 所示:

用户可以自行设定生成简单节目包时的视频格式、码率和路径等。

3. 生成 AVI

a)在时间线上需要生成 AVI 的的素材的两端打上入出点。

b)在编辑软件主界面命令菜单中。点击"时间线→生成 AVI",打开《生成 AVI》窗口,如图 1-36 所示:

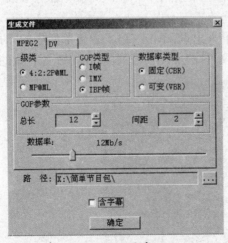

图 1-35 设置窗口

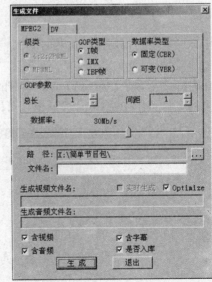

图 1-36 生成文件窗口

c)在上图的生成窗口中,可以设定生成的新的 AVI 的格式是 MPEG2 的 I 帧或 IBP 帧;同样,我们也可以将生成的新的 AVI 设为 DV 格式。同时可以调整生成视频文件的各种参数。

　　d)在上图的"路径"栏中我们可以手动输入生成的 AVI 在硬盘中的保存位置,也可以通过单击路径选择按钮来选定 AVI 的保存位置。

　　e)在"文件名"对话框中,可以重新命名新生成文件,方便以后的查找和调用。

　　f)输入路径及文件名后,单击"生成"按钮,就会弹出生成进度指示条。如果单击"退出"将退出生成窗口。如果在上图的生成窗口中的"是否入库"复选框前打勾,那么生成后的 AVI 素材将自动添加到素材库中当前用户所在的位置。

　　4. 发送节目去合成

　　a)在时间线上编辑好需要后台合成的素材。

　　b)在编辑软件主界面命令菜单中。点击"文件→发送节目去合成"。系统自动将当前节目发送到后台合成工作站。

　　c)节目发送成功后系统会在界面右上角显示"成功发送节目"。

　　5. 制播传送

　　a)在时间线上需要制播合成的素材两端打上入出点。

　　b)在编辑软件主界面命令菜单中。点击"文件→制播传送",系统自动开始生成 AVI,并自动将生成的文件传送到播出。

　　c)制播传送的各项参数可以通过"系统设置→制播合成设置"来设置,其设置窗口如图 1-37 所示:

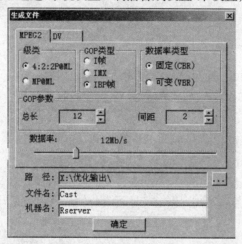

图 1-37 生成文件窗口

用户可以自行设定制播传送时的视频格式,码率,存储路径和消息队列服务器等参数。

　　6. 片段导出

　　在时间线上需要生成 AVI 的的素材的两端打上入出点,单击窗口上方菜单栏中的"时间线",在弹出的下拉菜单中选择"片段导出",可以将视频文件生成 TGA 序列串、WMV9 等各式的媒体文件。如图 1-38 所示:

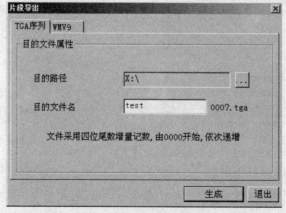

图 1-38 片段导出窗口

TGA 序列：可以把视频文件导出为 TGA 序列串。选择相应的路径和名称后点击生成按钮。在弹出一个生成进度指示窗口可以显示生成进度和终止生成。如图 1-39 所示：

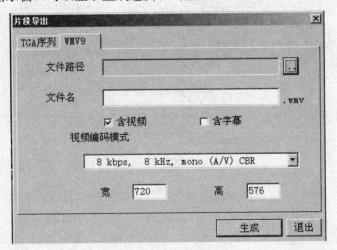

图 1-39 片段导出窗口

WMV9：可以把视频文件导出为 WMV 格式的视频文件。在窗口中可以设置生成的视音频文件的模式，选择相应的路径和名称后点击生成按钮。在弹出一个生成进度指示窗口可以显示生成进度和终止生成。

1.10 节目的下载和保存

1.10.1 功能讲解

用于把已制作好的节目下载到 1394 设备或录像带上，并对其进行保存或在播出系统中使用。

1.10.2 操作步骤

1. 保存节目

对于制作好的节目，点击文件下的 < 保存节目 > 就完成了节目保存工作。

2. 下载节目

a)下载文件到 1394 设备

★将制作好的节目生成 DV 格式的 AVI 文件。

★在下拉菜单中选择编辑工具的文件下载,弹出窗口中选中生成好的文件。如图 1-40 所示：

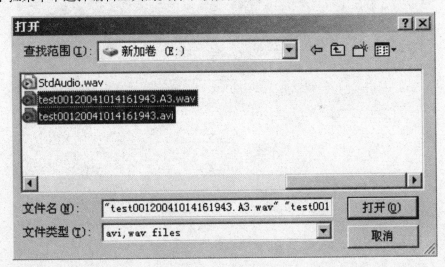

图 1-40 文件打开窗口

点击"打开"按钮即可把节目下载到 1394 设备,如录像机、摄像机等。

b)"需要预监"模式下输出节目

★在时间线上将需要下载的节目编辑好。

★打上入出点,生成简单节目包

★点击时间线右侧的"输出按钮" 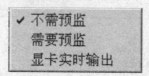,弹出如图 1-41 所示的窗口:

> ✓ 不需预监
> 需要预监
> 显卡实时输出

图 1-41 输出按钮窗口

选择"需要预监",当前节目就处于输出模式了。重新点击时间线右侧的"输出按钮" ,在窗口中选择"不需预监",可结束输出模式。

如前面所说,"需要预监"模式下输出前,必须经过生成简单节目包,否则节目中的多轨视频以及特技将无法输出。

c)实时输出节目

★在时间线上将需要下载的节目编辑好。

★点击时间线右侧的"输出按钮" ,弹出 1-42 所示的窗口:

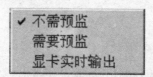

> ✓ 不需预监
> 需要预监
> 显卡实时输出

图 1-42 输出按钮窗口

选择"显卡实时输出",当前节目就处于输出模式了。重新点击时间线右侧的"输出按钮" ,在窗口中选择"不需预监",可结束输出模式。

d)输出设置

E-Net 系统支持模拟复合、模拟分量和数字方式输出。输出模式可以通过"系统设置→硬件连接设置"来设置,其设置窗口如图 1-43 所示:

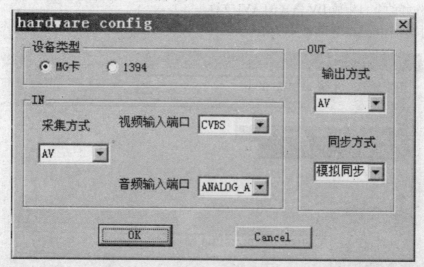

图 1-43 硬件链接设置窗口

用户可以根据自己使用的设备自行设定输入、输出方式以及输出时所采用的同步方式。

1.11 退出系统

进入 E-Net 非编系统的操作界面后,选择左上角"文件 – 退出",如图 1-44 所示:

节目管理
更换用户

打开　　　▶
更名
保存
另存为

锁定系统
退出

图 1-44 文件-退出窗口

如在退出系统前尚未保存正在制作的节目文件,系统将提示"是否保存节目",在完成保存节目的操作之后,系统提示"是否退出系统",如选择"是",则关闭当前制作的节目,退出编辑系统。

第二章 E-Net 文稿操作系统

2.1 E-Net 2.0 文稿操作概述

2.1.1 编写目的

为了使用户更快捷地使用本文稿系统,解决应用本系统时遇到不会使用或是使用有疑问的地方,参照本书,可以为你解决工作的难题,这是编写本章的目的。本章面向对象主要是针对电视台新闻文稿系统操作人员、相关文稿系统工作者及新闻文稿系统的初学者。

2.1.2 前景

本书主要描述的是索贝 E-Net 编辑网络系统中的新闻文稿系统的功能说明与操作方法。索贝新闻文稿系统在多家大型电视台得到成熟的应用,例如中央电视台,广东电视台、索贝结合多年的电视台系统集成经验,设计的文稿系统能够非常贴近电视台的流程和使用习惯,并能够按照用户的需求进行相应的定制开发。

2.1.3 特点

索贝文稿系统能够与视音频编辑进行无缝结合,更加方便用户的使用。在信息时代,社会的节奏是越来越快,而对于新闻工作者在信息的快速、正确、准确方面也就有了更高的要求。如果整个新闻的流程只靠人工来完成,工作量是相当大的,出错也是难免的。但是通过这套新闻文稿系统,让你的工作与计算机结合起来,完善的功能给新闻工作带来了方便、快捷的操作,帮助你轻松的完成工作任务。

在本系统中包括了选题管理、文稿管理、串联单管理和统计报表及相关报表的打印功能。统一的界面风格,其中更有方便使用的快捷按钮给操作带来了便利。

2.2 快速浏览

2.2.1 主界面

整个新闻文稿系统界面风格统一,操作方便。快捷键的操作,使各工作视窗间的相互调用更快捷、方便,有利于提高工作效率。文稿系统界面及界面风格如图 2-1 所示:

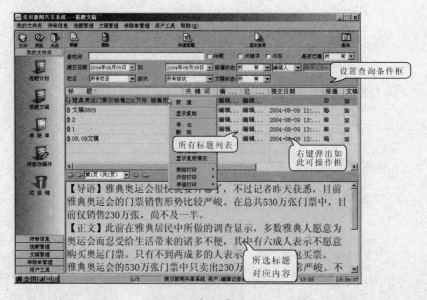

图 2-1 总体界面风格

常见按钮说明如下表:

图片	功能	功 能 详 解
新增	【新增】按钮	进入新增信息模式,输入需要新增的资料后,点击此【新增】按钮可以将所输入资料保存到信息库中
新建	【新建】按钮	与【新增】按钮的功能基本一致,主要是新增功能
修改	【修改】按钮	选中一条资料,选择此【修改】按钮将进入到修改信息模式中,修改完成保存即可更新资料
保存	【保存】按钮	做完新增或修改资料后,点击此【保存】按钮可以将新的信息资料保存
取消	【取消】按钮	新增或修改信息未保存前,如果并不想保存所作的修正,可以点此【取消】按钮不执行修改或新增操作
删除	【删除】按钮	选中某信息后点击此【删除】按钮即可进行删除操作。删除信息时一般都会有提示确认是否删除的窗口出现
刷新	【刷新】按钮	刷新信息的作用。在查看资料时,输入各项查找条件后,点击此【刷新】按钮可以刷新页面资料,查看到相应条件下的所有信息资料
查找	【查找】按钮	点击此【查找】按钮可以定位查找相关信息
流程	【流程】按钮	点击此【流程】按钮可以查看信息的操作记录
预览	【预览】按钮	点击此【预览】按钮可以预览界面信息
关闭	【关闭】按钮	点击此【关闭】按钮,离开对当前打开界面的操作
导出	【导出】按钮	点击此【导出】按钮,所选信息导出生成一份 word 或 TXT 文件

书中标记说明如下:

★按钮文字以【 】包括,适当的时候,可贴按钮图片。

★选择或编辑项目的标题以 < > 包括。如 < 用户名 >。

★选择或编辑项目的填充内容以 "" 包括。如 "张三"。

★菜单项目以 "文件 – > 新增 – > 新增文稿" 方式表示。

★适应位置做备注,形式为:备注内容,字体为楷体,五号,斜体 + 下波浪线。

2.2.2 流程介绍

1.流程图(如图 2.2 所示)

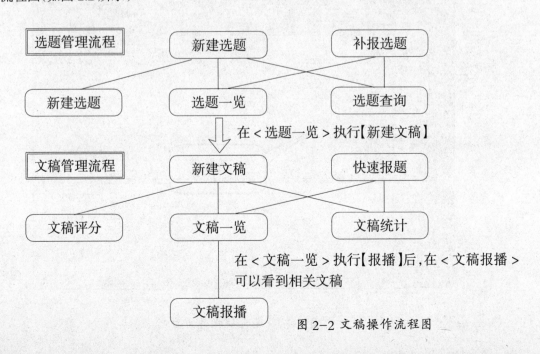

图 2–2 文稿操作流程图

2.串联单管理流程(如图 2-3 所示)

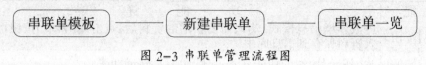

图 2-3 串联单管理流程图

3. 流程说明

选题管理:选题可以新建,也可以通过新闻线索来新建选题。选题的目的是为了更好地完成新闻文稿的编制方向而建立的一个标题。一个好的选题,可以给新闻增添吸引力,也可以给新闻文稿编写人员提供面对的不同的对象写稿的方向。

文稿管理:文稿可以新建,也可以通过选题来新建文稿。有了文稿,可以制作对应的视、音频节目,制作串联单。

串联单管理:根据文稿资料制作成串联单,以用作新闻栏目编辑和播出。

2.3 文稿操作的使用

2.3.1 登录系统

1.功能讲解

在本章节讲解如何登录到文稿系统中的操作步骤。

2.操作步骤

a)新闻文稿系统安装完成后,在桌面上双击"新闻共享"快捷方式图标,弹出对话框如图 2-4 所示:

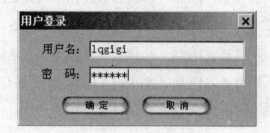

图 2-4 用户登录窗口

b)在用户名处输入用户名及密码,按【确定】后进入新闻文稿操作系统进行操作。从界面上可以看到菜单栏上的功能与左边功能栏上的功能一致,根据您的不同操作习惯进行不同的操作。其界面如图 2-5 所示:

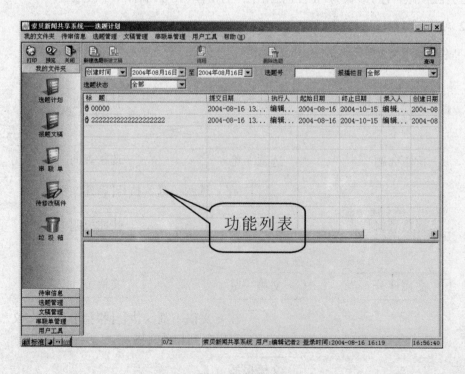

图 2-5 新闻文稿操作窗口

2.3.2 我的文件夹

系统提供了＜我的文件夹＞功能，在此放置了当前登录用户的所有相关信息。如选题计划、报题文稿、串联单、待修改稿件、垃圾箱等。用户可以更快捷地在这里直接查看自己的所有信息。

1. 选题计划

a)功能讲解

在选题计划列表里列出了当前用户输入的全部选题计划，并且也包括该用户自己手动输入的选题计划。

在此可进行选题的修改、新建、相应文稿的新建、选题流程记录、删除选题等功能。

b)操作步骤

★ 打开"我的文件夹→选题计划"，弹出＜选题计划＞操作视窗，如图 2-6 所示：

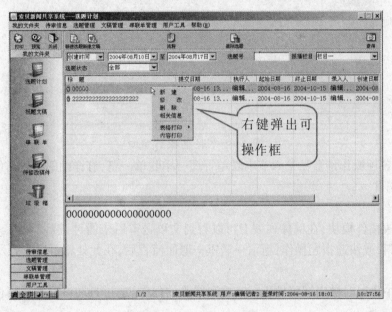

图 2-6 选题计划界面

★具体的各项操作请参见第二节选题计划中的详细操作讲解。

2.报题文稿

a)功能讲解

进入报题文稿，在文稿列表中将显示所有用户自己编写的报题文稿。在此可进行与报题新建、修改、删除等操作。

b) 操作步骤

★打开"我的文件夹→报题文稿"，弹出＜报题文稿＞操作视窗，如图 2-7 所示：

★具体的各项操作请参见第五节文稿管理中的详细操作讲解。

3.串联单

a)功能讲解

进入串联单模块，在串联单

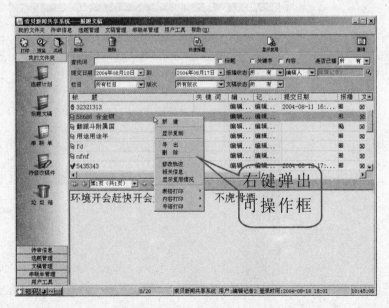

图 2-7 报题文稿操作窗口

列表中显示所有用户自己建立的串联单。在此可进行串联单的新建、修改、删除等功能。

　　b)操作步骤

　　★打开"我的文件夹→串联单",弹出＜串联单＞操作视窗,如图 2-8 所示:

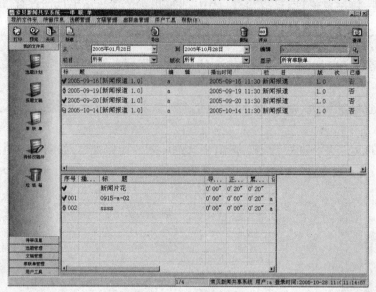

图 2-8 串联单操作窗口

　　★ 具体的各项操作请参见第六节串联单管理→串联单一览,有详细的操作讲解。

　　4.待修改稿件

　　a)功能讲解

　　进入待修改稿件模块,在稿件列表上可以看到文稿送审后未通过,被＜弃稿＞退回要求再次修改的文稿资料,或快速报题操作:新增→送审→退回流程后,在此处就可以看到所有被退回的稿件。

　　在此模块中可以对被退回稿件进行查看和修改的操作。通过日期可以查看到相应日期范围内的被退回稿件列表。

　　b)操作步骤

　　★打开"我的文件夹→待修改稿件",弹出＜待修改稿件＞操作视窗。如图 2-9 所示:

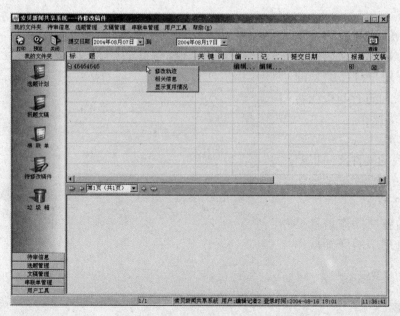

图 2-9 待修改稿件操作窗口

★新增:待修改稿件的新增,就是在文稿管理中有退回的文稿产生时,在待修改稿件列表上就可以看到有被退回的稿件存在。

★查看:设置需要显示的 < 提交日期 > 区间后,点击工具栏上的【刷新】功能按钮 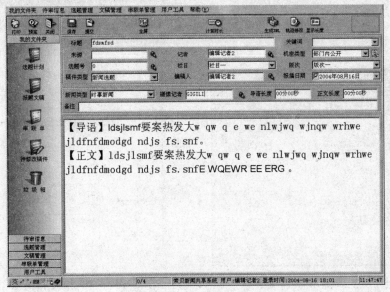,在标题列表上可以看到满足所设日期条件下的所有待修改文稿的标题。

备注:文稿的提交日期是与服务器时间同步的,不与本机时间相关。

★修改:选中一待修改稿件,双击可以进入文稿修改可操作视窗,如图 2-10 所示:

图 2-10 待修改稿件-修改文稿操作窗口

◇保存:将文稿内容更改后,点击工具栏上的【保存】功能按钮 ,可将所做修改保存,再次从待修改稿件列表双击进入查看时将看到已经更新的文稿内容。

◇提交:确定文稿内容无误后,点击工具栏上的【提交】功能按钮 ,可再次将文稿提交,在文稿管理→文稿一览界面上可以看到已经提交的待修改稿件,等待送审通过。待修改稿件列表上将看不到已经提交的稿件标题。

◇全屏:点击工具栏上的【全屏】功能按钮 ,可以全屏方式显示稿件。

◇计算时长:功能按钮 。可以计算文稿内容中的导语、正文的长度。

◇生成 XML:功能按钮 ,可以使修改后的文稿生成 XML 文件。

◇轨迹修改:点击工具栏上的【轨迹修改】功能按钮 ,可以显示文稿的修改情况,记录每一次文稿内容的新增与删除轨迹。查看视窗如图 2-11 所示:

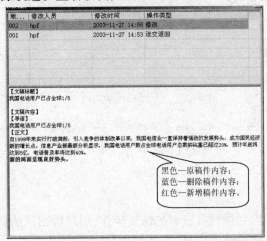

图 2-11 待修改文稿-轨迹修改操作窗口

◇显示长度：点击工具栏上的【显示长度】功能按钮 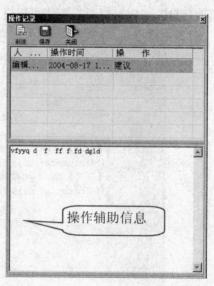，可以查看该稿件内容的长度。其显示视窗如图 2-12 所示：

★相关信息：用于查询用户对信息操作情况的记录。在标题列表中选中任意一标题，点击鼠标右键，弹出可操作窗口，选择"相关信息"，可查看用户对该文稿的相关操作信息，如操作人员、操作时间、操作辅助信息说明等。如图 2-13 所示：

图 2-12 显示段落长度窗口

图 2-13 相关信息窗口

★显示复用情况：显示该稿件的复用情况，如复用时的文稿栏目、文稿编号、串联单、使用时间等。如图 2-14 所示：

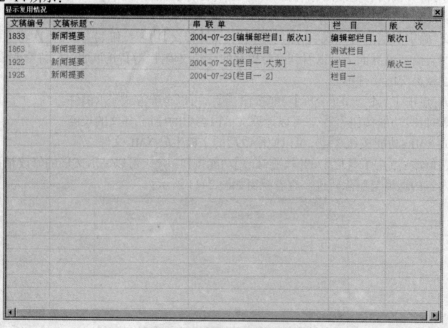

文稿编号	文稿标题 ▽	串 联 单	栏 目	版 次
1833	新闻提要	2004-07-23[编辑部栏目1 版次1]	编辑部栏目1	版次1
1863	新闻提要	2004-07-23[测试栏目 一]	测试栏目	
1922	新闻提要	2004-07-29[栏目一 大苏]	栏目一	版次三
1925	新闻提要	2004-07-29[栏目一 2]	栏目一	

图 2-14 显示复用情况窗口

5. 垃圾箱

a)功能讲解

为了保证资料的安全性，对误删除资料的恢复操作，用户所删除的新闻线索、选题及文稿不会一次性被删除，在垃圾箱列表中都可以显示。

当确定不再需要某条信息时，可以在垃圾箱中将其彻底删除。当用户认为某条信息有再次使用的价值时,该信息可以被还原到原来的信息库里。

　　b)操作步骤

　　★打开"我的文件夹→垃圾箱",弹出＜垃圾箱＞操作视窗,如图2-15所示:

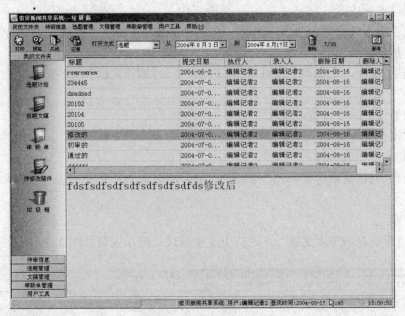

图 2-15 垃圾箱操作窗口

　　★查看:选择打开垃圾箱查看的方式,选择资料被删除的日期区间,点击工具栏上的【刷新】功能按钮 ，在标题列表上将会显示满足条件的被删除资料。

　　★删除:确定资料确实是属于不需要的资料,可以选中资料,点击工具栏上的【删除】功能按钮 ，将资料彻底删除。

　　★还原:确定资料还有用,不能删除或是误操作导致被删除资料,可以选中资料,点击工具栏上的【还原】功能按钮 ，将资料还原到原信息库中。

2.3.3 待审信息

　　如果你具有审查权限,你可以从＜待审信息＞里直接查看所有你可以审查的信息资料。包括待审选题、文稿、串联单。

　　1.待审选题

　　a)功能讲解

　　新建选题并将选题送审之后,有审查权限的用户可进入待审选题模块,可以将处于"等待审查"状态的选题进行审查通过的操作。

　　同时还可以对选题进行新增、删除、修改、打印等操作。

　　b)操作步骤

　　★打开"待审信息→待审选题",弹出待审选题模块,如图2-16所示:

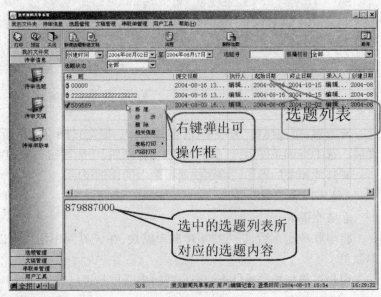

图 2-16 待审选题窗口

★查看：可根据自己的需要来查找所要审查的选题计划，可根据选题日期、报播栏目、选题号、选题状态等信息来查询。输入相关查找信息后点击工具栏目的【刷新】功能按　　　，待审列表中会列出相应条件下找到的选题计划列表，在待审选题列表中选中要审查选题后，在下面的选题内容栏可看到该选题内容。

★修改：在待审选题列表选中一选题，双击该选题可进入选题修改界面对选题进行修改、送审、指定送审（从用户列表中指定要送审的用户）等操作。

★删除选题：选中一个或多个选题，点击工具栏上的【删除选题】功能按钮　　　，可以将一个或多个选题删除。

★其他功能按钮的操作请参照选题管理中的详细介绍。

2. 待审文稿

a)功能讲解

在文稿管理中，将文稿送审后，进入待审文稿模块，可以对待审文稿进行查看和审查通过的操作。

b) 操作步骤

★打开"待审信息→待审文稿"，进入待审文稿模块。操作视窗如图2-17所示：

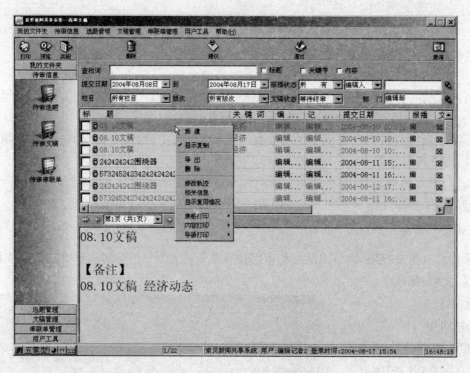

图2-17 待审文稿窗口

★查看：可按标题、关键字、内容、编稿人、提交日期、栏目、版次、文稿状态等信息来查找所需文稿。选中查询条件后，点击工具栏上的【刷新】功能按钮　　　即可查到满足条件的待审文稿。

★其他相关的操作请参照快速报题中的详细说明。

3.待审串联单

a) 功能讲解

将串联单送审后，进入待审串联单模块，在该界面中用户可以看见由下级送审给当前用户的串联单。

用户可根据相关条件查询要审查的串联单是否已产生，对待审串联单作审查通过的操作。

b)操作步骤

★ 打开"待审信息→待审串联单",弹出待审串联单模块。其操作视窗如图2-18所示:

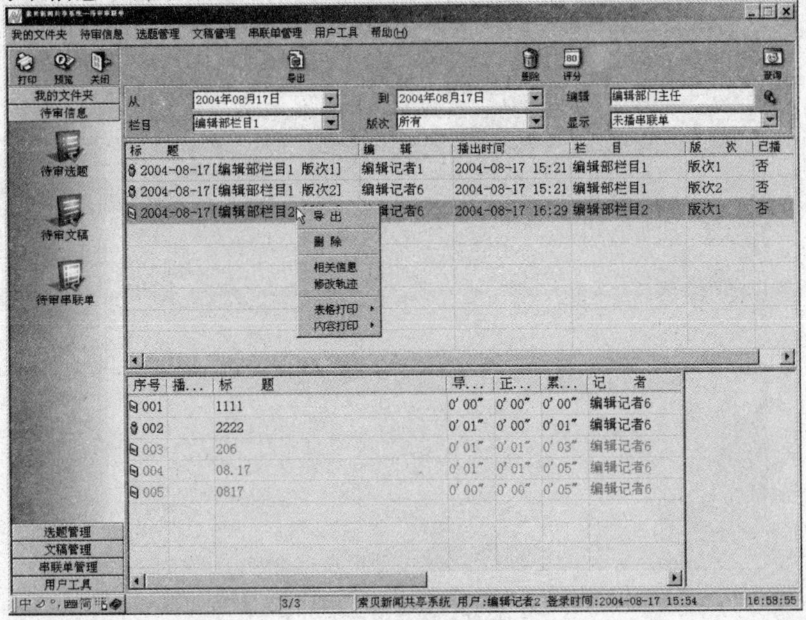

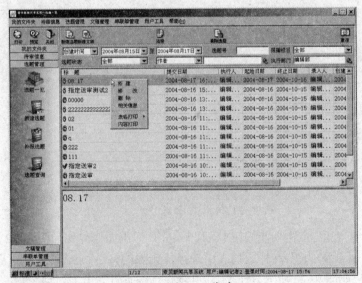

图2-18 待审串联单窗口

★ 查看:可根据日期、栏目、版次和编辑姓名来查看待审串联单,输入查询条件后按【刷新】按钮 ,在待审串联单列表上即可列出要查询的串联单内容。

★ 串联单内容查看:选中您要查看的串联单,在串联单标题下方的信息栏中就可以查看到该串联单中所包含的具体内容。

★ 修改:双击要审查的串联单的标题进入串联单的修改、审查界面。

★ 其他具体的操作方法请参照串联单管理,有详细的介绍与说明。

2.3.4 选题管理

1. 选题一览

a)功能讲解

在选题一览中可以查看到所有的选题列表资料,可对其进行新建选题、新建与选题对应的文稿、拍摄要求等相关功能的操作,并可

图2-19 选题一览窗口

选择查看该选题修改流程及设置选择性公开选题共享范围等操作。

b) 操作步骤

★ 选择"选题管理→选题一览"功能,进入<选题一览>界面如图2-19所示:

★ 查询:选择创建日期段、选题号、报播栏目、选题状态、作者和执行部门等条件,点击【刷新】,可以查询到满足条件的选题。

★ 新建选题:选择【新建选题】功能,弹出新建选题操作界面,可以新建一个选题。

★ 新建文稿:选择【新建文稿】功能,弹出新建文稿操作界面,并以新选中的选题为文稿的标

题新建一份文稿。如图 2-20 是选中一选题"中国男篮力克新西兰"后点【新建文稿】所弹出的新建文稿界面。

图 2-20 新建文稿窗口

★拍摄要求：在选题保存后可按【拍摄要求】按钮 ，弹出如图 2-21 所示对话框，选择【新增】按钮，输入拍摄要求后保存即可。

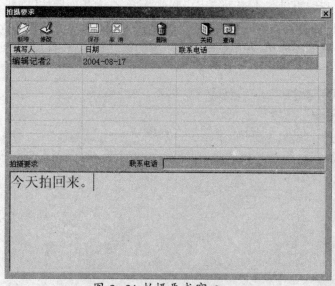

图 2-21 拍摄要求窗口

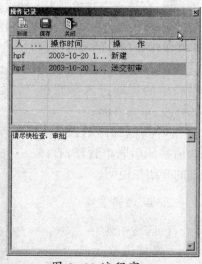

图 2-22 流程窗口

★流程：点击功能按钮【流程】 ，弹出操作界面如图 2-22 所示：

★删除选题：在标题列表中选择待删除的标题，点击【删除选题】 功能按钮，弹出一提示窗口，如图 2-23 所示，按【是】即可删除选题，按【否】即取消该操作。

2. 新建选题

a)功能讲解

使用新建选题功能可以对选题进行新增的操作。新增保存后还可以执行送审、指定送审、建议及拍摄要求的录入。

b)操作步骤

★选择"选题管理→新建选题"，可以进行选题的新增操作，其操作界面如图

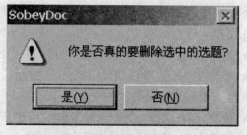

图 2-23 删除选题窗口

2-24 所示。新建的选题,可以看到其"选题类型"为"自主选题"。

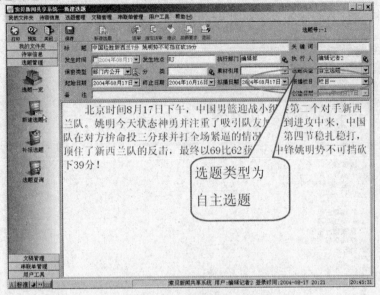

图 2-24 新建选题窗口

★输入选题的标题,关键字,发生时间,发生地点;选择执行部门、执行人、保密类型、选题方向、起始终止日期、报播栏目、拟播日期等信息。

★选择性公开:在新建选题时我们如果选择该选题的保密类型为"选择性公开"选题,则需要指定该选题的公开范围。

◇新建一选题,选择 < 保密类型 > 为"选择性公开"。

◇直接单击其旁边的【共享权限】按钮 ，弹出如图 2-25 所示界面。

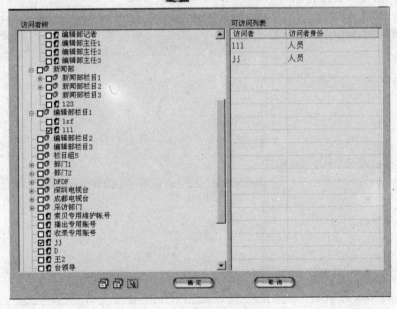

图 2-25 设置共享权限窗口

◇可选择对某一部门、组或栏目公开,也可选择具体对某一人公开,选择之后确定即可。

注:保密类型分为全台公开、部门内公开、选择性公开和机密四种类型。全台公开表示该选题全台人员可见;部门内公开表示该选题只有本部门内人员可见;机密类型只有作者及本中心、部门领导可见;若选择选择性公开,则该选题除作者、本中心、部门领导外,所指定的公开范围之内的人员可见。

★输入完成后,检查资料无误,点击【保存】按钮 即可。

★送审:送审方式有两种,可以直接送审,也可以指定送审。指定送审时会弹出人员可选界面,选中人员进行送审,选择人员操作界面如图 2-26 所示:

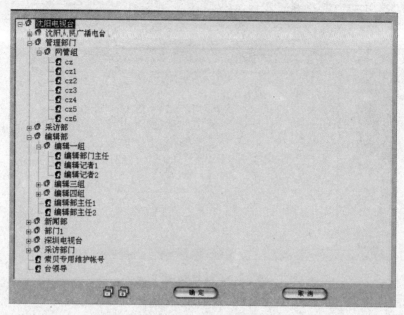

图 2-26 选择人员窗口

★建议:点击【建议】按钮 ，弹出如图 2-27 所示界面,可看到该选题修改流程及相应审查意见,并可填写自己的审查意见。

★拍摄要求:在选题保存后可按【拍摄要求】按钮 ，弹出如图 2-28 所示对话框,选择【新增】按钮,输入拍摄要求后保存即可。

2-27 建议窗口   图 2-28 拍摄要求窗口

3. 补报选题

a)功能讲解

对于未经过选题而直接进入采访和报题的新闻,通过该功能可以补报选题。

b)操作步骤

★选择选题管理→补报选题,弹出与新建选题模块相同的操作界面,区别在于＜选题类型＞

处显示为"补报选题"。如图 2-29 所示：

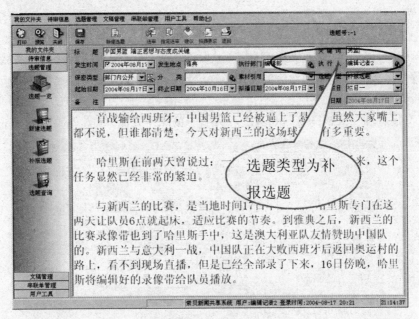

图 2-29 补报选题窗口

★ 相关的操作方法与新建选题的操作方法一致。

4. 选题查询

a)功能讲解

在本模块中可以对所有的选题按设置相关的查询条件进行查询的操作。可根据标题、关键词或内容中的文字内容、报播栏目、审查状态、作者、发生地点、创建日期等条件进行选题的查询。

b)操作步骤

★ 进入"选题管理→选题查询"功能，界面如图 2-30 所示：

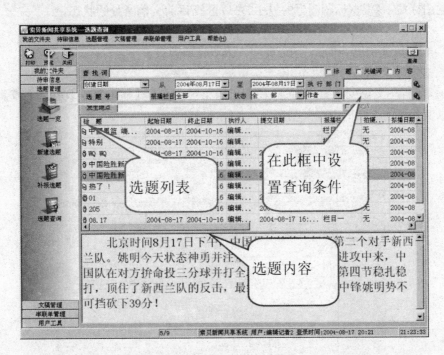

图 2-30 选题查询窗口

★ 查询：【刷新】键，即可查询到满足您的查询条件的选题。操作举例如：按内容进行查询，在 <查找词>中填写"举报"，按【刷新】功能按钮，在列表框中可以看到相应的选题资料。

2.3.5 文稿管理

1.文稿一览

a)功能讲解

文稿一览中,可以新增、修改文稿信息。通过设置相应栏目、版次、是否报播、文稿状态、提交日期以及部门等相关条件查询到相对应的文稿。

b) 操作步骤

★选择"文稿管理→文稿一览"功能,进入文稿一览操作界面,如图 2-31 所示:

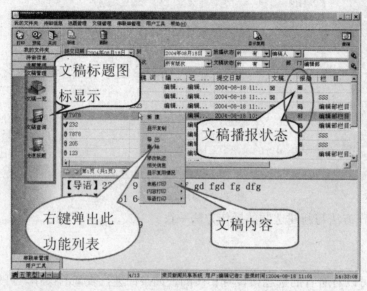

图 2-31 文稿一览窗口

★在文稿列表中会显示稿件标题、编辑、记者、提交日期等稿件信息。当选中某稿件时,会在文稿内容框中显示出所选稿件的内容。

★标题图标显示:根据标题图标的显示,可以区别目前文稿所处的状态。

◇ ✔ :表示该文稿已经审查通过。

◇ 🔒 :表示该文稿已经提交一审,等待二级审查或通过。

◇ 📄 :表示该文稿为写稿状态,还未送审。

★显示复制:在文稿列表单击右键,在弹出的菜单中选择【显示复制】功能,在文稿列表框上可以看到以灰色标题显示的就是复制文稿。如图 2-32 所示:

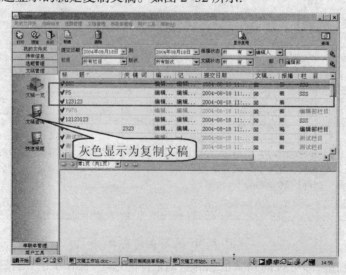

图 2-32 复制文稿的显示状态窗口

备注：复制文稿将在第六节"串联单管理→新建串联单→复制功能"中讲到。

★选中某文稿后，单击右键选择【显示复用情况】或点击工具栏上的【显示复用】功能按钮，弹出该稿件在串联单中的复用情况列表。如图 2-33 所示窗口，显示出此文稿被串联单采用的情况，并以灰色标示复制状态。

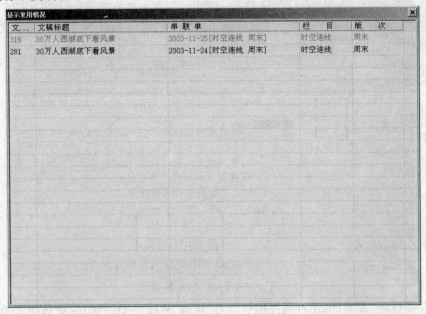

图 2-33 显示复用情况窗口

★选中某文稿后，单击右键，在弹出的菜单中选择"修改轨迹"，弹出如图 2-34 所示的窗口，在此可查看该文稿的修改轨迹。

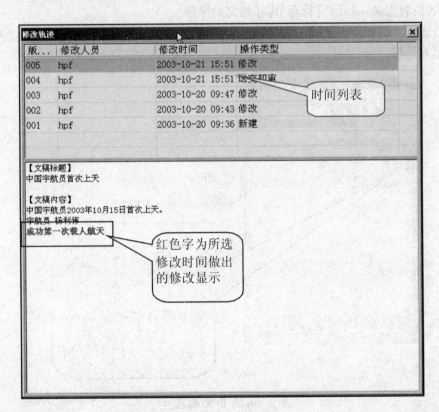

图 2-34 修改轨迹窗口

★建立文稿：在文稿一览操作页面上新建一份文稿，并且可以对该份文稿作修改、送审、导出、报播、计算时长、转发和查看操作记录等操作。

◇新建:点击文稿一览页面上工具栏上的"新建"按钮 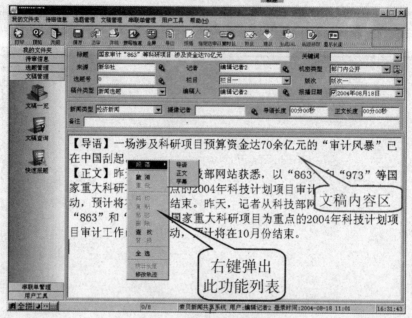 ,进入如图 2-35 所示界面:

图 2-35 新建文稿界面

◇输入文稿标题、关键词、还可选择执行记者、来源、机密类型,同时需要选择文稿所对应的选题号。

备注:此处的选题号如果是在通过选题建立的文稿,选题号会自动调入。

◇在 < 文稿内容输入区 > 单击右键,在弹出的菜单中可选择文稿段落,如:导语、正文、字幕等。确定输入资料无误,即可点【保存】将新增文稿保存。

◇导出:进入文稿修改界面或文稿一览界面,选中一个文稿后选择【导出】按钮 ,弹出如图 2-36 所示对话框。

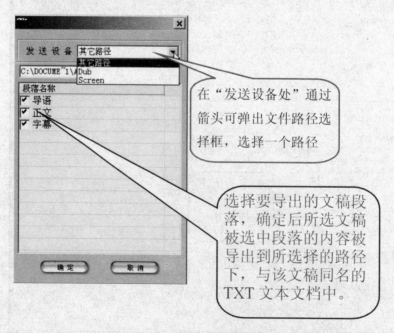

图 2-36 导出文稿窗口

◇全屏:选择【全屏】按钮 ,则全屏显示文稿内容输入界面以便于输入。

◇报播:选择【报播】按钮 ,则文稿 < 报播状态 > 为"是",报播后在"文稿报播"的待审报播文稿中对文稿通过报播审查。只有通过了报播的文稿才充许进入串联单。

◇送审:保存文稿后,在界面上方按【指定送审】按钮 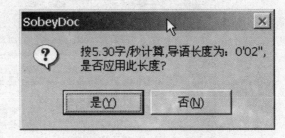,系统将弹出用户列表,可在用户列表中选择要送审的用户名称。只要是有审查权限的人员都可以对该选题进行修改、审查。送审后,具有审查权限的人在待审文稿中可看见送审的文稿选题。

◇计算时长:选择功能【计算时长】按钮,弹出如图 4-34 可查询框。

◇转发:与选题一样,文稿也可以转发。由于操作比较类似,就不再详细介绍,请参照<选题一览>中的关于"转发"的操作说明。

◇建议:按【建议】按钮 ,在弹出的对话框中,可看到该选题修改流程及相应审查意见,并可填写自己的审查意见。

图 4-34 计算时长—查询框

◇生成 XML:按【生成 XML】按钮,可使该文稿生成 XML 文件。

2.文稿查询

a)功能讲解

在本模块中可以对所有的文稿按设置相关的查询条件进行查询的操作。可根据标题、关键词或内容中的文字内容、报播栏目、审查状态、作者、发生地点、创建日期等条件进行选题的查询。

b)操作步骤

★进入"文稿管理→文稿查询"功能,界面如图 2-38 所示:

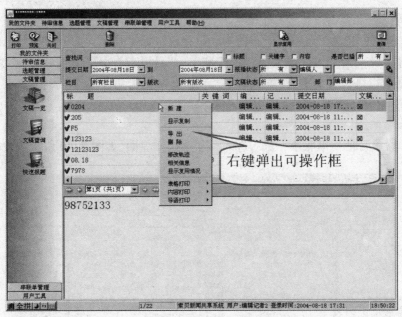

图2-38 文稿查询界面窗口

★在文稿查询标题列表中,选中任意一标题,按鼠标右键即弹出可操作列表,包括新建、显示、导出、删除、修改轨迹、相关信息和显示复用情况等。具体操作方法和"文稿一览"中的操作一样。在此不再作描述。

3. 快速报题

a)功能讲解

快速报题是当记者来不及写选题时,可直接通过快速报题建立报播稿件。

b)操作步骤

★ 进入"文稿管理→快速报题",进入与新建文稿相同的界面,如图 2-39 所示:

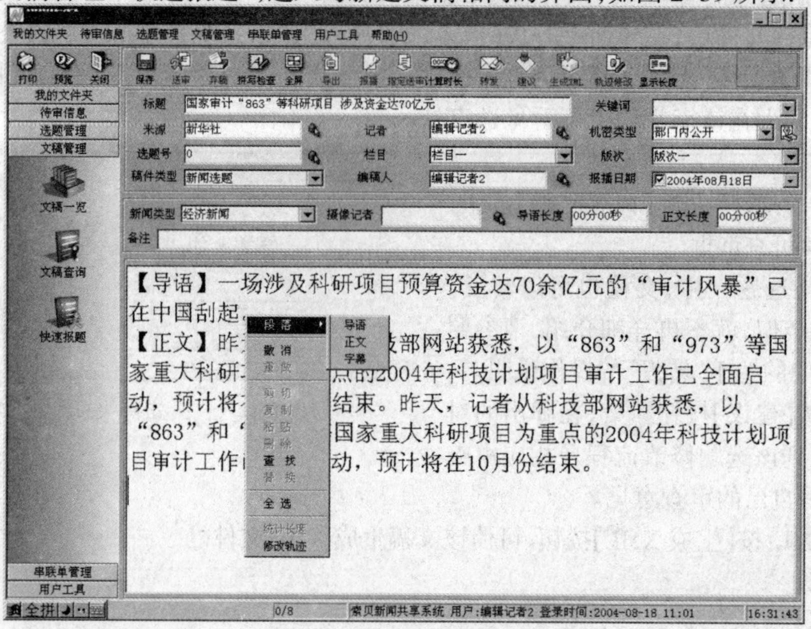

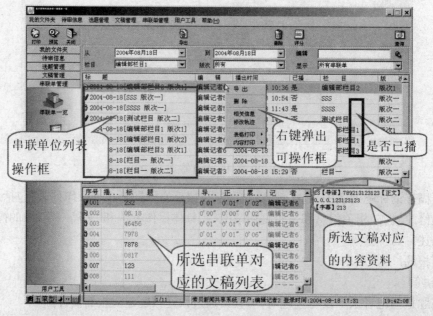

图 2-39 快速报题窗口

★其工具栏上的基本操作与建立文稿的操作方法相同。

2.3.6 串联单管理

1.串联单一览

a)功能讲解

在串联单一览页面上,可以看到所有的串联单在该页面上显示。用户可按日期、编辑、栏目、版次及串联单审查状态等条件显示符合条件的串联单,并且可查看串联单下对应的文稿及文稿内容等资料。同时还可以进行播前审查、播后审查、导出、配音发送、稿件交换等操作。在做串联单前还需要做串联单模板,并在模板做好后新建成串联单

b)操作步骤

★选择"串联单管理→串联单一览",进入串联单操作界面,如图 2-40 所示:

图 2-40 串联单一览窗口

　　★输入日期区间、选择编辑人、栏目、版次及串联播出状态等条件,点击工具栏上的【查询】功能按钮,显示符合条件的串联单。

　　★选中一条串联单后,在界面左下端显示出该串联单中所包含的文稿标题资料。

　　★选中一文稿后,在界面的右下端可以看到该文稿对应的文稿内容资料。

　　★导出:选定一个串联单,点击工具栏上的【导出】功能按钮,可以对该串联单所对应的所有文稿进行发送、导出、修改的操作。其操作界面如图2-41(A)(B)(C)所示,具体的操作请参照图片中的标注和说明。

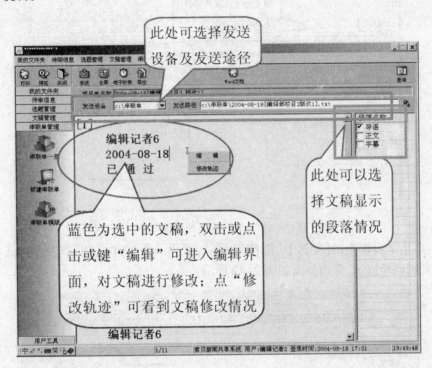

图 2-41(A) 导出窗口

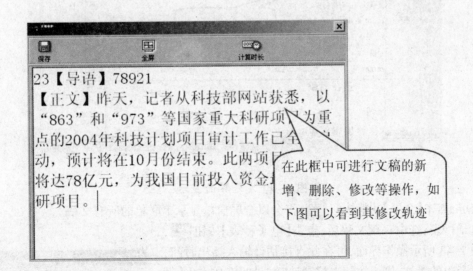

图 2-41(B) 文稿编辑窗口

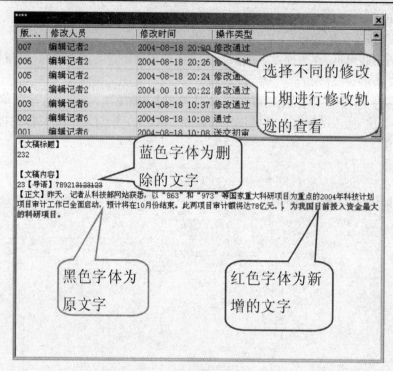

图 2-41(C)文稿修改轨迹窗口

◇发送:点击工具栏上的【发送】功能按钮 ,弹出一个 TXT 文档,以及发送成功后右上方会有相关的发送路径提示,弹出界面如图 2-42 所示:

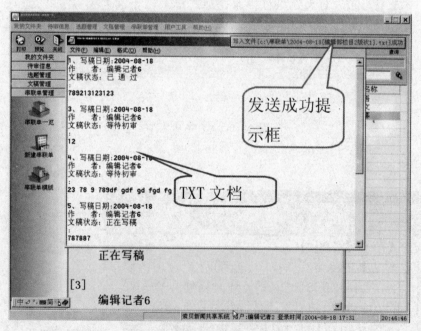

图 2-42 发送界面显示

◇全屏:点击【全屏】功能按钮 ,将会以全屏窗口显示串联单的所有文稿。

◇电子秒表:选中一篇文稿后,点击【电子秒表】按钮 ,弹出如图 2-43 所示操作界面,可在此直接估计输入播出时间,也可通过旁边的播放、停止按钮来控制计时。计时完成点击【设置时间】功能按钮 ,右上角弹出提示" 更新串联单文稿长度成功 "

◇导出:点击【导出】功能按钮 ,将串联单导出,并在右

图 2-43 电子秒表

上角给出相关的导出路径成功的揭示,如图 2-44 所示:

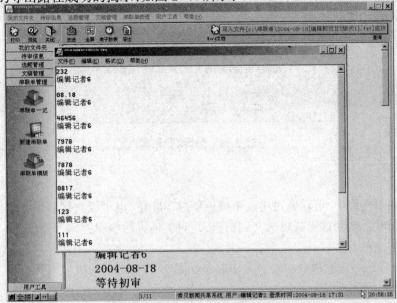

图 2-44 导出串联单窗口

◇word 文档:点击功能按钮【word 文档】 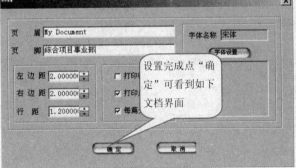,首先进入文档打印设置界面,设置完成确定后,可以看到系统自动生成一份 word 文档,直接输出到打印机即可打印输出文档。操作界面如图 2-45(A)(B)所示:

图 2-45(A)打印设置页面

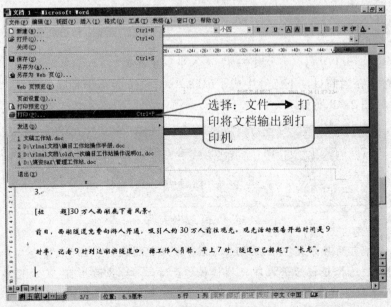

图 2-45(B) 生成的 word 文档

★删除:选择串联单后,点击【删除】功能按钮 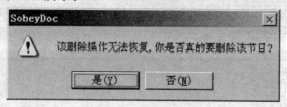,弹出如下提示框,点"是"删除串联单;点"否"取消删除操作。如图2-46所示:

图2-46 删除提示框

2.新建串联单

a)功能讲解

在新建串联单模块中,可以通过串联单模板新建串联单,也可以直接新增一个串联单。在此模块中,我们可以新增、删除该串联单的文稿资料,并对文稿进行编辑打印等操作。

b)操作步骤

★ 打开"串联单→新建串联单",进入串联单如图2-47所示:

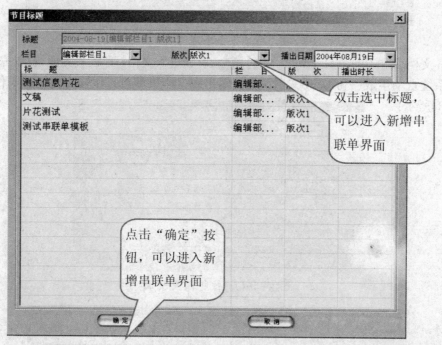

图2-47 进入串联单界面

当选中的标题在当前日期下已经生成了串联单时,系统会给出相应的提示,不允许再新增串联单,提示图片如图2-48所示:

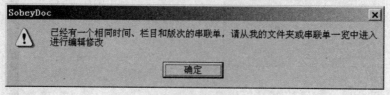

图2-48 操作提示

备注:进入新增有两种方式,若该栏目、版次有串联单模板,则在列表中会显示出属于该栏目、版次的串联单模板,选择模板后进入即可按模板建立串联单;若该栏目、版次无串联单模板,则可直接确定后进入串联单建立界面。

★选择栏目、版次、选择播出时间及其中一标题后点击【确定】功能按钮,进入新增串联单界面如图 2-49(A)(B)所示：

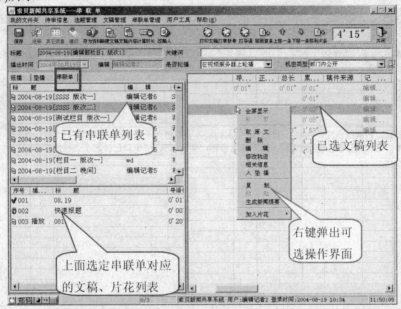

图 2-49(A) 新增串联单-左为串联单列表

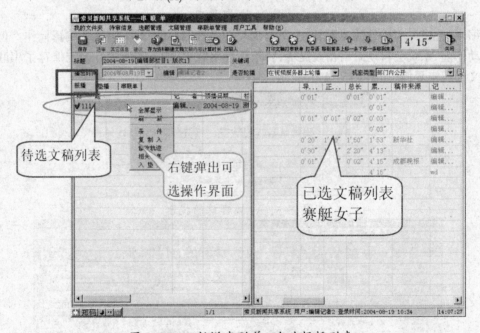

图 2-49(B) 新增串联单-左为报播列表

◇系统自动为你产生一个串联单标题，格式是：日期[栏目 版次]。如：选择栏目为"儿童报道"，版次"早间版 -1"，播出日期 2004 年 8 月 19 日，那么生成的串联单标题为 2003-8-19[儿童报道 早间版 -1]。

◇选中该界面左侧显示串联单稿件列表中的一条稿件，单击鼠标左键拖动到右侧正在新增的串联单稿件列表，就可以从已有的串联单中选择文稿加入到自己的串联单中来。

◇在<已选文稿列表>中用鼠标左键选中文稿后上下拖动即可调整串联单中文稿的播出顺序。

◇全屏显示：以全屏方式显示栏目框列表。

◇删除：删除一条文稿，删除后的文稿会显示在右侧的待选的报播列表中，供下次选择。

◇取原文：当修改文稿后，若对修改结果不满意，可选择该文稿后单击右键，在弹出的菜单中

选择【取原文】功能,则系统将去掉你修改后的内容,而将文稿原文取回。如图 2-50 所示:

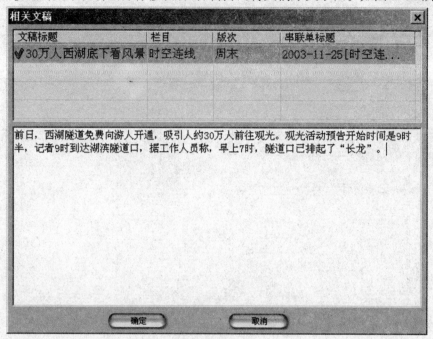

图 2-50 取原文

◇编辑:选中一文稿,选【编辑】进入文稿修改界面,可对选中的文稿进行编辑操作。但是在执行编辑动作前,系统会自动给出相关提示,要求保存串联单,如下图所示。确定保存了串联单后方可进入文稿编辑界面,如图 2-51(A)(B)所示:

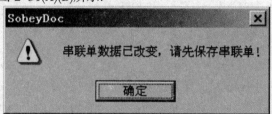

图 2-51(A) 编辑前的提示

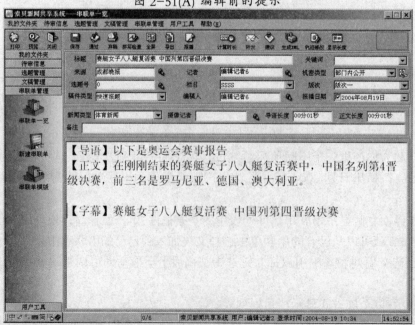

图 2-51(B) 文稿编辑界面

备注：能否修改稿件同当前用户的权限有关。

◇**修改轨迹**：选择【修改轨迹】可以查看所选文稿的修改情况。如图2-52所示：

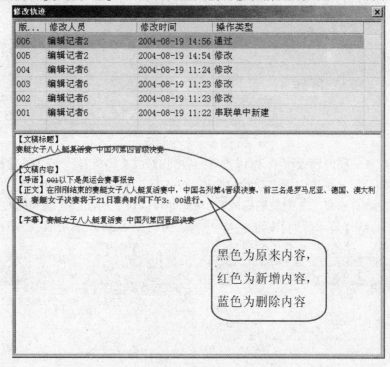

图2-52 修改轨迹显示界面

◇**入垫播**：在做好的串联单中如果有不立即播出稿件可以先入到垫播库中以备播出。对于需要进入垫播库的稿件，选择该稿件后，单击右键，在弹出的菜单中选择【入垫播】将选中的文稿加入到垫播列表中备选。则该文稿进入垫播库，当以后需要时，又可再从垫播库中调出。

◇**生成新闻提要**：点击【生成新闻提要】将在右边已有文稿列表上生成一条新闻提要。生成新闻提要的界面如图2-53所示：

◇**条件**：在待选文稿列表中单击鼠标右键后，在弹出的菜单中选择【条件】，弹出条件设置框，如图2-54所示。在设置条件框中，对待选文稿进行显示条件的设置，确定设置后，在待选文稿列表上就只可见满足所设条件的文稿。

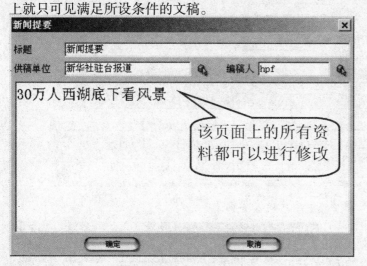

图2-53 新闻提要界面

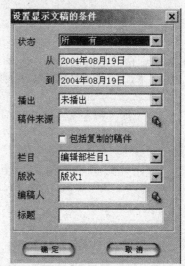

图2-54 条件设置框

◇**复制入**：若确认该文稿需要加入到当前的串联单中，在该文稿上单击鼠标右键，在弹出的菜单中选择【复制入】，则该文稿被复制到串联单＜已选文稿列表＞中。

★新建文稿:点击工具栏上的【新建文稿】功能按钮 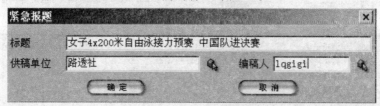，弹出紧急报题输入框，如图 2-55 所示。输入标题、供稿单位、编稿人后，在右边的已选文稿列表上可以看到新建的文稿标题显示。新建完文稿标题后，文稿内容的输入可以在 < 文稿内容 > 中加人。

图 2-55 新建文稿

★文稿内容:在文稿内容操作中，可以查看、新增和修改文稿资料。可以同时看到选中的待选文稿和已选文稿内容。分别选中想要查看的文稿后，点击工具栏上的【文稿内容】功能按钮 ，会弹出文稿内容显示窗口，显示选中文稿的内容，在此处可以对文稿加以新增和修改。

◇显示两列:点击【显示两列】按钮 ，弹出如 2-56 所显示两列界面，左边的列显示的是所选中的待选文稿的内容，右边的列显示的是已选文稿的内容。

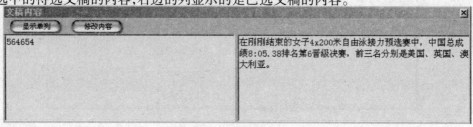

图 2-56 显示两列

◇显示单列:若一次只想看一篇文稿内容，可点击【显示单列】按钮 ，则窗口将由显示两列变为显示一列，只显示已选文稿的内容。如图 2-57 所示:

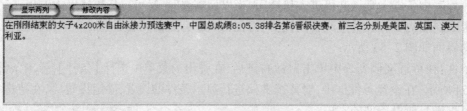

图 2-57 显示单列

◇修改内容:点击【修改内容】功能按钮 ，可以进入修改状态，对所选文稿进行内容的新增与修改的操作。如图 2-58 所示:

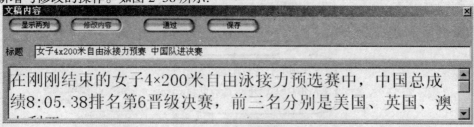

图 2-58 修改内容界面

◇当文稿是复制文稿而且源文稿未通过终审时，不能进行修改，系统会自动给出提示。如图 2-59 所示:

★计算时长:选中一已选文稿，点击工具栏上的【计算时长】功能按钮 ，系

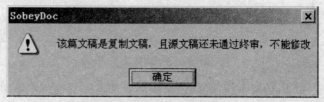

图 2-59 不可操作提示

统将自动分别累计播出导语、正文的长度。计算完长度后,列表上将会显示文稿导语和内容的长度。如图 2-60(A)(B)所示:

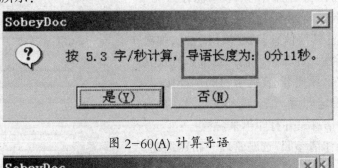

图 2-60(A) 计算导语

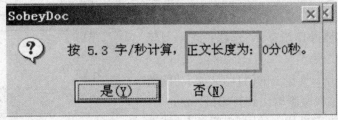

图 2-60(B) 计算正文

　　★改稿人:选中一文稿后,点击工具栏上的【改稿人】功能按钮 ,可以指定该文稿的修改人。操作窗口如图 2-61(A)(B)所示。设置指定改稿人后,指定的改稿人在"我的文件夹→待修改稿件"中,可以看到该条待修改的稿件,并可以及时对其进行修改。

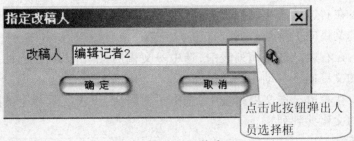

图 2-61(A) 可操作窗口

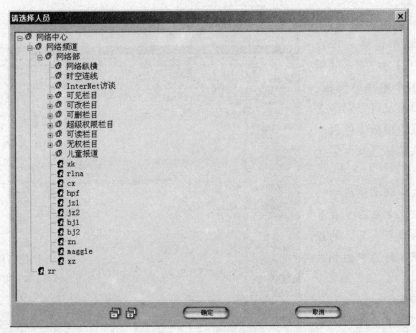

图 2-61(B) 人员选择框

★保存：新增完成串联单后，点击工具栏上的【保存】功能按钮 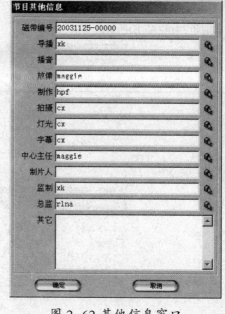，可以将所新增的串联单保存。

★其他信息：若需要为串联单加入＜导播＞＜配音＞等信息后，点击【其他信息】功能按钮，弹出如图 2-62 所示对话框，在其中可输入磁带编号及其他相关信息，也可点击导播、配音等旁边的选择按钮，选择相应的信息后确定即可。输入的相关信息在执行打印串联单时，会将信息一并打印出来。

★送审：具体操作请参照"选题管理→新建选题"中的送审操作说明。

★指定送审：具体操作请参照"选题管理→新建选题"中的送审操作说明。

★打印文稿：点击工具栏上的【打印文稿】功能按钮，将已选中的文稿资料输出到打印机。

★打串联单：点击工具栏上的【打串联单】功能按钮，将串联单打印输出到打印机。

图 2-62 其他信息窗口

★打导语：点击工具栏上的【打导语】功能按钮，将文稿的导语部分输出到打印机。

★移到首条：在右边已选文稿列表中，选中一文稿后，点击工具栏上的【移到首条】功能按钮，将选中的文稿移到列首。

★上移一条：在右边已选文稿列表中，选中一文稿后，点击工具栏上的【上移一条】功能按钮，将选中的文稿向上移动一列。

★下移一条：在右边已选文稿列表中，选中一文稿后，点击工具栏上的【下移一条】功能按钮，将选中的文稿向下移动一列。

★移到末条：在右边已选文稿列表中，选中一文稿后，点击工具栏上的【移到末条】功能按钮，将选中的文稿移到列末。

3.串联单模板

a)功能讲解

在串联单流程管理中，串联单模板的新增是第一步操作。在每个栏目对应的不同版次下可以有多个串联单模板，每个串联单模板又可以对应多个片花。串联单模板为栏目串联单提供串联单标题及可供选择的片花。

备注：在串联单模板中的栏目名称及版次都来源于在管理工作站中的设置。具体的操作请参见管理工作站中的相关操作讲解。

b)操作步骤

★打开"联单管理→串联单模板"，弹出如图 2-63 所示：

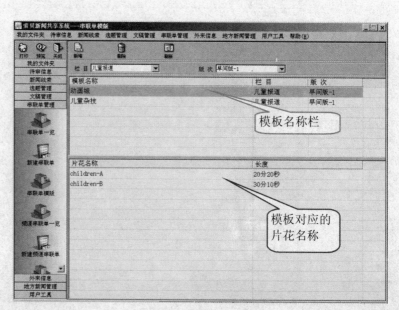

图 2-63 串联单模板

★新增:点击【新增】功能按钮 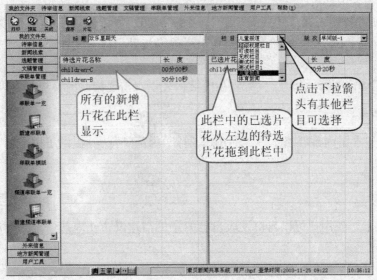，弹出新增模板界面,如图 2-64 所示。输入标题后,在下拉列中可以选择栏目及相应的版次,新增片花后点击【保存】按钮 ，可将一个栏目下对应的模板新增成功。

图 2-64 新增模板界面

★片花:在节目播出过程中,当两段节目内容不属于同一类型时,在节目转换时,一般要插入片花。片花起到不同类型节目的提示作用。

◇如果在待选片花列表中没有您需要的片花,那么可以点击工具栏上的【片花】功能按钮 ，弹出片花新增界面,如图 2-65(A)(B)所示:

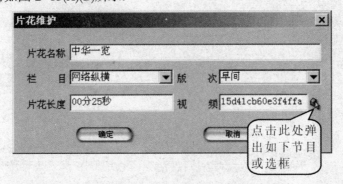

图 2-65(A) 片花维护界面

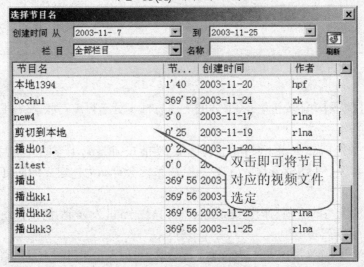

图 2-65(B) 选择节目框

◇待选片花列表:新增确定后的片花都放在＜待选片花列表＞中。

◇已选片花列表:在＜待选片花列表＞中选中要加入串联单模板的片花,按住鼠标左键拖动至＜已选片花列表＞中即可。

★保存:各项资料输入操作完成无误后,点击【保存】功能按钮 █,串联单模版保存成功,点击左上工具栏上的【关闭】功能按钮 █,回到串联单模板处叩以看到相应栏目卜对应的模板及片花已经保存成功。

★修改:以后如需要修改模板,只需要在模板列表里双击要修改的模板就可以了。

2.3.7 用户工具

用户工具中包含了内部联络工具,如:BBS、通知、内部邮件,并提供了用户自身可定制的一些设置功能。

1.内部 BBS

a)功能讲解

在内部 BBS 上,各用户可以自由发表自己的意见与建议,使内部信息的交流更为方便与快捷。

b)操作步骤

★打开"用户工具→内部 BBS",弹出 BBS 可操作视窗,如图 2-66 所示:

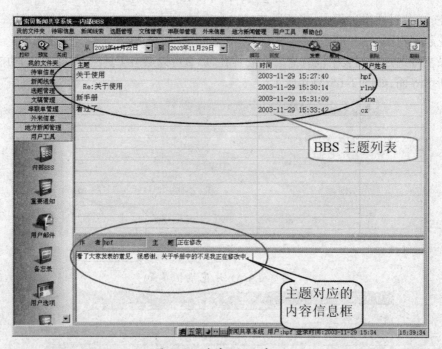

图 2-66 内部 BBS 窗口

★撰写:点击【撰写】功能按钮 █,下方的＜信息框＞处于可编写状态,用户可以输入一个新的主题及内容。

★回复:选中一个主题,点击工具栏上的【回复】功能按钮 █,下方的＜信息框＞处于可编写状态,用户可以针对这个主题发表意见与观点建议,系统会自动为你建立的回复产生标题"Re:原标题"。

★发表:检查所撰写的主题与内容无误,点击工具栏上的【发表】功能按钮 █,信息即被发表出去,显示在 BBS 主题列表中。

★取消:如果觉得所撰写的主题与内容不需要发表,可以点击工具栏上的【取消】功能按钮 █,信息将被取消发表。

★删除与刷新的操作与前面所讲模块的操作方法一致,在此不再复述。

2.重要通知

a)功能讲解

在此模块中可以查看到相关人员的重要通知,并可以在此进行新增、发送及删除通知的操作。

b)操作步骤

★打开"用户工具→重要通知",弹出重要通知可操作视窗如图2-67所示:

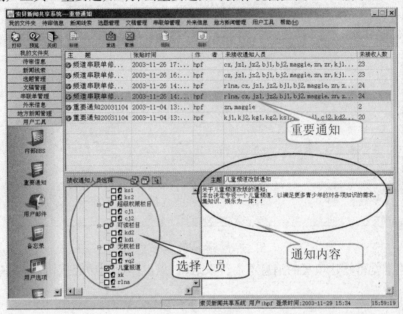

图2-67 重要通知窗口

★新建:点击工具栏上的【新建】功能按钮,在栏位下方输入"主题""内容"及在人员选择树上在人员前的□内打勾选择要发送通知的人员,可以新增一个通知。

◇ :展开人员选择树。

◇ :收缩人员选择树。

◇ :选择所有人员。

★发送:新建填写资料无误后,点击【发送】功能按钮 ,则当所选接收通知的用户登录文稿系统时,将会有如图2-68所示的窗口弹出。双击弹出如图2-69所示的窗口,可以查看到消息的详细内容。

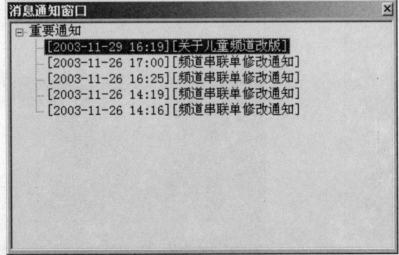

图2-68 消息通知窗口

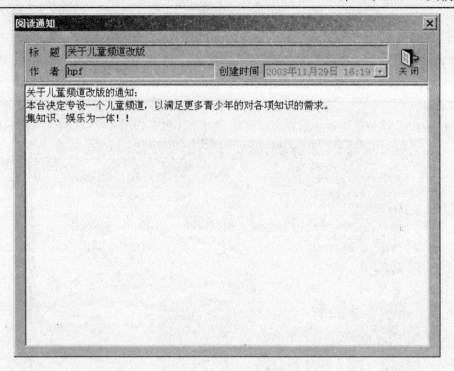

图 2-69 通知内容窗口

★取消：当您觉得新建填写的消息不需要发送时，点击【取消】功能按钮 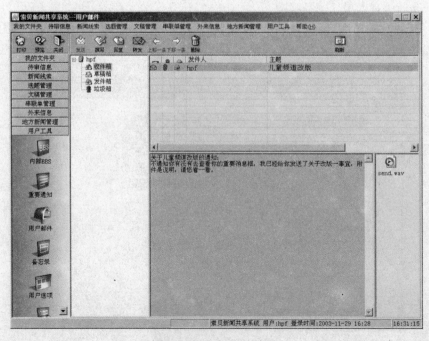 ，取消发送消息操作。

3.用户邮件

a)功能讲解

加入了对用户的邮件管理，在本模块上可以新增、发送、保存、转发邮件，其操作方法简单，与一般发送邮件的操作是一致的。

b)操作步骤

★打开"用户工具→用户邮件"，弹出用户邮件操作视窗。如图 2-70 所示：

图 2-70 用户邮件窗口

★撰写:新增一份邮件资料,操作视窗如图 2-71 所示:

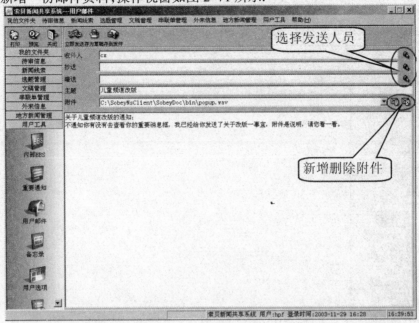

图 2-71 新增邮件窗口

★回复:对收到邮件的发送人作回复邮件的操作。

★转发:将收到的邮件转发给他人。

★删除:删除选中的邮件。

4.备忘录

a)功能讲解

在备忘录上可以记录不同时间下的要事提醒。

b)操作步骤

★打开"用户工具→备忘录",弹出备忘录可操作视窗,如图 2-72 所示:

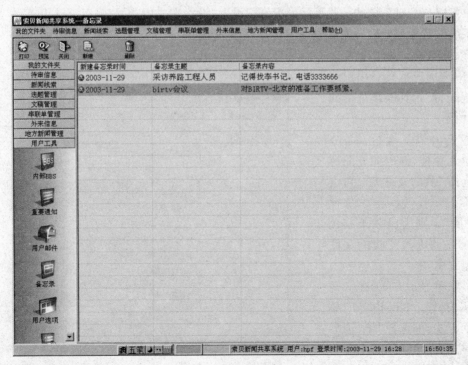

图 2-72 备忘录窗口

★新建:新增生成一条备忘录,点击工具栏上的【新建】功能按钮 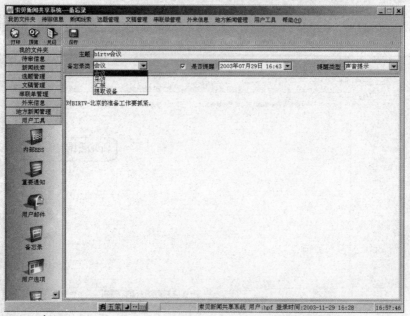,弹出如图 2-73 所示新增操作视窗。

图 2-73 备忘录新增窗口

◇新增:输入标题、内容,选择备忘类型(包括会议、采访、汇报、提取设备等),并选择是否提醒及提醒时间、提醒方式(包括声音、图标、声音和图标)。

◇是否提醒:将前面的可选框勾选后,可设置提醒时间。到达预设的提醒时间后,系统将按设定的提醒方式提醒用户。但前提条件是此时该用户处于登录程序状态。

◇输入所有信息后按【保存】 即可将备忘录保存。

★删除:选中一条备忘录,点击工具栏上的【删除】功能按钮 ,将选中的备忘录删除。

5.用户选项

用户可以自行对系统的一些默认设置进行设置,设置完成后,系统将以默认设置来显示信息。共分为系统配置和其他配置两部分,我们将作分别介绍。

a)< 系统配置 > 操作步骤

★打开"用户工具→用户选项→系统配置",其操作视窗如图 4-71 所示:

★点击 < 默认运行功能 > 旁的下拉选择框,弹出如下图选择。如选择"我的文件夹",再点击其下面的下拉选择框,选择"报题文稿",则用户登录系统后,系统自动进入"我的文件夹→报题文稿"中。

★串联单显示方式:在 < 串联单显示方式 > 中可指定串联单的显示方式,如选择"单行"显示,则用户制作串联单时串联单的已选文稿部分显示为单行;若

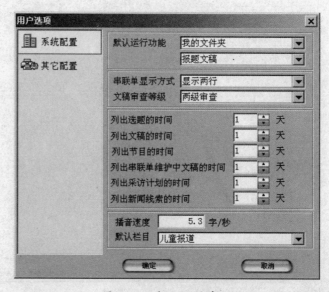

图 4-71 系统配置窗口

选择"双行"显示,则会将文稿的导语、正文部分分两行显示。

★在<列出选题、文稿、节目时间>中用户可自己定义系统显示几天内的选题、文稿、节目内容。若输入0,则显示当天的。设置完成后,当用户进入一览或查询状态时按此设置显示。

★播音速度:设置用户在播音时以每秒多少字的速度播音。

★默认栏目:设置用户在新增串联单等操作时,系统会自动默认在此所设置的栏目显示。

b)<其他配置>操作步骤

★打开"用户工具→用户选项→其他配置",其操作视窗如图2-75所示:

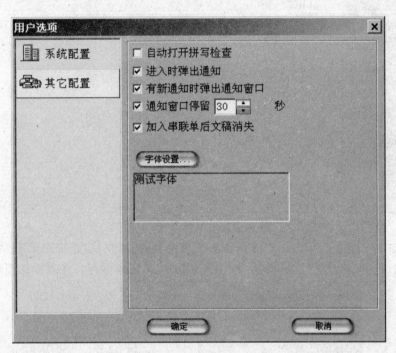

图 2-75 其他配置窗口

★自动打开拼写检查:复选后,当用户进入文稿编辑状态时,拼写检查功能自动生效。

★进入时弹出通知:复选后,若有发给用户的通知,当其登录系统后,重要通知窗口自动弹出。

★有新通知时弹出通知窗口:复选后,当有发给用户的新通知时,系统自动弹出重要通知窗口。

★通知窗口停留:在此可设置通知窗口弹出后的停留时间。

★文本字体:点击此按钮后进入字体选择框,在此选择字体后,当进行选题、文稿等需要录入的操作时,以所选字体显示。

6.修改口令

a)功能讲解

用户在此可修改自己登录系统的口令。

b)操作步骤

★打开"用户工具→修改口令",弹出如图2-76所示修改口令操作视窗。

★先输入旧口令,再输入新口令,并再次输入新口令确认一次,按【确定】即可。

7.用户通信录

a)功能讲解

在此可以分部门查看所有部门的人员

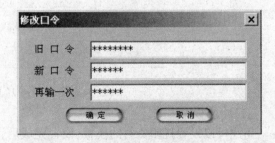

图 2-76 修改口令窗口

资料,同时可以对用户资料进行修改的操作。

　　b)操作步骤

　　★打开"用户工具→用户通信录",弹出如图 2-77 所示用户通信录界面。

图 2-77 用户通信录窗口

　　★修改:选中一个用户,双击用户或是点击工具栏上的【修改】功能按钮 ,将会弹出通信录修改界面,填写、选择、修改通信录资料后,点【确定】即可将资料保存。修改操作视窗如图 2-78 所示:

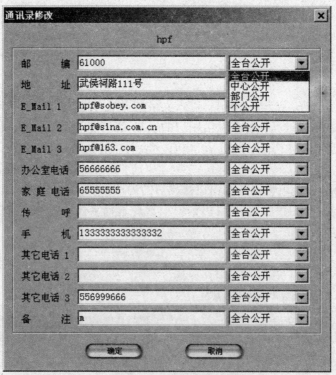

图 2-78 用户资料修改界面

8.打印模板

在此可以设置打印资料的模板,设置完成后,相应的资料输出将按对应的模板输出到打印机。

a)<新建模板>操作步骤

★打开"用户工具→打印模板",弹出如图 2-79 所示打印模板列表框。

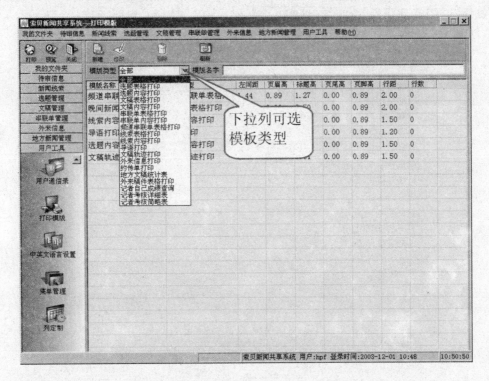

图 2-79 打印模板窗口

★查看:可以通过"模板类型"和"模板名称"来看相关的模板资料。

◇模板类型:通过下拉列可选一类模板。

◇模板名称:手动输入模板名称,进行模糊查找相关的模板。如输入"打印",模板列表上将显示含有"打印"在内的所有模板,如图 2-80 所示:

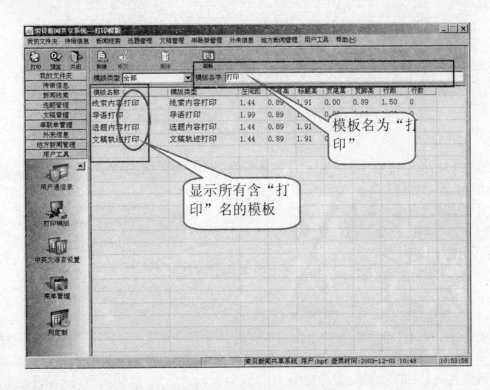

图 2-80 按模板名模糊查找窗口

★新建:点击【新建】按钮 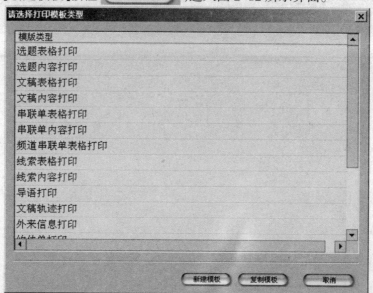 ,进入模板类型选择界面,如图 2-81 所示,选择你要建立的打印模板类型后选择【新建模板】按钮 新建模板 ,进入图 2-82 所示界面。

图 2-81 模板类型选择窗口

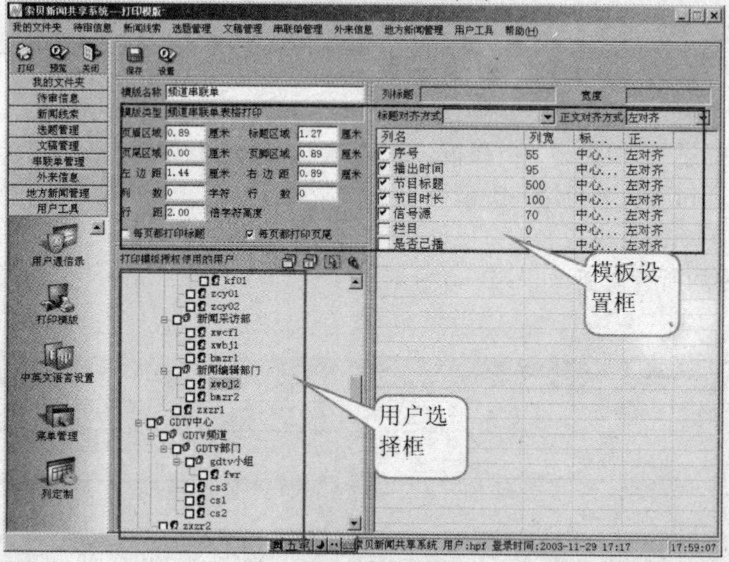

图 2-82 新建模板窗口

◇在<打印模板授权使用的用户>中选择可使用此模板的人员或归属组。在模板设置栏里输入模板名称,标题、页眉、页脚内容,定义标题、正文、页眉、页脚字体、大小及行距、边距等参数。

◇保存:设置完成后,点【保存】按钮将模板新增成功。

◇设置:设置完成后,点【设置】可以预览到所设置模板的打印效果。如图 2-83 所示:

◇新增表格上方的栏位头:在栏位头处点击右键,弹出如下图所示。"文字标

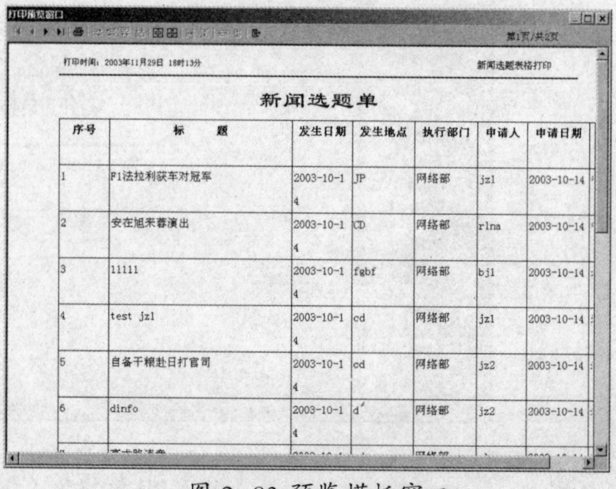

图 2-83 预览模板窗口

签"为栏位名称(手动输入);"模板变量"为栏位名称对应的显示内容(双击一项目名可选定)。如图 2-84 所示:

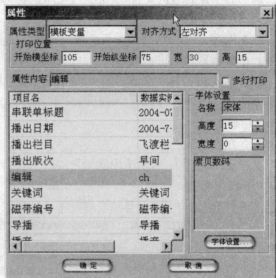

图 2-84 修改模版窗口

◇修改表格中栏位显示,右键或双击所选中项可以进行修改。

★修改:选中一模板资料,双击或是点击工具栏上的【修改】功能按钮 🖉 ,即可进入模板修改界面(其界面与<新建模板>的界面一致),对模板资料进行修改的操作。

b)<复制模板>操作步骤

★打开"用户工具→打印模板",执行【新建】按钮 📄 进入模板类型选择界面,如图 2-79 所示。选择【复制模板】按钮 【 复制模板 】,进入图 2-85 所示界面。

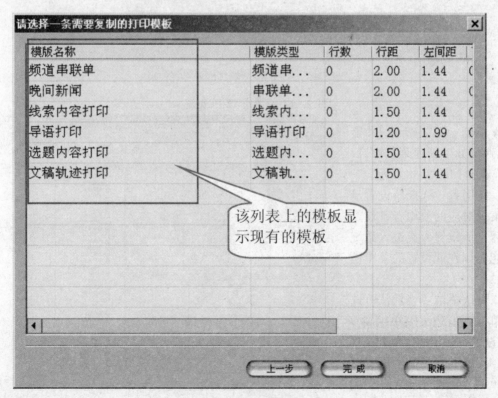

图 2-85 复制模板窗口

★新建:选中一个模板,点击【完成】按钮,进入模板新增界面,可以对所复制的模板更名,可生成一个相同内容、不同名的模板。当模板名有重复时,系统会自动给出相关的提示语句。如图 2-86 所示:

图 2-86 相关提示

★保存:新建完成后,在新增界面对模板名更改后,点击【保存】,在模板列表上将会生成一个新的模板。

★其他相关的操作请参照上面所讲＜新建模板＞的基本操作方法。

9.菜单管理

a)功能讲解

在菜单管理中,针对不同的用户,我们可以设置让其看到不同的菜单显示。

b)操作步骤

★打开"用户工具→菜单管理",进入菜单管理列表视窗,如图 2-87 所示:

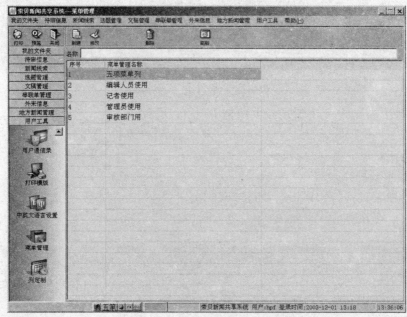

图 2-87 菜单管理列表窗口

★新增:点击【新建】功能按钮,弹出如下新建菜单窗口,可操作视窗如图 2-88 所示。

◇使用者:选择所设置显示的菜单对应的使用者,设置完成后,所设置人员进入系统后只能看到在此设置的菜单信息。

◇默认菜单:将默认可选的菜单拖到右边＜菜单编辑＞框中,设置可显示的菜单列。

◇菜单编辑:显示用户可见菜单列,双击或点选【修改】功能按钮可修改菜单名称,也

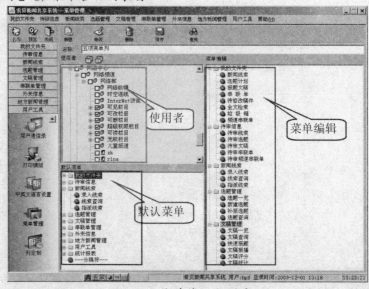

图 2-88 菜单管理新增窗口

可将不需显示的部分拖回到左下方的＜默认菜单＞中。

　　◇新建：点击工具栏上的【新建】功能按钮，在＜菜单编辑＞框中新增一个文件夹，文件夹下方需要显示的菜单列可从左下方的＜默认菜单＞中拖动过来。新建文件夹的操作视窗如图2-89所示：

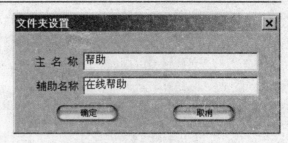

图 2-89 新建文件夹窗口

　　注：文件夹下方没有设置显示菜单时，保存菜单设置将不能成功，系统会给出如下操作提示。如图2-90所示：

　　★查找：点击工具栏上的【查找】功能按钮 ，弹出查询归属组和人员条件设置框，输入想要查找的对象，查找结果将以高亮色显示。查询框如图2-91所示：

图 2-90 操作提示框

图 2-91 查询框

10.列定制

a)功能讲解

在列定制中，我们可以对不同的模板、针对不同的用户，设置不同的列显示。

b)操作步骤

　　★打开"用户工具→列定制"，弹出列定制设置模块，其可操作视窗如图2-92所示：

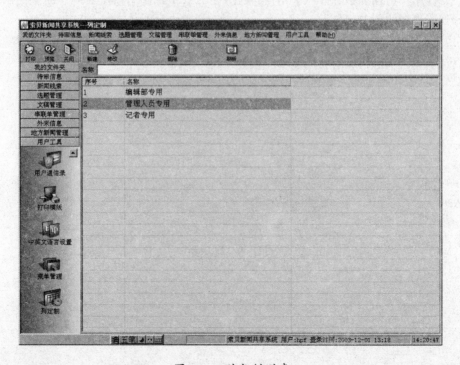

图 2-92 列定制列表

★新增:点击【新建】功能按钮,弹出如下新建菜单窗口,可操作视窗如图 2-93 所示:

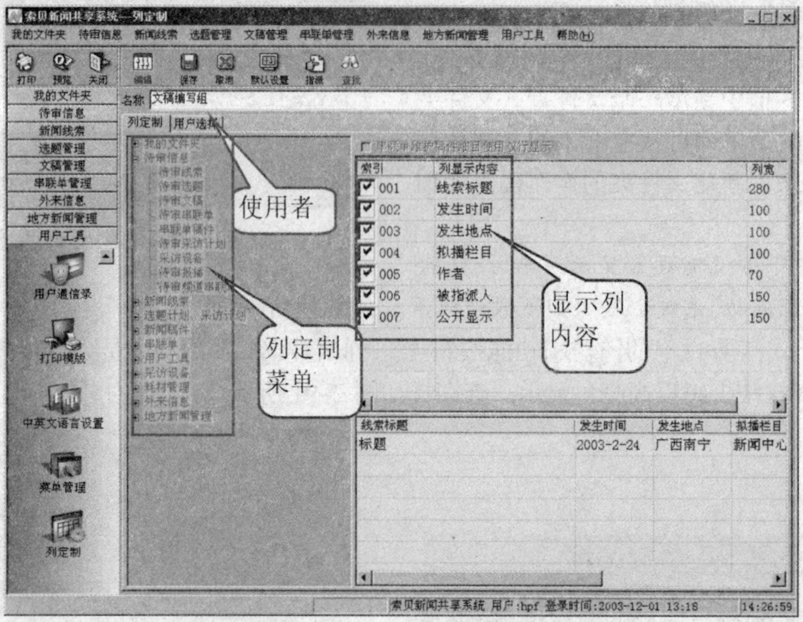

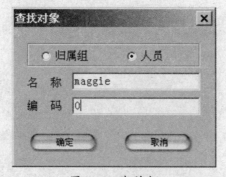

图 2-93 列定制新增窗口

◇编辑:选中一个列定制菜单,双击或是点击工具栏上的【编辑】功能按钮,可以进入列定制修改编辑状态。

◇使用者:选择所设置显示的列对应的使用者,设置完成后,所设置人员进入系统菜单后只能看到在此设置的显示列信息。

◇列定制菜单:选择一个菜单项,右边有该菜单对应的列显示项。

◇显示列内容:☑ – 表示选中显示, ☐ – 表示未选不显示。

◇默认设置:点选此项,使用系统默认设置。

◇保存:设置显示列和指定用户后,点【保存】,系统会提示列定制和指派用户成功。

◇指派:在用户选择框中选择一个用户,点击【指派】,系统提示指派成功。使用该用户登录系统,可以看到所设置的菜单列显示。

★查找:点击工具栏上的【查找】功能按钮 ，弹出查询归属组和人员条件设置框,输入想要查找的对象,查找结果将以高亮色显示。如图 2-94 所示:

图 2-94 查询框

第三章 E-Net 服务器系统

3.1 设备服务器功能简介

3.1.1 设备服务器功能

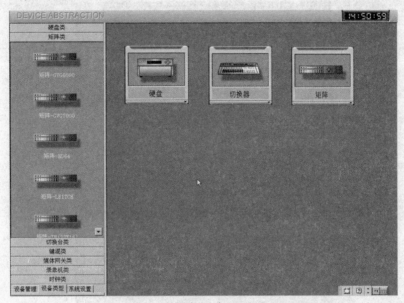

图 3-1 设备服务器总界面

如图 3-1，在播控系统中经常有一台设备要被几个终端所控制的需求，为了简化设备之间物理连接关系，我们推出了设备服务器软件，它可以保证有限的硬件资源在不用做系统改线的前提下灵活被多个控制终端所使用。设备服务器涵盖了几乎所有进口及国产的播控设备，如：视音频服务器、录像机、矩阵、时钟等。并且对于新设备的添加也是以插件的形式加入，应用起来极其方便。

3.1.2 设备服务器的类型

设备服务器按功能分包括硬盘类、矩阵类、切换台类、键混类、媒体网关类、录像机类和时钟类。把某类服务器用鼠标拖进右边方框，显示服务器名称为"空设备"，在空设备上点击鼠标右键，弹出菜单，如图 3-2 所示：

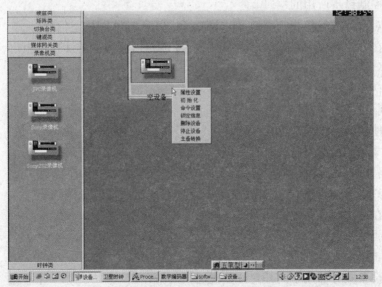

图 3-2 服务器设置菜单

3.2 系统操作

3.2.1 属性设置

用鼠标左键点击菜单上的"属性设置",弹出设备属性设置窗口,包括设备标识名称、设备 ID、所属设备群 ID、通道 ID 等,如图 3-3 所示:

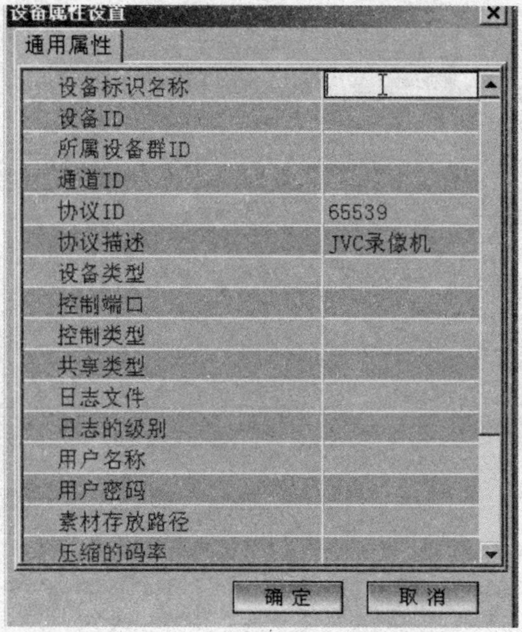

图 3-3 设备属性设置窗口

设备标识名称:在右方空格点击鼠标右键,即可输入设备名称。

设备 ID:确立设备 ID 号,ID 号不能重复。

所属设备群 ID:对设备进行分组。

通道 ID:确立输入或输出视音频的 ID 号。

协议 ID:控制录像机的协议的 ID 号,输入设备名称后即自动显示。

协议描述:输入设备名称后即自动显示。

设备类型:对设备进行分类描述。

控制端口:控制设备所用的端口。

控制类型:对设备进行控制的类型,如同步串口通信、UDP 网络通信等。

共享类型:在下拉菜单中选择共享类型。"完全占用"指只有一个计算机用户,"共同使用"指多个用户同时共享设备。

日志文件:存放系统日志的路径。

日志的级别:设备所在日志的重要程度。

用户名称:使用该系统的计算机名称。

用户密码:共享类型为完全占有时的用户密码,系统共享时无密码。

素材存放路径:只对编解码器而言,指编码或解码文件存放在哪个路径。

压缩码率:只用于编码器,在下拉式菜单中选择编码器所需的压缩码率。

编码类型:在下拉式菜单中选择编码器所需的编码类型。

后缀:指编码后所生成的文件名。

硬盘 ID:E-Net 系统管理所定义的 ID 号。

通信端口:设备服务器用于同其它计算机通信的端口。

通信类型:设备服务器用于同其它计算机通信的类型。

3.2.2 初始化

用于在修改完属性后重新激活设备使修改设置生效。

3.2.3 命令设置

用于弹出该设备控制面板。如图 3-4 所示：

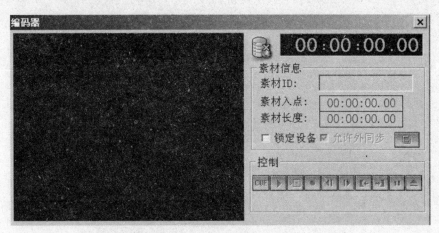

图 3-4 编码器的命令设置

3.2.4 锁定信息

显示该设备的锁定或解锁情况，包括锁定 IP，锁定开始时间，锁定状态，锁定长度和锁定级别。如图 3-5 所示：

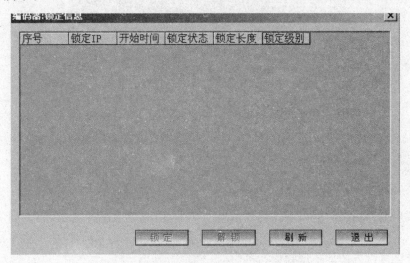

图 3-5 锁定信息窗口

3.2.5 删除设备

对设备进行删除。单击"删除设备"，即出现一提示窗口"确实要删除设备吗？"按"确定"，该设备被删除；按"取消"即取消该操作。如图 3-6 所示：

3.2.6 停止设备

停止使用该设备。

3.2.7 主备切换

从主机切换成备机或从备机切换成主机。

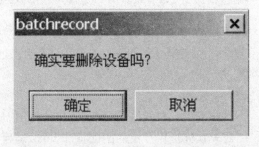

图 3-6 删除设备

3.2.8 系统设置

系统设置包括校正时间和修改密码,修改密码又包括管理密码与使用密码两部分。如下图所示。

校正时间:指使本地系统时间跟服务器时间一致。

管理密码:对设备服务器系统进行登录,设备属性设置的密码。

使用密码:用户进行登录时使用的密码(重复输入以确认)。如图 3-7 所示:

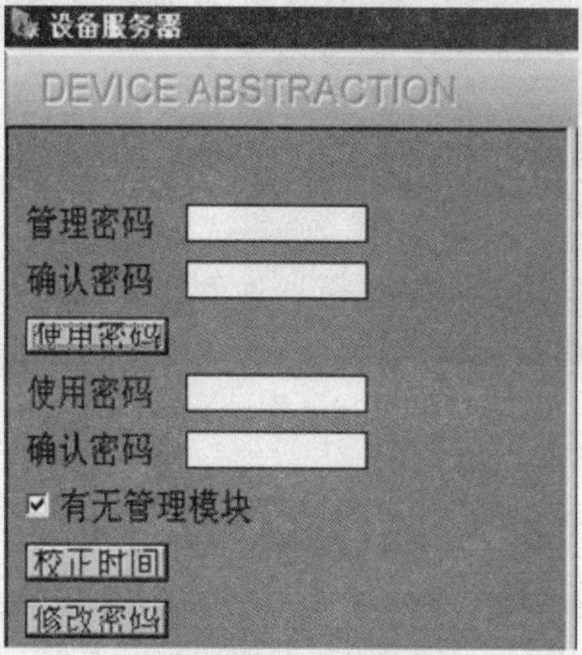

图 3-7 设备服务器窗口

3.3 E-Net 2.0 播出服务器素材管理系统简介

E-Net 节目自动播出系统从功能上可以完成电视台的硬盘素材上载,节目单编播,节目播出,硬盘节目迁移及节目播后管理等任务。

3.3.1 系统总体结构

该系统以局域计算机网络为依托实现信息的共享。所有频道都挂接在该网络上获取由总编室下达的节目单,而且可将本频道的播后节目单传回总编室供统计。该结构易于将来的扩展,增加新的频道。另外还可以方便地实现频道的备份。

在线大容量素材服务器作为中心存储体,保存所有节目素材。为了平衡网络带宽以及保证系统运行的安全可靠,在各上载服务器、播出服务器都配置了一块 SCSI 硬盘作为本地存储体。上述各存储体之间随时需要迁移节目素材,所有的迁移任务都由素材迁移服务器统一进行调度和实施。

3.3.2 系统特点

★系统充分利用 WINDOWS NT 的多任务和高可靠性的特点将节目编辑和节目播出融为一体。

★采用全中文界面,操作简单。

★采用开放结构,提供双机热备播出,从而提高系统的可靠性、安全性和扩展性。

★软件提供了灵活的配置和设置,适应于不同环境不同规模不同要求的播出系统。

★提供多种节目播出方式,如定时、顺序、触发、定长插播、不定长插播、不计时、跟随等。

★软件提供各种优化检测功能,实现节目单自动计时,自动纠错,录像机的不同要求的自动调度。

★系统提供多种应急措施,如节目提前,节目顺延,紧急备份信号源,紧急备份录像机等。

★系统实现对多种播出设备(如各种型号录像机,视频服务器,前端矩阵等)的控制,对播出设备和播出情况实行实时监测,记录,报警。

★系统提供 24 小时的连续播出。

★提供系统锁相功能,提高整个系统的播出切换精度。

★提供对视频服务器的素材编排和调用,进入网络管理软件。

★能够对硬盘素材进行在线、近线、离线迁移。

★能够和制作网络无缝连接,实现制播一体化。

3.4 菜单和界面

本节主要介绍素材管理服务器的软件界面、功能窗口及一些状态标志。

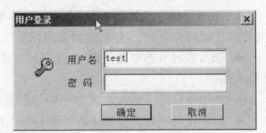

图 3-8 用户登录窗口

3.4.1 系统登录

1.用户登录

要求输入用户名和密码,如图 3-8 所示:

2.欢迎界面

用户名和密码通过验证后,出现欢迎界面,如图 3-9 所示:

图 3-9 欢迎界面

3.4.2 系统菜单

系统菜单设计如图 3-10:

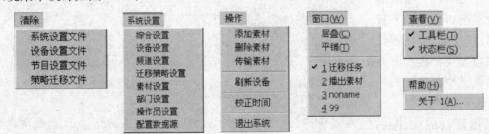

图3-10 子系统菜单

1."系统设置"菜单

系统设置菜单中包括以下几部分：

综合设置：对本服务器所要担当的角色以及要完成的相关功能的设置；

设备设置：对整个播出系统中所存在的所有存储体的相关属性的设置；

节目单设置：对播出系统中各频道素材的相关设置；

迁移策略设置：对策略迁移相关参数进行设置；

素材设置：对系统中素材的类型和版本进行设置；

部门设置：对各部门所使用的存储体的容量进行相应的设置；

操作员设置：对系统中的各类用户进行权限设置；

配置数据源：系统中对数据库访问的数据源的配置。

2."操作"菜单

★"添加素材"：当素材文件已经存在于存储体中，但是该素材的相关信息在数据库中不存在（可能由于误操作引起），这时，就需要用户手动添加该素材的相关信息；

★"删除素材"：选中某条素材，将素材文件从所在存储体上删除；为避免误删，执行该命令需要输入密码。

★"传输素材"：手动对素材文件进行迁移，会提示用户选择迁移的源和目的；

★"刷新设备"：对各存储体的当前连接状态进行刷新；

★"退出系统"：退出当前素材迁移服务器，需要输入用户密码。

3."清除"菜单

★"系统设置文件"：清除当前系统设置模块中的参数；

★"设备设置文件"：清除当前设备设置模块中的参数；

★"节目设置文件"：清除当前节目设置模块中的参数；

★"策略迁移文件"：清除当前策略迁移设置模块中的参数。

4."查看"菜单

★"工具栏"：选择在系统界面中是否显示工具栏；

★"状态栏"：选择在系统界面中是否显示状态栏。

5."窗口"菜单

该菜单用于对系统中各窗口的显示形式进行设置，可以对"播出素材"和"迁移任务"窗口进行层叠或平铺。

6."帮助"菜单

显示软件版本信息。

3.4.3 系统主界面

从图 3-11 中可以清晰地看见窗口分为任务管理窗口、信息窗口、在线日志窗口以及菜单栏和下方的工具条几个部分。

1.任务管理窗口

采用流行的 windows 资源管理器的形式将素材

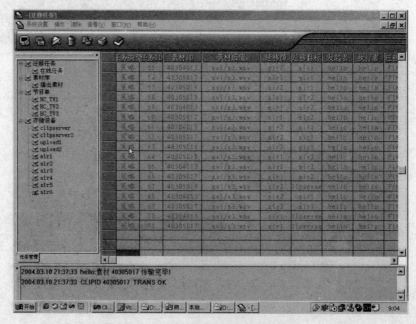

图 3-11 素材管理主窗口界面

管理服务器的四个功能模块罗列出来。可以点击左边的"＋"号或"－"号将该项目的子项展开或折叠。

2.信息窗口

显示各种素材迁移任务,包括手动迁移、策略迁移、C/S任务(客户端发起的任务)等。

3.在线日志窗口

实时显示在线任务的执行情况。

3.4.4 工具条

工具条包括管理窗口、信息窗口、添加素材、删除素材、传输素材、打印任务列表、版本信息等快捷按钮和主备素材管理服务器连接状态显示,如图3-12所示:

图3-12 工具条

3.5 系统设置

菜单栏的第一项为系统设置,系统设置由综合设置、设备设置、节目单设置、迁移策略设置、素材设置、部门设置、操作员设置以及配置数据源几个部分组成。

3.5.1 综合设置　如图3-13所示:

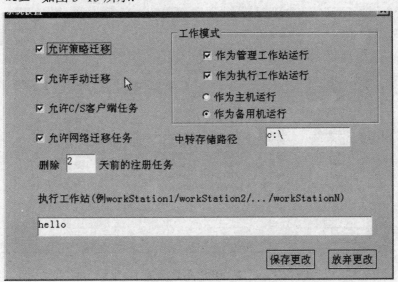

图3-13 综合设置窗口

各选项功能描述:

★"允许策略迁移":指是否允许素材管理软件自动按照迁移策略进行素材的迁移,在选项前打上勾即为允许,否则为不允许。推荐设置为允许。

★"允许手动迁移":指是否允许操作者以手动方式把所需要的素材在各存储体之间进行素材的迁移,在选项前打上勾即为允许,否则为不允许。推荐设置为允许。

★"允许C/S客户端任务":指是否允许素材管理软件接受客户端发来的素材迁移任务请求,这里的客户端包括上载工作站和播出工作站,在选项前打上勾即为允许,否则为不允许。推荐设置为允许。

★"删除□天前的注册任务":可以设定将几天之前的迁移任务删除而不再显示在信息窗口。

★"工作模式":指该素材管理服务器作为何种功能而使用。

★"作为管理工作站运行":指本机是否作为管理工作站来运行,在选项前打上勾即为选中,否则为非选中,选中后即可以接受客户端发送过来的素材迁移任务。

★"作为执行工作站运行":指本机是否作为执行工作站来运行,在选项前打上勾即为选中,否则为非选中,选中后即可以执行管理工作站发送过来的素材迁移任务。

★"作为主机运行":指本机是否作为主机来运行,点中前面的□即为选中变为主机,否则为非选中。

★"作为备机运行":指本机是否作为备机来运行,点中前面的□即为选中变为备机,否则为非选中。

★"执行工作站(例 workStation1/…/workStationN)":指系统中有几个执行工作站,按照示例中格式将其计算机名输入到下面的空白输入区。

★"中转存储路径":指在进行素材迁移的过程中,为了素材的安全和提高迁移效率作为缓存所在的路径,一般设置路径为系统盘根目录下。

注:对于简单的系统一般只有一台迁移服务器,既作为管理工作站也作为执行工作站。

3.5.2 设备设置

进行设备设置前必须将整个计算机网络连通,确定各工作站和服务器的计算机名,并将各存储体上的素材存储目录设置为完全共享。在素材管理服务器所在的计算机上将各共享的目录通过映射网络驱动器的方式建立管理目录。设备设置如图 3-14 所示:

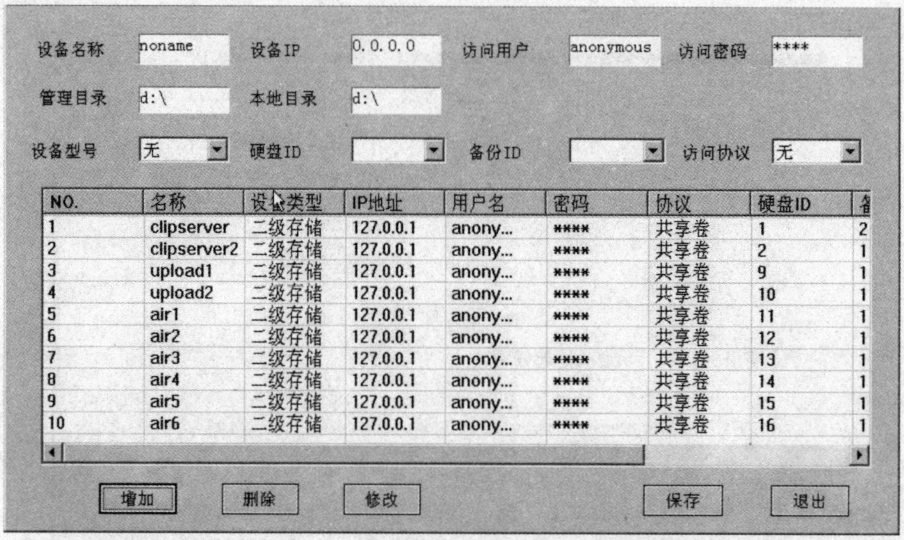

图 3-14 设备设置窗口

1.设置项目

★"设备名称":输入为存储设备所起的名称,该名称将显示在任务管理窗口的存储设备项目下。

★"设备 IP":指该存储设备所对应的 IP 地址,即所在计算机的 IP 地址。E-Net 系统中服务器采用双网卡结构,此处设定用于传输的网卡的 IP 地址

★"访问用户":设定以 FTP 协议进行文件传输时,对该存储设备具有访问权限的用户名称。

★"访问密码":设定以 FTP 协议进行文件传输时,对该存储设备具有访问权限的用户所对应的密码。

注:"访问用户""访问密码"在 E-Net 小播出系统中无效。

◇"管理目录":指素材管理软件对各存储体定义的盘符,即素材管理软件所在的计算机映射的各个已被共享的存储体对应的盘符。

◇"本地目录":指素材存放的真实路径,即对于各工作站而言存放素材的本地目录。

◇"设备型号":指该设备所具有的设备属性,有硬盘服务器如 MAV-70、SeaChange 存储和一

般计算机存储。

　　注：对E-Net系统只选择"存储"项。

　　◇"硬盘ID"：指赋予该存储体一个网络中唯一的ID号,ID号中1~8作为保留号码留给系统中的中心存储体使用,其余9~32可被网络中各工作终端的存储体分配。

　　◇"备份ID"：指该存储体上所存储的素材是否需要备份,如果需要,则在进行素材迁移的时候除了向该存储体迁移外系统还会自动向备份ID所在的存储体同步迁移。

　　◇"访问协议"：指素材管理服务器进行素材迁移的时候是以共享卷的方式还是以FTP的方式进行迁移。

　　注：对E-Net系统只选择"共享卷"方式。

　2.存储设备的操作属性

　　★对某一存储体完成上述设置后,点"增加"按钮,即将其添加到设备栏列表中。

　　★如需对已增加的存储设备的某属性作修改,在设备列表中点击该设备,其属性自动显示在上面的各项目选项框中,完成修改后,点击"修改"按钮,即可修改属性。

　　★如需删除某设备,选中该设备点击"删除"按钮,并保存,该设备即被删除。

　　★如果发生错误修改,可直接点击"退出"按钮,则错误的修改将不生效。

　　★设置完毕,即可点击"保存"按钮,按提示输入管理员密码,点击"确定",完成操作。

3.5.3 频道设置

　　频道设置包含频道属性、素材容量管理等设置信息。如图3-15所示:

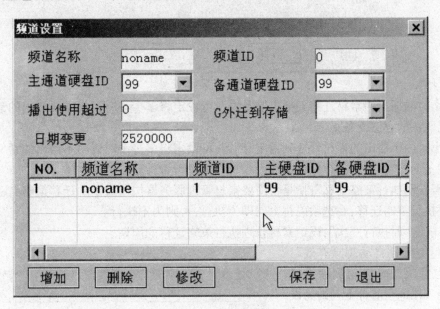

图3-15 频道设置窗口

　1.频道属性定义

　　★"频道名称"：输入频道名称,该名称应与播出控制机系统设置中所定义的名称保持一致。

　　★"频道ID"：输入频道ID,该ID应与播出控制机系统设置中所定义的频道ID保持一致。

　　★"主通道硬盘ID"：指该频道所对应的主存储设备在设备设置里所定义的ID号。

　　★"备通道硬盘ID"：指该频道所对应的备份存储设备在设备设置里所定义的ID号。

　　★"播出使用超过□G外迁到存储"：指该频道被允许使用多少硬盘空间,如超过限制的容量,则素材管理服务器会自动将素材迁移到指定的存储体。

　　★"日期变更"：为保证24小时不停播和解决节目单跨零点的问题,将每天的节目单日期变更时间设为24~30小时之间。

2.频道设置操作属性

将频道属性设置好后,点击"增加"按钮,即将设置添加到列表中。

★如需对频道属性作修改,在列表中点击该频道项,其属性信息会自动显示在上面的各项目选项框中,完成修改后,点击"修改"按钮,即可保存属性修改。

★如需删除某频道,在列表中选中该频道点击"删除"按钮并保存,该频道即被删除。

★在修改设置时如果发生错误,可直接点击"退出"按钮,错误的修改将不生效。

★设置完毕,即可点击"保存"按钮,按提示输入管理员密码,点击"确定",即完成设置。

3.5.4 迁移策略设置

素材管理服务器根据所设置的迁移策略自动完成从上载到播出、二级存储到播出、播出到二级存储、二级存储到近线存储等任务的自动迁移。如图 3-16 所示:

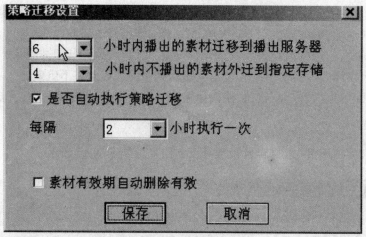

图 3-16 迁移策略设置

★"□小时内播出的素材迁移到播出服务器":可设定将多少小时以内需要播出的素材迁移到播出服务器所在的存储设备上

★"□小时内不播出的素材外迁到指定存储":可设定将多少小时以内不播出的素材迁移到指定的存储设备上,这里指定的存储设备即为频道设置里设置外迁到的存储体。

★"是否自动执行策略迁移":指是否需要素材管理服务器按所设定的迁移策略自动对存储体进行检查并执行策略迁移,在选项前打上勾即为执行,否则为不执行。

★"每隔□小时执行一次":设定素材管理执行策略迁移的周期。

★"素材有效期自动删除有效":指是否设定有效期内自动删除素材有效的功能。在选项前打上勾即为设定,否则为非设定。

★上述设置完成后点击"保存"按钮,并按提示输入管理员密码,点击"确定",即完成设置。如不想对所作的修改进行保存,则点击"取消"按钮退出。

3.5.5 素材设置(如图 3-17 所示)

1.素材类型设置

★"新增类型":在新增素材类型名下面的输入窗口中输入想要增加

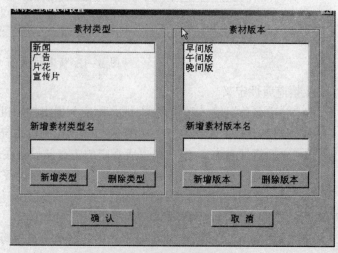

图 3-17 素材设置窗口

的素材类型名称,点击"新增类型"按钮,该名称即被添加到素材类型列表中。

★"删除类型":在素材类型列表中选中要删除的素材类型,点击"删除类型"按钮,即可删除该素材类型。

2.素材版本设置

★"新增版本":在新增素材版本名下面的输入窗口中输入想要增加的素材版本名称,点击"新增版本"按钮,该名称即被添加到素材版本列表中。

★"删除版本":在素材版本列表中选中要删除的素材版本,点击"删除版本"按钮,即可删除该素材版本。

3.5.6 部门设置

对各部门所使用的存储体的容量进行相应的设置。如图 3-18 所示:

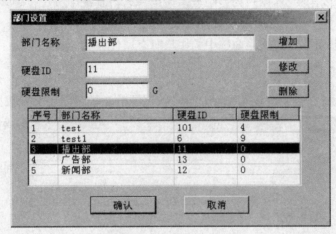

图 3-18 部门设置窗口

★"部门名称":输入要设置的部门名称。

★"硬盘 ID":输入为该部门限制容量的存储体对应的硬盘 ID 号。

★"硬盘限制":输入在该硬盘上允许该部门占用多大的硬盘空间。

★输入完成后,点击"增加"按钮,则该部门的硬盘容量限制策略设置完成并添加到下面的列表中。

★如需对已设置的项目进行修改,在列表中选择该部门项目,其属性信息会自动显示在上面的各项目选项框中,完成修改后,点击"修改"按钮。

★如需删除某频道项目,在列表中选中该频道项目点击"删除"按钮,再按"确认"退出。

★对已增加、修改或删除的设置,如需要保存,可按"确认"保存设置并退出,否则,按"取消"退出。

3.5.7 操作员设置

1. 操作员用户的增加（如图 3-19 所示）

★在"姓名"栏输入要增加的用户名。

★在上下两个"密码"栏中各输

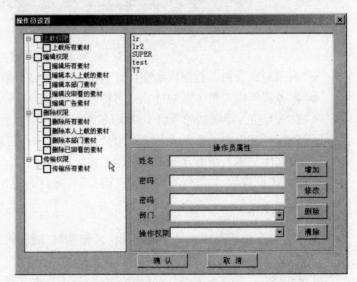

图 3-19 操作员设置窗口

入一遍同一用户密码。

★在"部门"下拉选项菜单里选择所属部门。

★在"操作权限"下拉选项菜单里选择新增用户相应的权限,有三种供选择权限:"超级用户""一般用户"和"浏览者"。

★在左边权限设置窗口,可设置该用户详细的权限。

★上述设置完成后,点击"增加"按钮,将用户添加到用户列表中。

2.操作员用户的修改

如需对已添加的用户属性作修改,在列表中点击该用户名,其属性信息会自动显示在左面和下面的各项目选项框中,完成修改后,点击"修改"按钮,再按"确认"退出。

3.操作员用户的删除

★如需删除已有的用户,在用户列表中点击该用户名将其选中,点击"删除"按钮,再按"确认"退出。

★按"清除"按钮,可以快速将当前选中的用户所有属性去除。

3.5.8 配置数据源

当软件第一次运行并且系统没有配置 ODBC 数据源的时候, 需要配置数据源。如图 3-20 所示:

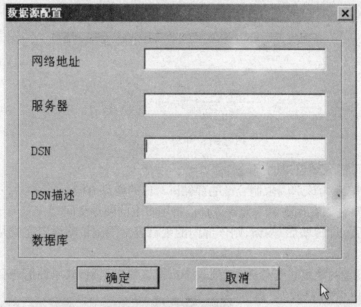

图 3-20 配置数据源窗口

★"网络地址":输入数据库所在计算机的 IP 地址或计算机名称。

★"服务器":输入服务器的计算机名称。

★"DSN":输入要增加的系统 DSN 的名称。

★"DSN 描述":对增加的系统 DSN 的特点、性能进行描述。

★"数据库":输入所有连接的数据库名称。

完成上述设置后,如需保存设置,按"确定"可保存并退出,否则按"取消"退出。

3.6 系统操作

操作菜单下包括添加素材、删除素材、传输素材、刷新设备和退出系统几项。

3.6.1 添加/删除素材

对于非上载素材或通过其他途径获取的素材,为使之能被各工作站正常调用,需对其建立数

据库信息,具体如图3-21所示:

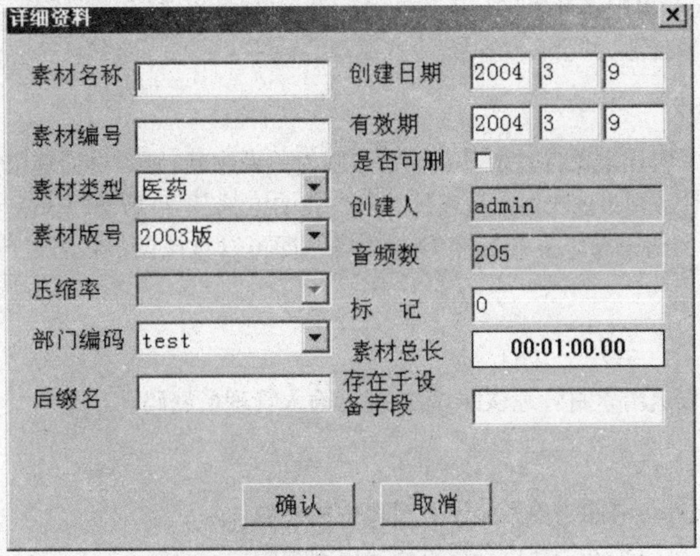

图 3-21 添加素材窗口

★"素材名称":输入要添加的素材的名称。

★"素材编号":为该素材编制ID号,应按照系统ID生成规则编制。

★"素材类型":通过下拉选单选择素材所属类型。

★"素材版号":通过下拉选单选择素材所属的版本号。

★"压缩率":由系统自定义,不需输入。

★"部门编码":通过下拉选单选择素材所属的部门。

★"后缀名":输入系统指定的文件后缀名"avi/a3.wav"。

★"创建日期":输入为该素材创建数据库信息的日期。

★"有效期":输入该素材的有效期,即到哪天有效,过期则可被策略删除。

★"是否可删":指是否设定该素材可以被素材管理服务器按策略进行删除。

★"创建人":系统默认为管理员,不需手工输入。

★"音频数":按系统默认设置,不需输入。

★"标记":为该素材打上"标记",相当于备注信息注明为手工添加素材。

★"素材总长":该素材的长度,按时:分:秒:帧的格式填写。

★"存在于设备字段":指该素材存在于哪个存储设备上,输入设备ID号填写完以上信息后,如需保存,点击"确定"按钮保存并退出,否则按"取消"退出。

在任务管理窗口选择要删除素材所在的存储设备,在素材列表里选中该素材,然后选择"删除素材"菜单或直接点击"删除素材"按钮,按提示输入系统管理员密码,弹出询问对话框,按"确定"即完成删除工作。

3.6.2 传输素材 (如图3-22所示)

在素材列表窗口中选中要传输的素

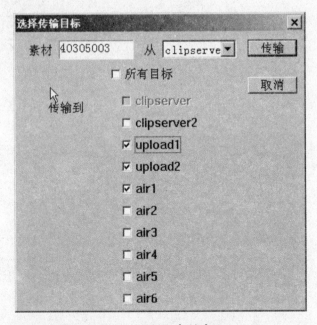

图 3-22 传输素材窗口

材,选择操作菜单下的传输素材菜单或快捷工具栏中的"传输选中的素材"按钮,弹出图 3 - 22 传输素材窗口,在下拉选单中选择要进行传输的目标设备,然后点击"传输"按钮,系统则自动在在线任务里添加一条传输任务,并会自动执行。

3.6.3 刷新设备

如果网络系统一时出现故障造成某存储设备映射关系中断,则素材管理服务器无法正常对其进行素材管理。这时需要对该映射重新连接,即在"我的电脑"里重新访问该映射盘符即可。然后,在素材管理服务器上选择操作菜单下的"刷新设备",即可以对该设备状态进行重新刷新,并重新可被管理。

3.6.4 退出系统

选择此菜单可以退出素材管理软件,需按提示输入管理员密码。

3.6.5 清除

★"系统设置文件":清除当前系统设置模块中的参数。
★"设备设置文件":清除当前设备设置模块中的参数。
★"节目设置文件":清除当前节目设置模块中的参数。
★"策略迁移文件":清除当前策略迁移设置模块中的参数。

第四章 E-Net 播出控制系统

4.1 E-Net 2.0 播出控制系统简介

E-Net 2.0 节目自动播出系统从功能上可以完成电视台的硬盘素材上载,节目单编播,节目播出,硬盘节目迁移及节目播后管理。

4.1.1 系统总体结构(如图 4-1 所示)

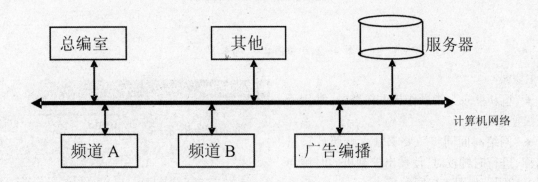

图 4-1 系统总体结构

该系统以局域计算机网络为依托实现信息的共享。所有频道都挂接在该网络上获取由总编室下达的节目单,而且可将本频道的播后节目单传回总编室供统计。该结构易于将来的扩展,增加新的频道。另外还可以方便地实现频道的备份。

4.1.2 系统特点

★系统充分利用 WINDOWS 的多任务和高可靠性的特点将节目编辑和节目播出融为一体。

★采用全中文界面,操作简单。

★采用开放结构,提供双机热备播出,从而提高系统的可靠性、安全性和扩展性。

★软件提供了灵活的配置和设置,适应于不同环境不同规模不同要求的播出系统。

★提供多种节目播出方式,如定时、顺序、触发、定长插播、不定长插播、不计时、跟随等。

★软件提供各种优化检测功能,实现节目单自动计时,自动纠错,录像机的不同要求的自动调度。

★系统提供多种应急措施,如节目提前,节目延长,紧急备份信号源,紧急备份录像机等。

★系统实现对多种播出设备(如各种型号录像机,机械手,视频服务器,前端矩阵等)的控制,对播出设备和播出情况进行实时监测,记录,报警。

★系统提供 24 小时的连续播出。

★提供系统锁相功能,提高整个系统的播出切换精度。

★多个频道可以通过网络实现节目单和播出设备的共享。

★提供对视频服务器的素材编排和调用,进入网络管理软件。

★能够对硬盘素材进行在线、近线、离线迁移。

★能够和制作网络无缝连接,实现制播一体化。

4.2 菜单和界面

本节主要介绍播出工作站的软件界面、功能窗口及一些状态标志。

4.2.1 菜单(如图 4-2 所示)

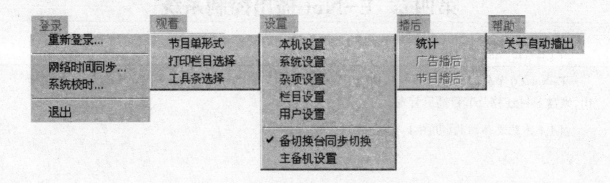

图 4-2 自动播出系统菜单

1.登录

★"重新登录":指操作员重新登录,常用于值班员换班。

★"网络时间同步":要求输入参照计算机的名称,进行时钟校对,使播出控制机的时钟与参照机相同。如图 4-3 所示:

★"系统校时":按照系统中的授时设备所提供的时间进行时钟校对,使播出控制机的时钟与系统时间一致。此时需要播出控制机通过串口等直接与授时设备相连接。

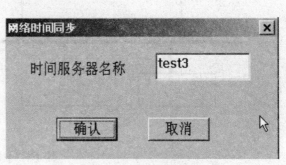

图 4-3 网络时间同步

★"退出":指退出播出系统。

2.观看

★"节目单形式":为用户有选择地显示部分或全部节目单要素;

★"打印栏目选择":提供给用户对节目单打印区域的选择与设置;

★"工具条选择":提供给用户有选择的显示左侧工具条中部分或全部快捷按钮。如触发、延迟等。

3.设置

★"本机设置":提供对本机功能的描述,可将本机设为播出控制机、编辑机、导播机。

★"系统设置":对系统设备及播出设置的一些参数的设定。

★"杂项设置":提供对播出要求的设置。

★"栏目设置":提供对节目单栏目的设置。

★"用户设置":对登录本工作站的用户和相应密码进行设置。

注:只有系统管理员才能对所有用户进行设置,普通操作人员只能修改自己的密码。

★"备切换台同步切换":备切换器是否与主切换器同步进行切换。

★"主备机设置":当控制机采用双机热备方式时,将本机设置成主机或备机。

4.播后

★"统计":提供对播后数据的播出长度,栏目播出的统计。

★"广告播后":提供广告的播后信息。

★"节目播后":提供节目的播后信息。

5.帮助

"关于自动播出":显示软件版本信息。

4.2.2 窗口

从图4-4中可以清晰地看见窗口分为在线播出窗口(浅咖啡色底板),离线编辑窗口(浅绿色底板),设备状态窗口以及菜单下方的工具条1,左边的工具条2。

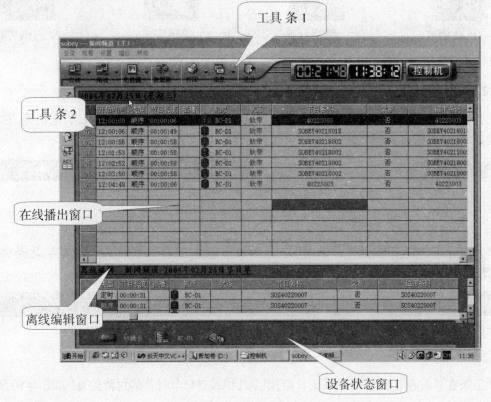

图4-4 控制机主窗口界面

1.在线编辑窗口

实现对当天播出单的编辑修改和控制播出。内容包括当天的播出日期,节目单是否发送的报警闪现,设备报警指示条以及播出节目单表。

2.离线编辑窗口

实现对明天以后的播出单的编辑修改。内容包括节目单日期条以及节目单表。

3.设备状态窗口

实现对播出设备状态的实时检测、控制及报警。

对于不同设备类型和状态,用不同的图标表示。

4.切换台(如图4-5所示)

切换台连接正常　　　　切换台连接失败

图4-5 切换台状态指示

5.录像机状态(如图4-6所示)

VTR 缺带　　　正在播出　　　VTR 通讯失败　　　VTR 通讯正常　　　非遥控状态

图4-6 录像机状态指示

6.视频服务器(如图 4-7 所示)

正在播放　　　　待播状态　　　　通讯正常　　　　通讯失败

图 4-7 录像机状态指示

4.2.3 工具条

工具条包括在线编辑工具,离线编辑工具,功能键工具,数据源,打印、信息、退出等,右方显示本机功能,倒计时时钟及当前时钟(如图 4-8 所示)。

图 4-8 工具条

4.2.4 发送节目单提示信息

节目单做了任何修改之后,弹出提示发送节目单信息的窗口;节目单发送成功,此提示窗口消失(如图 4-9 所示)。

图 4-9 发送节目单提示信息

4.2.5 状态条

状态条在界面的最下方,显示系统日期,星期几以及当日节目单的总数信息(如图 4-10 所示)。

新改节目单未发送		2002年1月4日 星期五 共有 6 条节目		NUM

图4-10 状态条

4.3 系统设置

打开菜单中的"设置"项,可以看到系统总体设置由本机设置、系统设置、杂项设置、栏目设置、用户设置五个主要部分,以及"备切换台同步切换"和"主备机设置"两个选择项共同组成。进行设置前必须依系统设定的是否需安全检查要求而定,如果是,则输入密码来进行安全检查。

4.3.1 本机设置

本机设置是指对本机功能的描述,如图 4-11 所示:

★"频道 ID":指本软件设定的标识符。

每个频道有一个 ID,用以区分各不同频道的配置信息,输入原则为第一频道从 1 开始,后续频道往上递增)。频道 ID 具有唯一性。

★ "本机功能":指本机在播出系统中所担当的功能,有控制机、编辑机或导播机。

控制机:对外围设备及视音频服务器进行自动控制。

编辑机:对离线节目单进行编辑并发送给播出机。

导播机:总编室编单系统,完成离线节目单的预编辑。

★"第一通讯口":指本机与其他机器(该频道三台机器

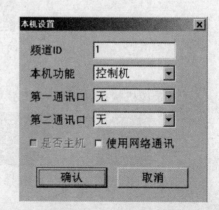

图 4-11 本机设置窗口

（控制、编辑、导播）中的另外两台）的第一个通讯口设定。

　　★"第二通讯口"：指本机与其他机器的第二个通讯口设定。

　　通讯端口可以不选系统，以默认的端口实现通讯，使用网络通讯选项需选中，以使主备控制机能够正常通讯

　　★"使用网络通讯"：指该频道的三台机器之间是否采用网络通讯方式。

　　注：在E-Net播控系统中均采用网络通讯方式。

4.3.2 系统设置

　　系统设置是对整个播出系统结构的初始化定义、播出时需播出设备配置的定义以及播出参数的设置。对于系统设置可以化分为系统设置、视音频设备设置、用户特别设置、切换台与键设置四个部分。如图4-12所示：

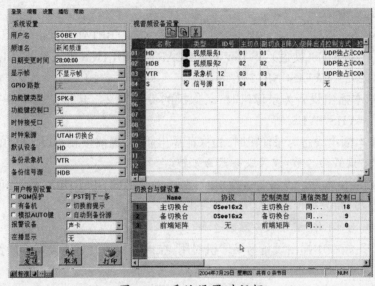

图 4-12 系统设置对话框

　　1.系统设置

　　★"用户名"：指使用本系统的用户电视台的名称。

　　★"频道名"：指播出频道的名称。

　　★"日期变更时间"：指根据电视台的不同要求可以指定播出时日期变更的时间以实现24小时不间断播出。其范围在 24:00:00 – 30:00:00 之间。

　　★"显示帧"：指节目编辑时显示节目单的时间和长度等属性时是否精确到帧。

　　★"GPIO 路数"：指用于并口控制的 GPIO 路数。

　　★"功能键类型"：指系统应急功能设备的类型，包括无功能键，SPK-8，THOMSOM。

　　★"时钟接受口"：指系统用于接受时钟设备的通讯口。

　　★"时钟来源"：指系统用于接受时钟设备的类型，包括 UTAH 切换台，高视，天虹 CCT,青岛时钟,INSETEC 时钟等。

　　★"默认设备"：用于节目播出的默认设备。

　　★"备份录像机"：指系统用于应急的录像机。

　　★"备份信号源"：指系统用于应急的信号源。

　　2.设备设置

　　设备设置是对播出设备在播出系统中的名称、类型、切点、控制方式、控制口、控制协议等进行定义，并对其控制中所需参数带型、预卷、STANDBY、播后操作、自动找头、误差、参与调度、可录、首选、矩阵中切点进行设置。

　　★"名称"：指播出设备的名称。

★"类型":指播出设备的类型,有录像机、信号源、视频服务器、演播室、机械手和前端矩阵及受控信号源(受控信号源是指 CD 等音乐设备)七种类型。其中机械手和前端矩阵必须有子设备(所谓子设备是指由它们控制的设备)。

★"ID 号":指视频服务器上运行的设备服务器所对应的 ID 号。

★"主切点":指该设备在主切换设备上的切换点。

★"副切点":指该设备在备切换设备上的切换点。

★"控制方式":指该设备受控制机控制的方式。可分为不受控,同步串口,异步串口,并口,UDP 通信,UDP 独占通信,消息队列通信,TCP 服务器通信,TCP 客户端通信。

★"控制口":指系统控制机控制本播出设备的串口(COM1~COM26)。

【注】E-Net 小播出视频服务器的控制口须设置为系统中没有被占用的任意一个 COM 口,建议为 COM25、COM26。

★ "控制协议":指控制设备时使用的协议。有 "无""BETACAM SP""PROFILE PROLINK""LOUTH(硬盘)""ODETICS(硬盘)""SONY FLEXICART""ODETICS 机械手""THOMOSON 机械手""SONY 232""JVC 232""PANASONIC 232"等。

★"带型":指本播出设备为录像机时,录像机的带型定义。包括:"无""SP""MII""Digital S""DVC Pro""VO""S-VHS""VHS"等。

★"预卷":指本播出设备为录像机时,为保证播出质量,提前预卷所设定的预卷时间。

注:通常 VTR 设置为 5 秒;视频服务器为 1 秒。

★"STANDBY":指本播出设备为录像机时,在播出前提前 STANDBY(挂带)所设定的时间(正式播出前提前多少时间进行预卷),范围为 0~60 秒。

注:通常 VTR 为 10 秒,视频服务器为 2 秒。

★"播后操作":指在本播出设备为录像机时用,在该节目播完后所设定的操作,包括:"无""弹带""倒带""停止""倒带后弹带""倒带到起点"等。

★"自动找头":指在本播出设备为录像机时,在播出前录像带放入录像机后是否自动找头的方式,包括不自动找头,自动找头,遇零预卷。

★"误差":是指控制机发出命令到设备动作的开始之间的延时。

★"TALLY":通过第几路 GPIO 来点亮该设备对应的 TALLY 灯。

★"参与调度":指本播出设备为录像机且非子设备时,节目编辑机在进行录像机调度操作时,本设备是否参与调度。

★"首选":指播出时,当同一节目内容存在于多个设备时优先选择播出的设备。

★"参数 1":如果设备类型为前端矩阵,指该设备在矩阵中的输入切点;如果设备类型为视频服务器(硬盘),指该视频服务器的系统 ID。

★"参数 2":如果设备类型为前端矩阵,指该设备在矩阵中的输出切点;如果设备类型为视频服务器(硬盘),指该视频服务器对应的备份硬盘的系统 ID(通过该参数,可以实现当主硬盘中找不到某素材时,从备份硬盘将该素材拷贝到主硬盘中)。

注:"误差""TALLY""参与调度""首选""参数 1""参数 2"均用于其他播出系统,对 E-Net 播出系统无效。

★"可录":指设备类型为录像机或视频服务器时是否具备录制功能

注:通过该设备,可以将正在播出的节目录制下来,实现边播边录。

★"备份源":对于视频服务器类设备,主备视频服务器互为备份源设备命令操作:

插入设备:指在当前行上插入一个设备。按键盘上的 Ins 键也可实现。

插入子设备:指在当前行上插入一个子设备。

删除设备:指删除指定的设备。按键盘上的 Del 键也可实现之。

3.用户特别设置

★"PGM 保护":指设定切换台是否自动保护 PGM,防止被人为切走。

★"PST 到下一条":指当节目切换后,是否将下一条节目切换到 PST。

★"有备机":指是否有备机(备控制机工作站)。

★"切换前提示":指节目切换前是否提前有"叮""叮"……的声音提示。

★"模拟 AUTO 键":指如果有 SPK-8,是否需模拟切换台上的 AUTO 键。

★"自动到备份源":指当信号出故障时,是否自动切到备份信号源。

★"报警设备":指选择故障报警的设备,包括声卡,SPK-8,黑场输入卡。

★"在播显示":指选择在播显示的内容,有多条节目,倒计时。

注:在播显示是将节目单或倒计时信号转化为视频信号,便于传送到电视台其他部门,此功能须增加硬件设备。

4.切换台与键设置

前三个设备为系统默认的主切换台、备切换台和前端矩阵。空格处单击右键弹出菜单,选择增加则在下面新增一个键控设备。

★"Name":设备的名称。对于前三个设备名称不可更改,新增的键控设备可输入名称。

★"协议":双击"协议"栏的下方空格,在下拉菜单上选择该设备对应的控制协议。

★"控制类型":指该设备在系统中所起的功能。不可更改。

★"通信类型":点击"通信类型"一栏的下方空格,在下拉菜单上选择通信类型。

注:对于切换台、前端矩阵一般选择同步串口;对于键控设备视其控制类型选择同步串口或并口。

★控制口:输入与被控设备进行通信的端口。

★设备 ID:输入设备的 ID 号。设备 ID 号在整个系统中必须是唯一的。

★Level:在下拉式选单中选择切换的视音频级别。

★Pgmout:在下拉式选单上选择 PGM 输出所对应的是切换设备的哪一路。

★Pstout:在下拉式选单上选择 PST(预监)输出所对应的是切换设备的哪一路。

★切换速度:点击"切换速度"一栏下方的空格,可选择切换速度是快速、中速还是慢速。

★切换方式:点击"切换方式"一栏下方的空格,可选择相应的切换方式,如"切出切入"或"淡出切入"等。

★GPIMASK:GPI 的路数与键的触发关系。

注:"Level""切换速度""切换方式""GPIMASK" 是否有效须视所用切换设备是否提供此功能而定。

★Key1Name:输入键 1 的名称。

★Key1Status:选择键 1 的状态是"常规"还是"一直上键"。

★Key2Name:输入键 2 的名称。

★Key2Status:选择键 2 的状态"常规"还是"一直上键"。

★Key3Name:输入键 3 的名称。

★Key3Status:选择键 3 的状态"常规"还是"一直上键"。

★Key4Name:输入键 4 的名称。

★Key4Status:选择键 4 的状态"常规"还是"一直上键"。

注:键的名称一般根据实际接线情况设置为"台标"或"字幕";"常规"是指该键按照节目单中上下键的设置来执行,"一直上键"是指该键一直被执行上键动作,如果此处的设置与节目单中某条节目的上键设置有冲突则以节目单优先级为高。

各项设置完成后,按"发送"完成修改。被修改的信息将发送给系统控制机,并由控制机重新组织控制参数。

注：发送成功后系统将重新运行。

取消改动过的设置，恢复原先的设置并返回系统设置模块。

打印设置的所有参数值。

4.3.3 杂项设置 (如图 4-13 所示)

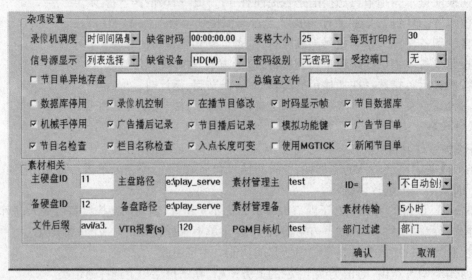

图 4-13 杂项设置对话框

★"录像机调度原则"：设定录像机调度原则，如时间间隔最长、按顺序原则等。

注：该设置是指如果节目单中有若干条录像机节目，为使录像机换带时间不冲突，可以按照此调度原则软件自动分配录像机。

★"缺省时码"：设定节目单输入时码时的缺省值。

★"表格大小"：设定节目单行距。

★"每页打印行"：设定打印节目单的每页行数。

★"信号源显示"：设定节目单输入信号源时是列表选择方式或图标选择方式。

★"缺省设备"：输入节目单时选择的缺省设备。(进行节目单编辑，插入一条新节目时，会自动出现在"视频"栏的默认设备名称)

★"密码级别"：指设定何时需要进行密码输入，以保证安全检查。

★"受控端口"：当控制机受其他系统控制，以被动的方式参与播出时，通过哪个端口接收控制命令。

★"节目单异地存盘"：指设定节目单是否异地存盘以及文件存放位置。

★"总编室文件"：指设定总编室文件存放位置。

★"数据库停用"：当控制机独立运行，不需要从数据库中存取数据时，则可以停用数据库。

★"录像机控制"：指是否控制录像机。

★"在播节目修改"：指设定在播节目是否可以修改。

★"时码显示帧"：设定节目单中开始时码和结束时码的显示是否精确到帧。

★"节目数据库"：指是否设定显示节目数据库菜单。如果选择了"节目数据库"，在界面"数据源"中即可显示和调用节目数据库，否则不能显示和调用该数据库。

★"机械手停用"：指机械手是否需要停用。如果机械手停用，机械手中的录像机将作为设备让用户调度使用，否则机械手中的录像机由机械手自动调度。

★"VTR 报警(S)"：指设定录像机提前报警的时间长度为几秒。如：设定报警时间为 10 秒，如果开播前 10 秒钟还没找到素材，录像机就会报警。

★"广告播后记录"：指是否设定对已播出的广告进行记录。

★"节目播后记录"：指是否设定对已播出的节目进行记录。

★"模拟功能键"：用计算机键盘代替多功能键设备的功能。

★"广告节目单"：指是否设定显示广告节目单。如果选择了"广告节目单"，在界面"数据源"中即可显示和调用广告节目单，否则不能显示和调用该节目单。

★"节目名检查"：是否建立节目名检查功能。

★"栏目名称检查"：指是否选择调出栏目名检查功能。

★"入点长度可变"：指是否设定可改变节目播出入点长度的功能。

★"使用 MGTICK"：系统校时后，由媒体网关输出卡的帧技术来计算当前系统时间。

★"新闻节目单"：指是否设定显示新闻节目单。如果选择了"新闻节目单"，在界面"数据源"中即可显示和调用新闻节目单，否则不能显示和调用该节目单。

素材相关设置

★"主硬盘 ID"：主服务器本地存贮所对应的 ID。

★"备硬盘 ID"：备服务器本地存贮所对应的 ID。

★"主盘路径"：指主服务器上的素材所在的目录。

★"备盘路径"：备服务器上的素材所在的目录。

★"素材管理主"：执行素材管理的主机。

★"素材管理备"：执行素材管理的备机。

★"文件过滤"：素材文件的扩展名(视频文件／声音文件)。

★"ID 规则"：编制离线节目单时，如果某条素材尚未录制，就需要在"录制"栏中选择"是"，选择"是"后，播出工作站根据 ID 规则为该素材产生一个素材 ID，供上载工作站使用(边播边录和批录制时使用)。

★"硬盘素材自动复制"：是否自动将其他存储体中的素材迁移到控制机。

4.3.4 栏目设置(如图 4-14 所示)

栏目设置是指设置节目单中所显示的栏目名称内容，主要是便于用户对节目栏目的了解和统计。

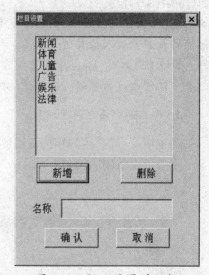

图 4-14 栏目设置对话框

★列表框显示系统设置的所有栏目内容。

★新增指在"名称"编辑框内输入新增栏目名，然后按新增按钮，将所输入栏目名加入栏目列表框内。

★删除指删除选中的栏目列表框内的栏目名称。

★确认指确认修改后的栏目名称设置

★取消指取消所修改的栏目名称设置

4.3.5 用户设置(如图 4-15 所示)

1.用户设置窗口

★列表框：列出已登记的操作员列表。

★姓名：操作员的姓名。

★密码：操作员进入系统时输入的密码。密码必须输入两次，在两个密码一致情

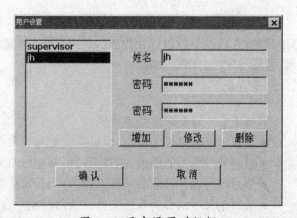

图 4-15 用户设置对话框

况下属性才能被认可,否则出错。

★增加:增加新操作员用户。在操作员属性中,填好姓名、密码后,按此键可以增加一个新的操作员用户。

★修改:修改操作员用户。在操作员属性中,修改姓名、密码后,按此键可以修改操作员属性。

★删除:删除操作员用户。用鼠标选中操作员列表中的操作员,按此键可以从操作员列表中删除一个操作员用户。

★确认:确认以上所修改的数据。即按此按钮后,以上所修改的数据将存入系统。

★取消:取消所有的修改。即按此按钮后,将取消以上所修改的数据,保持原有的数据。

注:只有超级用户才能对用户进行增、删、改,因此,在进行这类操作之前,请用超级用户身份重新登录系统。("登录"菜单-"重新登录")

2.用户登录(如图4-16所示)

用户输入用户名称和操作员密码后,按"确认"键。如果密码出错,则提示"密码不符",重新输入。如果用户此时想退出,请按"取消"键。用户名称和密码两项的定义,是在用户设置中,由超级用户(supervisor)定义的。

注:在操作员列表中,我们可以看到有一个supervisor(超级用户),该用户是不可以删除的。其他操作员用户进入操作员设置后,只能修改自己的密码,supervisor可以增加、删除、修改操作员用户。当初次进入时,supervisor的操作员用户密码的初始值为111111,进入后请修改其密码,并请修改者牢记修改过的密码。进入系统时,用户必须登录,这是第一步,用于记录上机操作员的名字。

4.3.6 主备切换台同步切换

当主切换台进行切换时,备切换台也同样进行同步切换。

主备机设置(如图4-17所示)

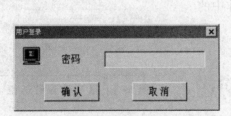

图4-16 用户登录对话框

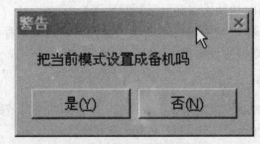

图4-17 主备机设置窗口

当采用双机设备播出时,需要将两台机器设置为主、备模式。

4.4 节目单编辑

节目单编辑模块采用全中文界面,提供方便、灵活、快速的用户节目单编辑环境,提供多种节目编排方式以及节目单优化检测、录像机自动调度之功能,同时提供节目单发送、节目单存盘、调出、删除、修改、打印等功能。

4.4.1 节目单

节目单必须遵循以下基本原则:

★节目单要求以天为单位,以日期变更时间为界限。

★过期节目单不能修改,当日节目单只能修改未播出的节目部分。

★节目单只有在检测后才能发送给控制机,从而保证节目的安全播出。

★节目单又可以存为模板文件,从而使用户在调出模板文件后只需简单的修改某些节目,无需逐条输入。

4.4.2 节目单要素

★"开始时间"：指节目的开始时间。此开始时间对实时节目有效，顺序节目将通过节目优化功能自动计算。

★"类型"：指节目播出的类型。（缺省值为顺序节目）

★节目类型

节目类型分为两种：

实时：指该节目必须以此开始时间为准，不能变动。

顺序：指该节目的开始是以上一节目的结束时间而定。

注：顺序节目的开始时间无需设定。

★触发：指该节目的开始时间是通过人工干预而定，通过用触发功能干预。

★插播：指节目播出的插播类型。（缺省值为不插播）

插播类型分为三种：

不插播：指该节目不是插播节目。

定长插播：指该节目是插播节目，并且节目长度是定长。

不定长插播：指该节目是插播节目，该节目的结束是通过用触发功能人工干预而实现。

★"视源"：指视频信号源，视频信号源的选定是由系统设置而决定。（缺省值根据杂项设置中缺省设备而定）

★"音源"：指音频信号源。（同上）

★"状态"：指节目当前的状态，如已播、待播、未播等。

★"带型"：指如果视频信号源为录像机，则它的带型设置、带型设定为录像机调度功能的前提。（缺省值根据系统设置中默认设备的带型而定）

★"节目名称"：指节目的内容。

★"修改"：指节目的修改标志。表示原节目是否需增加、修改或未修改。该值由系统根据用户操作自动设定。

★"过渡"：指节目的切换方式（缺省值为系统设置中设定的切换速度）。

★"开始时码"：指如果视频信号源为录像机，并需要自动找头，设定录像机的开始时码。

★"结束时码"：指如果视频信号源为录像机，设定录像机的结束时码。

★"栏目名称"：指节目的栏目内容类别。

★"播后操作"：指如果视频信号源为录像机，该节目播完后录像机将采用的操作，如弹带、倒带等。（缺省值根据系统设置中该源播后操作设置而定）

★"磁带编号"：如果视频信号源为录像机，则表示录像机采用的磁带编号。

★"键信号"：指视频叠加的键信号源。

★"备份信号源"：指在该节目启动时同时也启动此备份信号源，既可以起备份作用又能起双机并行播出作用。

★"录入设备"：指如果该节目在播出时需要录入，则表示选择的录入设备。

★"是否跟随"：指两条插播节目相继播出，第二条插播节目可以通过设定是否跟随标志而无需设定其开始时间就能实现之。（缺省值为不跟随）

★"是否计时"：指插播节目的播出时间是否计入被插播节目的播出时间。（缺省值为计时插播）

★"音频模式"：指音频控制的模式，如左声道、右声道、立体声和双语。

★"段序"：指磁带第几段。

★"硬盘入点"：指硬盘素材的入点。

4.4.3 节目类型设置

节目类型的设置不同决定了播出的方式不同，同时也决定了播出系统的灵活性和适应性。节目类型的设置可通过类型和插播的组合成为以下几种，如图 4-18：

显示出节目播出的九种组合方式如下：

★实时节目 + 不插播：指该节目为非插播节目，并且播出必须以此开始时间为准，不能变动。

★顺序节目 + 不插播：指该节目为非插播节目，该节目的开始是以上一节目的结束时间而定，节目的开始时间无需设定。

★触发节目 + 不插播：指该节目为非插播节目，该节目的开始是通过用触发功能干预。

★实时节目 + 定长插播：指该节目为定长插播节目，该节目的节目长度是一定的，其开始时间为绝对时间。

★顺序节目 + 定长插播：指该节目为定长插播节目，该节目的开始时间是相对时间，相对于被插播节目的已播时间而论。

★触发节目 + 定长插播：指该节目为定长插播节目，该节目的开始是通过用触发功能干预。

★实时节目 + 不定长插播：指该节目为不定长插播节目，该节目的结束是通过触发干预而定，其开始时间为绝对时间。

★顺序节目 + 不定长插播：指该节目为不定长插播节目，该节目的开始时间是相对时间，播出相对于被插播节目的已播时间而论，该节目的结束是通过触发干预而定。

★触发节目 + 不定长插播：指该节目为不定长插播节目，该节目的开始和结束均通过触发干预而定。

此外，插播节目还可以通过是否跟随，是否计时的设定改变播出的时序。举例说明如下：

1.跟随节目的设定

图 4-19 说明了通过跟随节目的设定，如何解决两个插播节目的相邻播出。

类型	插播
实时节目	不插播
顺序节目	定长插播
触发节目	不定长插播

图例：
—— 非插播节目
—— 定长插播节目
—— 不定长插播节目

图 4-18 节目类型设置

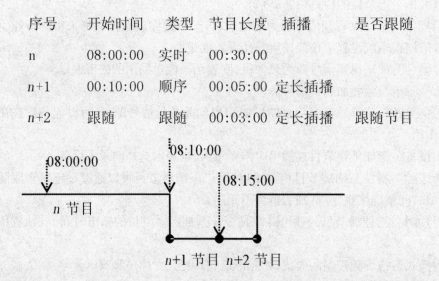

序号	开始时间	类型	节目长度	插播	是否跟随
n	08:00:00	实时	00:30:00		
n+1	00:10:00	顺序	00:05:00	定长插播	
n+2	跟随	跟随	00:03:00	定长插播	跟随节目

图 4-19 跟随节目的设定

2.不计时插播的设定(如图 4-20 所示)

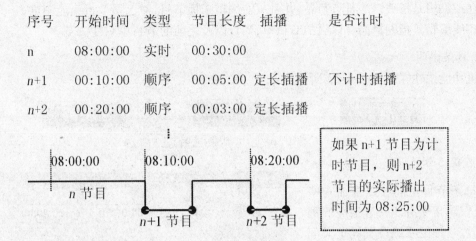

序号	开始时间	类型	节目长度	插播	是否计时
n	08:00:00	实时	00:30:00		
n+1	00:10:00	顺序	00:05:00	定长插播	不计时插播
n+2	00:20:00	顺序	00:03:00	定长插播	

如果 n+1 节目为计时节目，则 n+2 节目的实际播出时间为 08:25:00

图4-20 不计时插播的设定

4.4.4 节目单编辑

在离线节目单窗口或在线节目单窗口中按右键,屏幕将如图 4-21,菜单上分为三个功能区。

1.节目单编辑功能

★"节目单优化":指对顺序不插播节目进行开始时间的自动计算。

★"录像机调度":指对指定可调度录像机按设定的调度原则和带型进行自动设定视音频信号源。

★"节目单检测":指对节目单中视源,开始时间,素材存在等进行安全性检查。

★"节目单发送":指对节目单进行检测正确后,向控制模块发送,从而实现节目的播出。如果是双机主备播出模式,一台机器上对节目单修改发送成功后,另一台机器上也显示出改动后的节目单。

```
F2节目单优化
F3录像机调度
F4节目单检测
F5节目单发送

节目单复原
插入一节目
删除一节目
节目单恢复

加载模板
存为模板
节目单追加
调磁带准备节目单
```

图 4-21 离线菜单和在线菜单

2.节目单优化功能

★"插入一节目":在当前位置插入一条节目,其缺省值详见节目单要素说明。

★"删除一节目":删除当前位置的一条节目。

★"节目单恢复":取消上次操作,恢复到上一修改操作前的节目单。

★"节目单复原":取消全部修改操作,恢复到上一次发送后的节目单。

3.文件辅助操作

★"加载模板":指将模板文件指定为当前编辑的节目单。

★"存为模板":指将当前编辑的节目单存盘为模板文件。

★"节目单追加":指当前编辑的节目单后追加其他节目单。

★"调总编室节目单":指调入总编室编辑的磁带准备节目。

★"调磁带准备节目单":指调入总编室编辑的磁带准备节目。

4.离线节目单

★"新建节目单":指重新创建某一天的节目单文件。

★"打开节目单":指打开某一天的节目单文件或调入一模板文件。

★"节目单存盘"：指存放当前编辑的节目单。

5.在线编辑和离线编辑

★在线编辑是指编辑当日节目单，并且只能编辑未播节目，对已播节目只能浏览。

★离线编辑是指编辑当日以后的节目单，当日以及之前的节目单只能浏览。

6.工具条说明

本机功能描述标志如图 4-22 所示：

图 4-22 工具条说明

4.4.5 键信号的设定

在每条节目上都可以叠加一些键信号，仅对于所有非一直上键的键信号有效。（详见系统设置键定义部分）在要叠加键信号的节目的键信号一栏，双击鼠标左键，将弹出下列对话框，如图 4-23 所示：

★第一栏表示键信号名称。

★第二栏表示是否叠加键信号。

★第三栏表示是叠加键信号的开始时间，该时间是相对值，相对于主节目开始的时间。

★第四栏表示是叠加键信号的结束时间，如果为零，表示随着主节目的结束而结束。

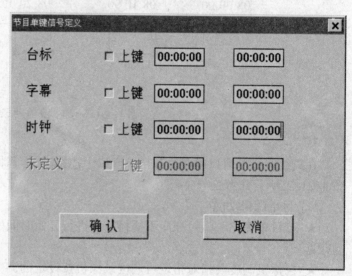

图 4-23 键信号设定

4.4.6 操作举例

★在节目单表窗口按右键，单击新建节目单按钮，出现下图，请输入新建节目单的播出日期。如图 4-24 所示：

★节目单播出日期确认后，请连续单击键盘上的 Ins 键，一次插入多条节目，然后对每条节目再进行节目长度及节目名等方面的修改。

★输入节目开始时间(如图 4-25 所示)

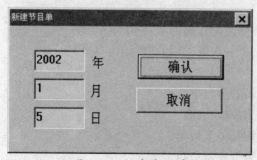

图 4-24 新建节目单

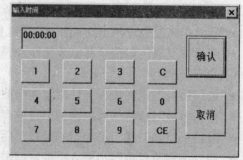

图 4-25 时间设置

用鼠标双击当条节目上的开始时间栏（或者用方向键将光标移动至开始时间栏处单击空格键/回车键/数字键），出现一白色的输入区并有一输入提示光标闪烁（如果在杂项设置中信号源选择方式设置为图标选择，则出现图 4-25 的输入时间窗口），请按时、分、秒的格式输入本条节目的

开始时间,输入完毕后以回车键确认。如图 4-26 所示:

图 4-26 节目开始时间   图 4-27 节目播出类型

★选择节目播出类型(如图 4-27 所示)

用鼠标双击当条节目上的类型栏(同上),此时会弹出一选择框,如图 4-27 所示,请选择适当的播出类型。

★输入当前节目的时间长度(如图 4-28 所示)

用鼠标双击当条节目上的节目长度栏(同上),出现一白色的输入区并有一输入提示光标闪烁(如果在杂项设置中信号源选择方式设置为图标选择,则出现图 4-25 的输入时间窗口),请按时、分、秒的格式输入本条节目的时间长度,输入完毕后以回车键确认。如图 4-28 所示:

图 4-28 节目的时间长度

★选择插播节目的类型(如图 4-29 所示)

用鼠标双击当条节目上的插播栏(同上),此时会弹出一选择框,如图 4-29 所示,请选择适当的插播类型。

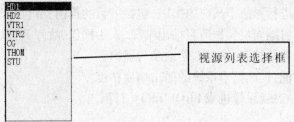

图 4-29 插播类型

★选择当前节目的视频信号源(如图 4-30 所示)

用鼠标双击当条节目上的视源栏(同上),此时会弹出一选择框或图标框如下图,请选择适当的视源类型。

图 4-30 视源类型

★在杂项设置中信号源选择方式设置为图标选择,则出现视源图标选择框,如图 4-31 所示:

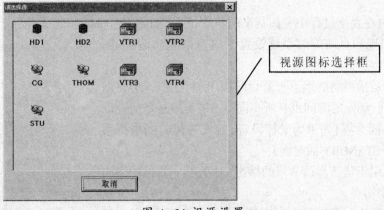

图 4-31 视源设置

★输入节目名称

用鼠标双击当条节目上的节目名称栏（同上），出现一白色的输入区并有一输入提示光标闪烁，请在此处输入当前节目的节目名称。

★调磁带信息

如果设备为录像机或机械手，在磁带条码栏处单击右键，屏幕将弹出。（如图 4-32 所示）

输入磁带条码后，系统将检查该磁带是否存在。

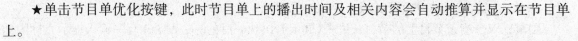
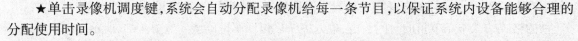

图 4-32 调磁带信息

★输入其它栏目的内容

★单击节目单优化按键，此时节目单上的播出时间及相关内容会自动推算并显示在节目单上。

★单击录像机调度键，系统会自动分配录像机给每一条节目，以保证系统内设备能够合理的分配使用时间。

★单击节目单检测键，系统会自动检测节目单的正确性，如有出错的地方，系统会在屏幕上弹出一对话框给予提示。请按提示上所列的出错之处给予更正。

★以上步骤完成后，请单击节目单发送键，如正常，则此节目单会自动存储。如需要将此节目单保存为模板，请单击"存盘为模板"按钮。

★单击打印及打印节目单形式按钮，即可将当前的节目单打印输出。

4.5 节目播出

节目播出是由系统控制模块来实现的并可完成以下功能：

★接收来自节目编辑机或本机的节目单。

★对串口录像机实现全方位的控制，包括预卷、播放、倒带、状态检测，对带时码的磁带实施自动找头。

★对切换台实现自动切换。对播出中的节目进行保护。

★提供对在播节目进行紧急干预应急措施，包括节目的提前、节目的延长、备份源的起用等。

★随时打印和向节目编辑机传送节目播出情况、人为操作、故障等，以备事故调查。

★实现对视频服务器的控制，使其方便地参与播出。

★提供系统锁相功能，提高整个系统的播出切换精度。

★实现重要节目的双机（录像机或 PROFILE）并行播出。

★实现演播室的控制。

★提供广告的一本化播出方式。

4.5.1 应急措施

为了能应付在播出过程中突如其来的特殊情况（如磁带卡带或糊磁头等）或者需要人工干预节目的播出（如现场直播等），系统设置了应急措施功能，如图 4-33 所示：

★"触发"：是指强制启动下一节目的播出，对于下一节目的信号源类型不同，触发的时间也有所不同。如果类型是非受控设备，触发等待时间为零；如果为受控设备，触发等待时间根据系统设置而定（为 STANDBY 的时间）。

★"延迟"：用于延续当前节目的播出，对于下一节目的播出需要通过触发来实现。

★"紧急录像机"：是指紧急启动备份录像机的播出，备份录

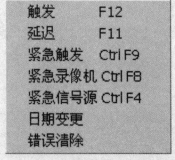

图 4-33 应急措施功能

像机在系统设置中设定。

　　★"紧急信号源"：是指紧急启动备份信号源的播出，备份信号源在系统设置中设定。

　　★"日期变更"：是指当前时间已越过 24:00:00，尚未到达日期变更时间，而当前节目单已播完，此时可以进行强制日期变更是为了能尽早让控制机调出第二天的节目单。

　　★"紧急触发"：是指紧急启动下一节目的播出。（对于录像机而言触发时间为 3 秒）

　　★"错误清除"：用于清除设备检测失败时发出的报警声。

4.5.2 设备控制

1.视频服务器

　　在设备状态窗口中，视频服务器设备条上用鼠标左键双击，可浏览 / 修改该播出通道的属性（副载波相位、色饱和度、行相位）。如图 4-34 所示：

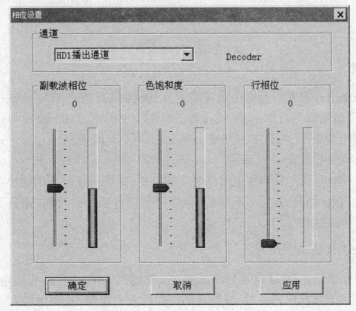

图 4-34 相位设置

2.录像机

　　在设备状态窗口中，录像机设备条上用鼠标右键单击，可浏览设备的属性以及实现对非在播录像机设备的控制。如图 4-35、4-36 所示：

图 4-35 VTR 属性设置　　　　　　　　　　图 4-36 VTR 控制

3.机械手

　　在设备状态窗口中，机械手设备条上用鼠标左键双击，可浏览 / 修改该机械手的相关属性并对它进行控制。如图 4-37 所示：

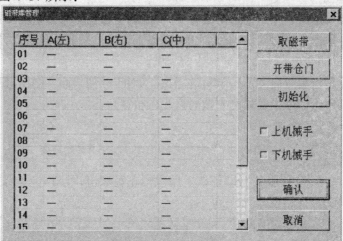

图 4-37 机械手属性

4.5.3 日期变更

对电视节目的播出一般都不是以午夜零点为日期转换点，在午夜零点往往还有未播完的节目，为了更机动灵活地编辑节目单，本系统设置了日期变更时间(24:00:00 — 30:00:00 即凌晨 0 点到 6 点)。有了日期变更时间，可以更方便地实现 24 小时不间断播出。

日期变更有以下两种方式：

★自动变更指当时间到达日期变更时间时实施变更，即调出新一天的播出节目单。

★强制变更指当前时间已越过午夜零点，但尚未到达日期变更时间，而且当前播出节目单已播完，此时可以进行强制变更。

4.5.4 广告的一本化播出方式

对大多数电视台来说，广告播出是一项既重要又繁琐的工作，由于广告段落既多又短，往往每天有一半的磁带是用于播放广告的，给操作员的工作量大大增加，从而也增大了出错的机会。为此，本系统利用录像机的自动找头的方式来实现广告的一本化播出，这样可以大大减轻工作量和减少人为操作的错误。方法如下：

广告部提供广告的一本化磁带（即将所有广告段录制在一本磁带上），并给出所有广告段在磁带上的时码位置。播出节目单上输入这些开始时码并设定该录像机的播后操作为弹带。这样，控制机在播出控制中能自动找头，准确无误地播出广告段。

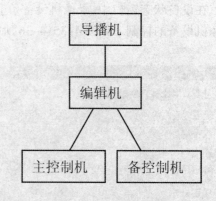

图 4-38 系统构造图

4.5.5 系统构造

整个自动播出系统的设计是独立于任何切换台和播出设备的，所以当系统中的任何硬件包括切换台更改时，只要重新设置系统配置，就可立即投入运行，这样就能保证对自动播出系统的一次投入能长期使用。系统的构造实行开放式，可根据不同部门设立不同的功能机。以下是较为全面的系统构造。如图 4-38 所示：

4.6 其他

本节主要对节目单操作的补充说明，包括节目单显示形式的定义，节目单打印操作，打印栏目选择，播出日志以及数据源，播后数据统计。

4.6.1 节目单显示形式

为了让用户更简洁明了地监看自己所需要的节目单要素,而不需要将所有节目单要素全部列在在线编辑和离线编辑的节目单,系统提供了节目单形式的选择功能。

节目单基本要素是指节目单要素中一些基本的必不可少的要素,必须列入节目单。它们是开始时间,类型,节目长度,插播,视源,音源,状态,带型。如图 4-39 所示:

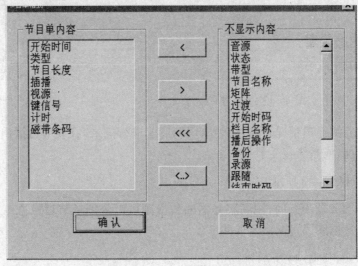

图 4-39 节目单形式设置

| < | 在右方节目单内容选择框中选择一个基本要素,列入左方显示内容中,表示该要素需要显示。

| > | 在左方节目单内容选择框中选择一个基本要素,列入右方不显示内容中,表示该要素不需要显示。

| <<< | 显示所有节目单要素。
| <..> | 不显示任何节目单要素。

4.6.2 节目单打印(如图 4-40 所示)

节目单打印不仅可以选择不同的要素打印相应的内容(见打印栏目选择),而且可以打印调度单,打印播出信息单。打印的每页行数在杂项设置中定义。

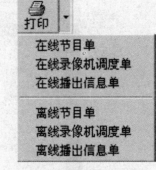

图 4-40 节目单打印

4.6.3 打印栏目选择(如图 4-41 所示)

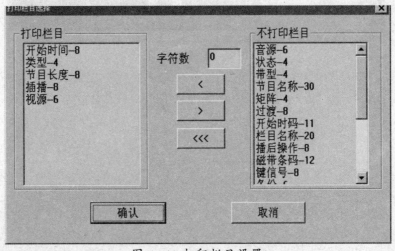

图 4-41 打印栏目设置

节目单打印不仅可以选择要打印的要素,还可以根据纸张大小选择每个要求的字符数,使打印出的内容美观整洁。

4.6.4 播出日志(如图 4-42 所示)

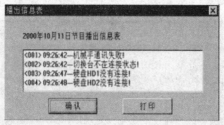
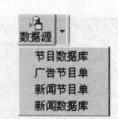

图 4-42 播出日志   图 4-43 数据源

系统除了实时监测播出情况,还对随时出现的情况进行记录。在线节目播出信息记录了何时、何种设备出现的情况,或系统接受节目单等。

4.6.5 数据源(如图 4-43 所示)

当系统有视频服务器设备时,视频服务器的数据源可以分别从节目数据库、广告节目单和广告数据库中选取。数据库通过网络实现共享。

4.6.6 播后统计(如图 4-44 所示)

在输入统计日期段,选择视源设备或栏目后,系统将统计出结果并打印相关结果。

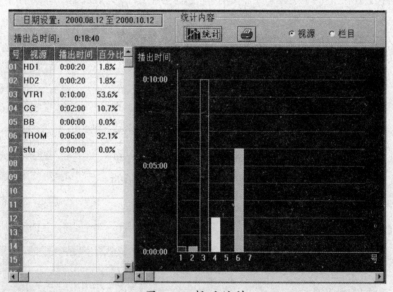

图 4-44 播后统计

第五章 E-Net 播出上下载系统

5.1 E-Net 2.0 播出上下载系统特点

为了适应各级不同电视台的要求,本系统提供了多种灵活的构造方式,其特点如下:

★基于 SQL 的数据库管理

本系统提供素材库和素材段库,可以方便的实现多种关键词的查询。其中素材库包含采集的全部素材,而每时段播出的新闻条目组或广告片段组可以编辑完成之后在素材段库中保存节目信息。

★提供多通道的并行录入

录入时可以随时控制录像机实现节目的自动录入,并可以分别对不同的通道实现同时录入,这可以大大节约录入的时间。

★实现素材段的编制和广告段串带下载

对录入到硬盘中的素材可以编排成节目单实现播出。结合自动播出控制系统实现节目播出。除此之外,在不具备与自动播出系统连接的情况下,可将该节目单自动串编输出到录像带中播出。

★通道配制的多样性

可以通过系统配置实现多种工作方式。

例如:一对一配置,一台上载控制机控制一个编码器进行上载;一对多配置,一台上载控制机控制两个以上编码器进行上载。

★方便快捷的操作流程和友好的人机界面

本系统充分利用 WINDOWS 的 GUI 的方便性,采用 DRAG & DROP 的拖放编辑方式,易学易用。提供友好的人机界面,采用标准的全中文界面,提供完备的联机帮助,便于边学边用。

5.2 系统模块简介及操作界面

本软件分为系统设置、素材录编、素材库、素材段库几大模块,操作界面如图 5-1 所示。

图 5-1 操作界面

系统设置:

对系统运行所需环境的必要设定,包括设备服务器设置、综合设置、编码器设置、解码器设置、输入信号设置、频道设置、广告串带设置、路径设置。这些设置完成了对硬件环境的设置,实现对系统在各种工作模式下相互交换信息的机制,并合理分配硬盘的硬件资源,保证整个系统的正常运行。(请详见系统设置)

素材录编:

实现对录像机或其他信号来源的素材录制,编辑工作。对每个素材用一个在整个系统中唯一的素材编号来识别,并且可以编辑入出点,适用于不同的场合。录制完成后,将素材及其一些信息登录到素材库。(请详见素材录编)

素材与素材段库:

实现对所有录入在硬盘中的素材进行分类组织,从而为节目播出做准备工作。素材是指单一的节目片段,素材段是指一组素材的集合,一个素材段中最多可以包含若干条素材片段。素材库与素材段库提供了数据库的各种操作,如增加,删除,修改,查询(请详见素材库和素材段库)。

5.2.1 菜单介绍（如图 5-2 所示）

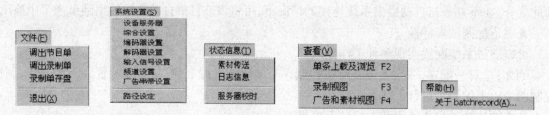

图 5-2 菜单介绍窗口

1.文件操作(如图 5-3 所示)

调出节目单:调出某一天的节目单文件。如图 5-4 所示:

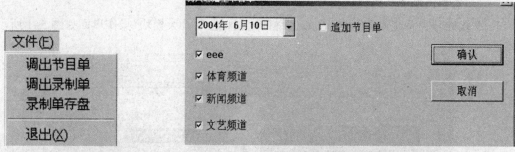

图 5-3 文件操作窗口　　　　　　　　图 5-4 调出总编室节目单

调出录制单:调出一个已编辑好的录制单。如图 5-5 所示:

图 5-5 打开录制单

录制单存盘:将当前已编辑好的录制单,以当前的文件名存盘,如图 5-6 所示:

退出:退出硬盘录制系统。点击"是"确认退出,点击"否"取消该操作。如图 5-7 所示:

2.系统设置

图 5-8 系统设置

图 5-6 存盘

图 5-7 退出

对系统中软硬件环境的设置,如图 5-8 所示。

设备服务器:(另外说明)

综合设置:对上载前端矩阵录制规则,数据库等方面信息的描述。

编码器设置:对录制工作站所控制的编码器进行定义。

解码器设置:对录制工作站所控制的解码器进行定义。

输入信号设置:对所要录制的信号进行定义。

广告串带设置:跟其它服务器有关,与本系统无关,因此在本书中不作说明。

路径设定:录制后的素材进行审看时,素材所在的备份路径的设置。

图 5-9 状态信息

3.状态信息

查看素材传送信息、日志信息和服务器网络校时,如图 5-9 所示。

图 5-10 查看

4.查看

不同视图窗口之间的切换有"录制视图""广告及素材视图""单条上载及浏览",如图 5-10 所示。

5.2.2 工具条介绍

对于一些菜单中常用的功能,以及菜单中没有的功能以按钮的形式单独列于工具条中。详见图 5-11 的按键解释。

图 5-11 工具条

5.3 系统设置

系统设置是整个硬盘节目播出系统中,对所有的设备、工作环境、节目类型等项目的设定,以便整个系统工作在统一的环境中,从而保证设备工作的一致性、安全性和可靠性。系统设置包括设备服务器、综合设置、编码器设置、解码器设置、输入信号设置、频道设置、广告串带设置及路径设定。

操作方法:用鼠标从菜单中点中"系统设置",即出现一下拉式菜单,从中选择您所需设置的项目。

5.3.1 设备服务器

设备服务器设置请参看设备服务器操作相关章节。本章不再作介绍。

5.3.2 综合设置（如图 5-12 所示）

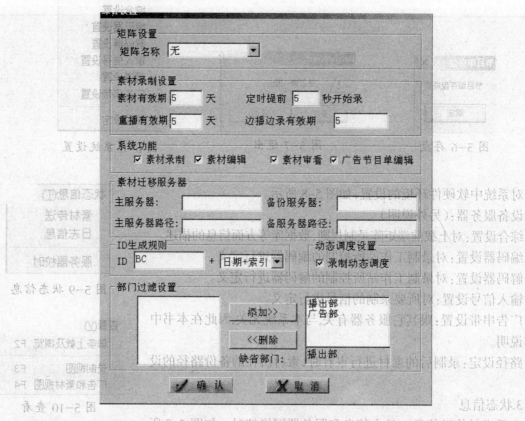

图 5-12 综合设置窗口

1.矩阵设置

在"矩阵名称"右边下拉式菜单中选择名称,对接入录制工作站的前端控制矩阵进行设置。

2.素材录制设置

"素材有效期":设置录制的素材的有效期为几天;

"定时提前 x 秒开始录":设定定时录制时录像机的预卷时间为多少秒;

"重播有效期 x 天":设定重播的有效时间为几天;

"边播边录有效期":设定边播边录的素材的有效期为几天。

3.系统功能

素材录制:选中即表示本系统设置了录制素材的功能,反之则无此功能;

素材编辑:选中即表示本系统设置了编辑素材的功能,可以对素材入出点及相关属性重新定义,反之则无此功能;

素材审看:选中即表示本系统设置了审看素材的功能,反之则无此功能;

广告节目单编辑:选中即表示本系统设置了广告节目单编辑的功能,可以将单条广告素材编辑成素材段,反之则无此功能。

4.素材迁移服务器

主服务器:输入素材迁移主服务器的计算机名称;

备服务器:输入素材迁移备服务器的计算机名称;

主服务器路径:如果系统中没有素材迁移服务器,则录制的素材会自动向此处设置的路径迁移;

备服务器路径:功能同"主服务器路径",作为主存储的备份。

5.生成规则

对于录制的素材,为防止名称重复,在整个系统里应具有唯一的 ID 号。ID 生成规则有三种方式。

方式一:不自动生成,录制时由人工手动输入素材 ID 号。

方式二:前缀名 + 日期 + 索引。

方式三:前缀名 + 自动索引。

6.动态调度设置

录制动态调度——批录制时是否允许系统对编码器进行动态调度。选中此项规则可以进行批录制,否则不能实现批录制。

7.数据库类型

将数据库中设置的部门添加到本系统中,并可以设置默认的部门。

5.3.3 编码器设置

对每个编码通道的属性进行定义,如图 5-13 所示:

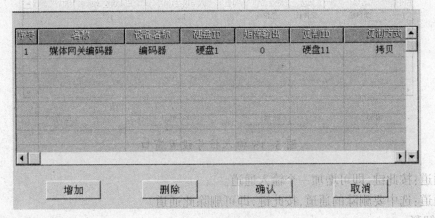

图 5-13 编码器设置

1.命令

增加通道:按此键,即可增加一个通道。

删除通道:选中要删除的通道,按此键,即可删除此通道。

2.名词解释

名称:输入本条通道的名称。

设备名称:双击空格,在下拉菜单中选择设备名称。

硬盘 ID:指在素材管理中定义的该录制工作站本地存储的硬盘 ID 号

矩阵输出:如果该系统接有前端矩阵,则需指定矩阵的输出切点

复制 ID:指录制素材完成后,向指定的存储体自动迁移,一般设为中心存储体

复制方式:有剪切和拷贝两种,选择剪切则复制后本地存储的素材自动被删除,选择拷贝则本地素材不被删除。

5.3.4 解码器设置

对每个解码通道的属性进行定义。如图 5-14 所示:

1.命令

增加通道:按此键,即可

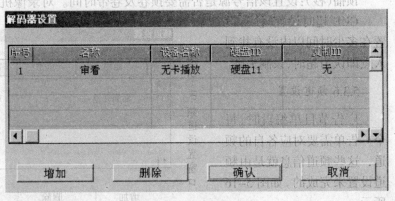

图 5-14 解码器设置

增加一个通道。

删除通道:选中要删除的通道,按此键,即可删除此通道。

2.名词解释

名称:输入本条通道的名称。

设备名称:双击空格,在下拉菜单中选择设备名称。

硬盘 ID:指在素材管理中定义的该录制工作站本地存储的硬盘 ID 号。

复制 ID:指审看素材完成后,向指定的存储体自动迁移,一般设为中心存储体,如果编码器设置里已经设置过此项,则在此不需再设置。

复制方式:有剪切和拷贝两种,选择剪切则迁移后本地存储的素材自动被删除,选择拷贝则本地素材不被删除。

5.3.5 输入信号设置(如图 5-15 所示)

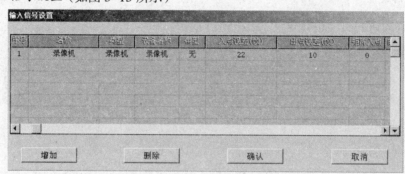

图 5-15 输入信号设置窗口

1.命令

增加通道:按此键,即可增加一个输入通道。

删除通道:选中要删除的通道,按此键,即可删除此通道。

2.名词解释

名称:输入信号的名称。

类型:双击表格,在下拉式菜单中选择输入信号的类型有"信号源"和"录像机"两种。

设备名称:双击空格,在下拉式菜单中选择设备名称。

带型:对于录像机,双击表格,在下拉式菜单中选择相应的磁带带型。

入点误差:对于录制素材的入点帧精度调整,单位为帧取正值,范围从 1~255。

出点误差:对于录制素材的出点帧精度调整,单位为帧取正值,范围从 1~255。

矩阵入点:对于系统里接有上载矩阵的,设置该信号源的对应矩阵输入切点。

时码方式:对录像机而言,可设置其时码方式为"CTL"或"LTC"。

播后操作:对录像机而言,素材上载完后录像机的动作有"弹带""停止"等。

预播(秒):设置该信号源是否需要预卷及卷带时间。对录像机一般设为 5 秒。

CUE 超时设置(秒):设置在多少时间以内没有找到入点即认为超时,录制失败。

5.3.6 频道设置

广告节目单编辑时,每个广告单需要对应各自的频道,这些频道信息就是由频道设置来完成的。如图 5-16 所示:

图 5-16 频道设置窗口

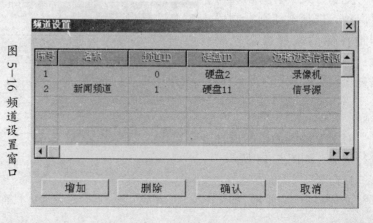

1.命令

增加:按此键,即可增加一个频道。

删除:选中要删除的频道,按此键,即可删除此频道。

2.名词解释

名称:输入频道的名称。

频道ID:输入频道ID号,每个频道ID不能重复,且要与播出控制机里的"本机设置"的频道ID号相同。

硬盘ID:双击表格,在下拉式菜单中选择该频道所对应的存储体同素材迁移服务器里设备设置设定的硬盘ID号。

5.3.7 路径设置(如图5-17所示)

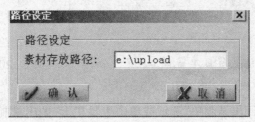

图5-17 路径设置窗口

系统在进行审看素材时,会在"解码器设置"里所设置的硬盘ID对应的存储体上查询素材,如果该存储体上无此素材,则系统自动到本路径设置里设置的路径下查询。用此功能将路径设到中心存储或播出控制机上,即可实现远程审看。如果设置网络路径,需输入全路径名,如\\database\e\clip ,或通过映射网络盘符的方式来实现。

5.4 素材的批量录制

对于广告类节目长度较短的素材,本系统提供一体化上载功能。广告部门事先将所有广告素材提前录制到磁带上,注明每条广告开始时码、结束时码或素材长度。用本系统提供的批录制功能实现。批量录制界面如图5-18所示:

	录制时间	节目名称	长度	信号源	磁带ID	带型	状态	服务器	频道名
01	顺序	practist	00:00:30	自动		SP	等待	硬盘14	
02	顺序	anywhere	00:00:20	自动		SP	等待	硬盘14	
03	顺序	hair	00:00:30	自动		SP	等待	硬盘14	
04	顺序	football	00:00:20	自动		SP	等待	硬盘14	
05	顺序	renew	00:00:10	自动		SP	等待	硬盘14	
06	顺序	output	00:00:15	自动		SP	等待	硬盘14	
07	顺序	analog	00:00:20	自动		SP	等待	硬盘14	
08	顺序	supermarket	00:00:40	自动		SP	等待	硬盘14	
09	顺序	beautiful	00:00:30	自动		SP	等待	硬盘14	
10	顺序	perfectly	00:00:20	自动		SP	等待	硬盘14	
11	顺序	task	00:00:20	自动		SP	等待	硬盘14	
12	顺序	raise	00:00:30	自动		SP	等待	硬盘14	
13	顺序	thank	00:00:10	自动		SP	等待	硬盘14	
14	顺序	this	00:00:10	自动		SP	等待	硬盘14	

图5-18 批量录制界面

5.4.1 自动录制节目单的建立

1.调入总编室节目单

通过文件菜单下"调出节目单"选项,打开"调入总编室节目单"窗口,如图 5-19 所示:

选中需要录制的节目单的频道,选择是否需要将新打开的节目,单追加到原节目单尾,点击日期右侧下拉按钮,选择某天的节目单,见图 5-20,将数据库里已经存在的"总编室节目单"调出。

图 5-19 调入总编室节目单窗口

图 5-20 选择节目单日期窗口

2.调出录制单

通过选择文件菜单下"调出录制单"选项或单击工具栏上"调出录制单"按钮,如图 5-21 所示:弹出"打开录制单"窗口,如图 5-22 所示:

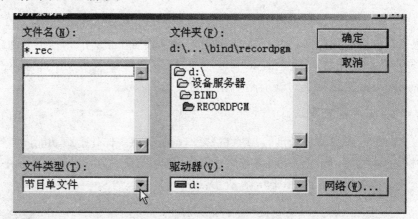

图 5-21 调出录制单

图 5-22 打开录制单窗口

在系统默认目录下选择先前保存过的录制单文件,后缀名为.rec,确定后将录制单调出。

3.新建录制单

★命令解释

单击工具栏上"调出节目单"按钮右侧的下箭头,在弹出的菜单中选择"新建录制单"。

如果批录制窗口里已有录制单且未存盘,则系统提示你保存该录制单。

按键盘上的"Insert"键可增加一条录制任务。

★字段解释

录制时间:每增加一条任务,其录制时间自动被设定为"顺序"。

节目名称:双击表格,输入要录制的节目的名称,回车确认。

长度:双击表格,输入要录制的节目的长度,回车确认。

信号源:双击表格,在下拉菜单下选择对应的信号源,系统默认为"自动"。

磁带 ID:双击表格,输入被录制的素材的 ID 号,回车确认。此项只对信号源为视频服务器的情况发生作用,即该素材在硬盘机里的 ID 号。

带型:对于信号源为录像机的,通过下拉菜单选择磁带类型。

状态:显示节目录制过程中的各种状态。

　　服务器:指该素材上载到的存储体所对应的硬盘 ID。

　　频道名:通过下拉菜单,选择该节目对应的频道。

　　优先级:通过下拉菜单,设置每条素材上载的优先级,系统自动按优先级"高、中、低"顺序开始上载,不调度即是指该素材不参与录制。

　　有效期:双击表格,设置上载的素材的有效期。

　　编码器:系统保留字段,无需设置。

　　素材 ID:指上载后的素材在数据库中存在的 ID 号,可手动输入也可按"综合设置"里设置的 ID 生成规则自动生成。

　　解码:系统保留字段,无需设置。

　　开始时码:指该素材对应的磁带上的入点位置。

　　操作员:无需设置,系统默认为当前的登录用户。

　　修改标志:如果该录制单是以录制单文件形式打开,则标志"新增",如果通过打开节目单建立的,则无标志。

　　栏目名称:显示打开的节目单里每条素材对应的栏目名称。

5.4.2 自动录制节目单的保存和录制

　　选择文件菜单下的"录制单存盘"命令或工具栏上的录制单存盘快捷按钮,将当前的批录制节目单存盘。如图 5-23 所示:

　　如果当前的录制单是在以前的录制单基础上经修改而成的,系统在保存的时候会提示要求重新保存,确认后弹出保存日期选择窗口,选择需要保存的日期,如图 5-24、5-25 所示:

图 5-23
录制单存盘窗口

图 5-24 选择窗口

◀		2004年6月				▶
星期日	星期一	星期二	星期三	星期四	星期五	星期六
30	31	1	2	3	4	5
6	7	8	9	10	11	12
13	14	15	16	17	18	19
20	21	22	23	24	25	26
27	28	29	30	1	2	3
4	5	6	7	8	9	10

今天:2004-6-1

图 5-25 保存日期

　　点击"设备选择"按钮右侧的下拉菜单,选择用于录制素材的编码器和边录边播对应的解码器以及素材上载所用到的信号源,如果将"停用"选中,则不能被系统调用。

　　点击工具栏上"录像机调度"按钮,系统会自动为信号源安排录像机。

　　点击"开始录制"按钮,系统开始按各节目的优先级进行录制。

　　点击"发送录制单"按钮,则完成保存并开始录制任务。

5.5 素材录编

　　素材录编是指将源录像带上的节目录制到硬盘中。它实现了对录像机或其他信号来源的素材录制及编辑功能,适用于素材录制机。该模块提供了录像机的控制功能、对硬盘的编辑功能以及将编辑完的素材登录到素材库的功能。对于每个素材用一个整个系统中唯一的素材编号来识别。录制完成后,将素材及其相关信息登录到素材库。

5.5.1 素材录制

　　启动上载软件后,点击"显示手动面板"按钮或按键盘上快捷键 F2,弹出上载及浏览窗口,见

图 5-26。该窗口以页签的形式,对上载和审看分别显示。页签的数量对应于编解码器设置里编解码通道的数量,页签的显示名称对应于每个编码或解码通道的名称。

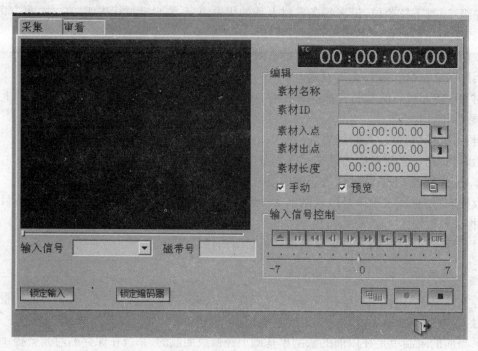

图 5-26 上载及浏览窗口

1.上载界面介绍

画面部分是用媒体网关编码器上载时的预览窗口。

输入信号:点击下箭头,在下拉菜单中选择该素材对应的信号源。

磁带号:如果上载源为硬盘机或磁带库,需输入该条素材在硬盘机或带库里的 ID,对于录像机则不用输入。

锁定输入:点此按钮将输入的信号源锁定,以防其他设备对此信号源误操作。

锁定编码器:点击将编码器锁定,以防其他设备对此编码通道误操作。

素材名称:是指对素材的命名,简要记录素材的内容。

素材 ID:是指素材存在硬盘中的唯一编号。

素材入点:输入该条节目对应磁带上的入点,也可通过点击输入框右侧按钮获取入点。

素材出点: 输入该条节目对应磁带上的出点,也可通过点击输入框右侧按钮获取出点。

素材长度:在录制素材前,素材总长是从您输入的入点、出点及实长中得到的;在录制过程中素材总长是不能改变的,直至录制完毕后,素材总长被赋值为当时的录像机时码;在硬盘的素材编辑整个过程中,素材总长是不改变的。

手动:选中此选项,录像机将不能被遥控操作,需手动放像。

预览:选中此选项,则在预览窗口可以看到上载的画面,否则不能看到。

图 5-27 素材信息窗口

详细信息:点击此按钮弹出素材信息窗口,如图 5-27 所示:

在此窗口可输入素材的详细信息。其中素材名称和素材 ID 会自动导入,通过下拉菜单为该素材选择素材类型、素材版本、部门名称以及设置有效期,输入创建者,是否可以被删除等信息。

输入信号控制区：用于遥控录像机操作（图5-28），从左至右分别是弹带、暂停、快速倒带、上一帧、下一帧、快速前进、倒带到入点、倒带到出点、播放、准备磁带ID准备的节目。拖动下面的划块可以分别实现JOG和SHUTTLE功能，下面还有开始录制和停止录制按钮及退出素材录制窗口的按钮。

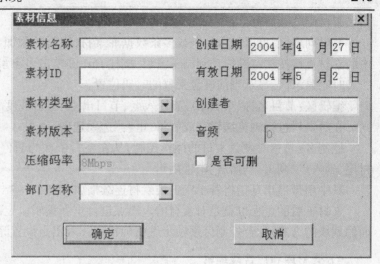

图 5-28 输入信号控制区窗口

2.素材录制操作步骤

★选择输入信号，一般为录像机信号。

★点击锁定输入按钮。

★点击锁定编码器按钮。

★在节目名称栏 输入待上载的素材名称。

★在节目ID栏输入待上载的素材ID，如果在综合设置里设了自动生成，可以不输入该素材对应磁带的入点、出点和节目长度，其中输入两项会自动计算第三项，入出点可以用获取的方式来得到。

★点击详细信息按钮，输入素材详细信息。

★点击录制按钮，开始录制。

★录制结束，提示本次操作成功。

5.5.2 素材的审看

上载后的素材会自动登录数据库信息，通过刷新数据库即可找到该素材。系统要求未经审核的素材是不能被播出控制机调用的。所以上载后的素材必须经过审核的过程。如图5-29所示：

图 5-29 素材浏览画面窗口

素材浏览画面窗口：显示被浏览的素材画面，如图5-29。

节目列表区：可以加入一条或多条数据库素材，素材的添加方法：在数据库素材显示窗口将选中的素材直接按住左键拖动到浏览窗口，按住 Ctrl 键单击多条素材可以多选。

时码显示区：显示当前硬盘素材的时码位置。

编辑区：节目名称、节目 ID、节目入点、节目出点、节目长度、详细信息等的使用方法与录制相同。在对素材进行浏览编辑完成后将"审看"选项选中。

控制区：是指对硬盘素材的操作控制，从左至右依次为暂停、到素材头、上一帧、下一帧、到素材尾、到入点、到出点、播放、串带播出。

其中串带播出是指将若干广告类素材连续播放，同时可输出到 VTR 实现广告的串带下载。

素材审看的过程也就是对素材的入出点进行重新编辑设定的过程，可以通过拖动浏览窗口下面的划块的方式，配合控制区逐帧步进精确找点。入出点设置完成后，点击重新入库按钮。

5.6 素材库和广告段编辑

5.6.1 素材库

素材库是通过各种源素材的录入、编辑，在硬盘中形成素材后，记录素材的编号，名称，类型，来源，入出点位置，长度等重要信息，从而组织成数据库，使得用户能快速检索，了解素材内容并提取给节目单播出。如图 5-30 所示：

图5-30 素材库和广告段编辑窗口

1. 素材库窗口

在素材库窗口中可以看到素材库中的素材有颜色的区分，具体如下：

黑色：表示已审看过的文件，可以参与自动播出机上调入和播出。

红色：表示未审看过的文件，不可以参与自动播出机上调入和播出。

2. 素材库信息

素材编号：是指素材存在硬盘中的唯一编号。

素材名称：是指对素材的命名，简要记录素材的内容。

素材长度：是指素材入点到出点间的长度。

素材入点：是指某组素材的入点。在硬盘中可编辑的入出点共提供了五组，这样方便用户选取任一组。

素材总长:指素材的原总长度。

审片:表示素材是否已被审看。审看过的打上"√",颜色为黑色;未审看过的为红色。

创建日期:是指创建素材的日期。在进入系统时已知,不可修改。

创建人:是指创建素材的操作人员,默认为登录时的用户名,不可修改。

素材出点:是指某组素材的出点。(同上)

素材编号:是指素材录制时的源录像带的编号。

压缩率:指素材录制时的压缩比率。在系统设置中设置,不可修改。

部门:指素材属于哪个部门。

存在于:指素材存在于哪个存储体上。

删除日期:指素材被删除的日期。

自动删除:指素材删除是否属于自动删除。当素材已播放次数大于素材允许的播放次数时,该素材被自动删除,即在硬盘中的文件被自动删除。

类型:是指素材内容的类型,如药品类,化妆品类,酒类。

版本:是指同一主题的不同版本,如儿童版,贺岁版,春天版。

3.素材库的操作

素材删除:点击鼠标左键选中要删除的素材,点击"删除"按钮 ✂,弹出确认删除提示框,按"确认"后,该素材被删除;按"取消"则取消该操作。

素材查询:点击"素材查询"按钮 👓,弹出"查询素材"窗口。如图 5-31 所示:

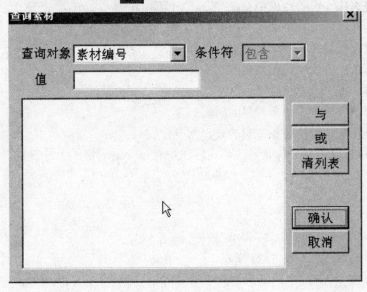

图 5-31 素材查询窗口

查询对象:提供要查询素材的内容属性,如素材名称,素材类型,素材版本,素材编号,素材长度,创建时间等。

条件符:查询素材的条件符号,如包含,=,>=,>,<=,<,<>。

值:满足查询素材条件的值。

与:提供与条件查询,即查询必须满足此条件的素材。

或:提供或条件查询,即查询可以满足此条件的素材。

清列表:指清空查询结果。

确认:对条件符所列示的诸多条件进行查询。

取消:取消查询。

素材传送:需要将某条素材从一个存储体传送到另一个存储体,请将希望传送的素材点中,然后选择"传送素材"按钮 🎞,按提示操作即可传输素材。

4.素材库的其它操作

在素材库排序选择框中选择希望按某条件排序,此时素材库中的素材将会按照当前选择的排序方式重新进行排序。

5.素材的多项选择

按 Ctrl 键+鼠标左键,素材将在被选中与不选中之间切换。按 Esc 键取消选中。

5.6.2 广告段编辑

广告段是指一组素材的集合,它虽然是素材的组织形式,但却是节目单的必不可少的组成部分,它使得节目单不再冗长,编辑节目单更加快速,同样广告段库提供了数据库的各种操作,如增加,删除,修改等。

图 5-32 新建广告单窗口

1.广告段信息

节目状态:指目前节目所处的状态,包括"就绪""缺带"和"未审看"三种状态。

段类型:指该条素材是否为此段的首条即"段开始"。

段名称:是指对广告段的命名,简要记录广告段的内容;广告段名称在广告段库中是唯一。

开始时间:指在播出节目单中的开播时间。

段长度:指该段素材各条子素材长度的总和。

节目名称:显示广告段中每条节目的名称。

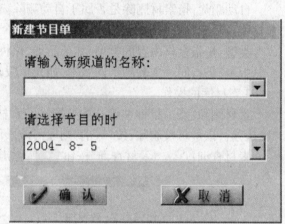

图 5-33 新建节目单窗口

节目 ID:显示广告段中每条节目的 ID 号。

节目长度:显示广告段中每条节目的时间长度。

节目入点:显示广告段中每条节目的硬盘入点位置。

广告段的显示可以用展开与收拢的形式。在左起第一条的格子上左键双击一下,这两种形式将切换。

2.广告段库的操作

★新建广告单

点击广告素材界面中的"新建广告单"按钮,如图 5-32 所示:

弹出"新建节目单"窗口,如 5-33 所示:

在"请输入新频道名称"中的下选菜单中选择频道名称(图 5-34),在"请选择节目的时间"中的下拉式日期表中选择节目时间(图 5-35),然后按"确认",新建节目单成功。按"取消",则取消新建。

图 5-34 选择频道名称

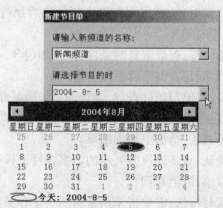

图 5-35 选择节目单日期

★广告段的保存

打开"保存广告单"下拉菜单,如图 5-36 所示:

选择"保存广告单",弹出如下窗口(图 5-37)

图 5-36 保存

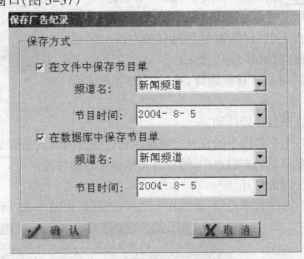

图 5-37 保存广告单窗口

如果广告段中存在"未审看"的节目则会弹出如下提示(图 5-38)

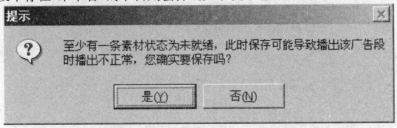

图 5-38 未审看提示窗口

选择在文件中保存节目单还是在数据库中保存节目单,将相应选项前的选择框内打勾,系统默认两个位置都需要保存。

在频道名的下拉选单里选定要保存的节目单的频道,如图 5-39 所示:

在节目时间的下拉选单里选定要保存的节目单的日期(图 5-40),按"确定"后完成本次广告单的保存。

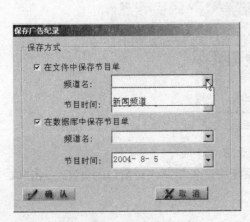

图 5-39 保存广告纪录

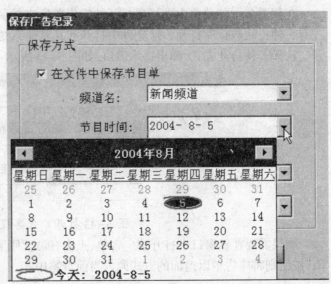

图 5-40 选择保存的节目单的日期窗口

★删除素材

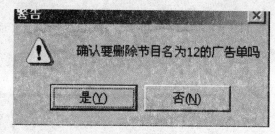

删除素材 是指在广告段中删除一条素材。

按鼠标左键点击选中要删除的素材,按 Del 键或点击界面上的"删除素材"按钮(如左图),即弹出一提示窗口,如图 5-41 所示:

按"是"后该素材被删除,按"否"则取消该操作。

图 5-41 警告

★广告条目位置移动

在每一个广告段中的素材之间可以通过拖放的方式来改变素材与素材之间的相对位置,操作时只需将要移动的素材点中,然后将光标移至新的位置即可。

5. 广告段的打开

单击打开广告单按钮,弹出如下图所示窗口,如图 5-42 所示:

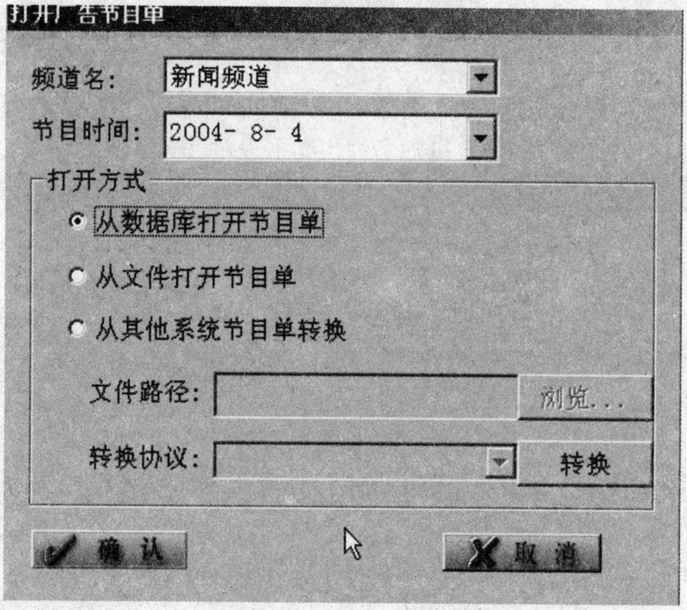

图 5-42 广告单按钮

在频道名下拉菜单中选择要打开的广告单所在的频道,选择该广告单所对应的日期,打开方式有三种:从数据库打开、从文件中打开和从其他系统转换,E-Net 系统只支持前两种方式的打开。选择一种打开方式,弹出提示窗口,如图 5-43 所示:

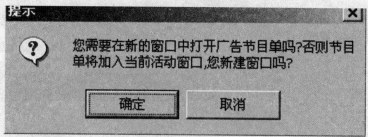

图 5-43 打开广告单提示窗口

如果需要在新窗口中打开该广告单,点击"确定"则系统将广告单调入新窗口的页签。点击"取消"按钮则将广告单以追加的方式调入当前页签中。

第六章 E-Net 2.0 审片系统

6.1 系统登录

在进入 E-Net 审片系统进行审片之前,用户必须具有审片相应的权限,权限可以在网管软件中进行设置。

启动 E-Net 审片系统,将出现下面登录窗口,如图 6-1 所示:

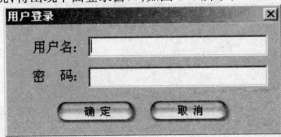

图 6-1 登录窗口

6.2 节目管理

6.2.1 功能讲解

本模块主要用于在节目列表中选择需要进行审看的节目。

6.2.2 操作步骤

输入用户名及密码后,点击【确定】,进入节目管理窗口,如图 6-2 所示,用户可以看到所有栏目及栏目下所有节目信息,

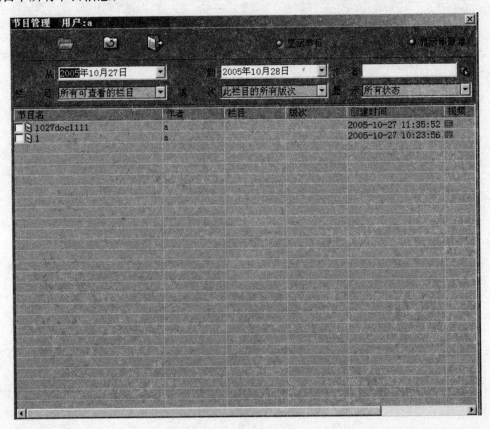

图 6-2 节目管理窗口

1. 打开节目

在栏目列表中选中一个或多个节目,点击【打开节目】 📁 ,就可以打开该节目进行审片。如果是当天制作的节目文稿,则可以直接看见文稿标题。如图 6-3 所示。选择成功之后,进入审片软件主界面,如图 6-4 所示。

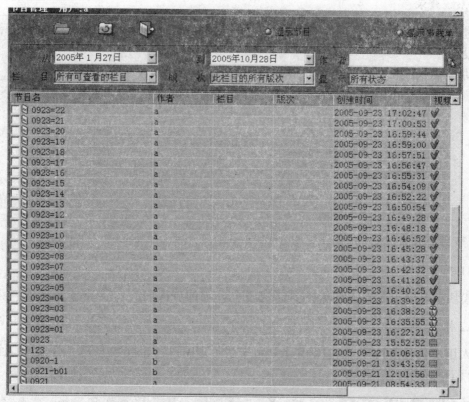

图 6-3 节目管理窗口

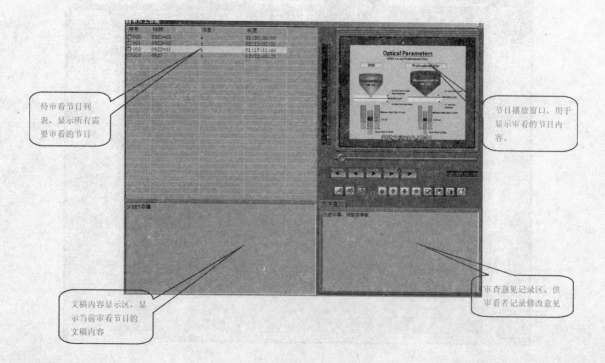

图 6-4 审片软件主界面

2. 刷新

点击【刷新】 按钮，可对当前界面进行刷新。

3. 退出

点击【退出】 按钮，可退出节目管理界面。

6.3 节目审看

6.3.1 功能讲解

本模块主要用于播放当前要审看的节目。

6.3.2 操作步骤

1. 播放节目

a)双击需要播放的节目，节目被自动调入，视频内容的第一帧显示在节目播放窗口中，该节目的文稿内容显示在文稿内容区。按【字体修改按钮】 ，在弹出的对话框中改变文稿显示的字体类型和大小。如图6-5所示：

b)审看者可以按【播放按钮】 进行节目的播放。或者拖动时间线上的【搜索按钮】 进行节目的快速浏览。

c)如需要一帧一帧的审看当前节目的某些内容，按【单帧步进播放按钮】 和 进行单帧的前进和后退。

d)如需要五帧五帧的审看当前节目的某些内容，按【五帧步进播放按钮】 和 进行每五帧的前进和后退。

e)如需停止当前节目的播放，按【停止按钮】 停止节目的播放。

2. 记录审查意见

a)审片者可以直接将审看意见输入到审查意见记录区。

b)按【字体修改按钮】 ，在弹出的对话框中改变文稿显示的字体类型和大小。

c)按【意见保存按钮】 ，保存对当前节目的审查意见。

3. 节目处理

a)如果审看者对节目内容很满意，认为节目可以通过审查，按【节目通过按钮】 ，系统弹出对话框，选择"是"即可通过节目。如图6-6所示：

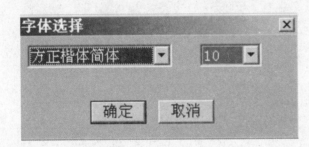

图6-5 字体修改按钮

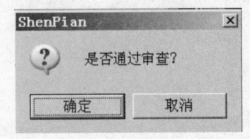

图6-6 节目通过按钮

b)如果审看者对节目内容不太满意，需要记者和编辑对节目进行修改，按【节目退回按钮】 ，将节目退回给记者或编辑。

c)如果审看者对节目暂时不想处理，按【节目不处理按钮】 ，暂时不处理该节目。节目保持原有状态不变。

d)当前节目处理完成之后，审看者可以按【节目顺序按钮】 审看其他节目。或者按【节目重载按钮】 重新打开节目管理窗口，选择其他需要审看的节目。

6.4 退出系统

按下审片软件界面右上角的【退出按钮】 ⊠ ，软件提示是否退出系统，如图 6-7 所示：

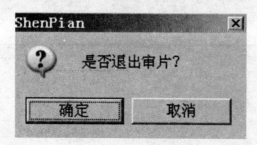

图 6-7 退出按钮

选择"是"，则退出审片系统。

图书在版编目（CIP）数据

数字媒体非线性编辑技术／王维泉著. － － 长春：
吉林大学出版社，2010. 11
ISBN 978 - 7 - 5601 - 6658 - 2

Ⅰ. ①数… Ⅱ. ①王… Ⅲ. ①数字技术－应用－电影
－剪辑　②数字技术－应用－电视（艺术）－剪辑 Ⅳ.
①J932 - 39

中国版本图书馆 CIP 数据核字（2010）第 229619 号

书　名：数字媒体非线性编辑技术
作　者：王维泉　著

责任编辑、责任校对：朱进　　　　　　　　　　封面设计：焦广萍
吉林大学出版社出版、发行　　　　　　　吉林省显达印务有限公司　印刷
开本：880×1230 毫米　1/16　　　　　　　2010 年 12 月　第 1 版
印张：17.25　　字数：390 千字　　　　　2010 年 12 月　第 1 次印刷
ISBN 978 - 7 - 5601 - 6658 - 2　　　　　　　　　　定价：45.00 元

社址：长春市明德路 421 号 邮编：130021
发行部电话：0431 - 88499826
网址：http://www. jlup. com. cn
E - mail：jlup@ mail. jlu. edu. cn